11:53

Francisco J. Cortina

11:53

OCEANO

Ésta es una obra de ficción. Los nombres, personajes, lugares e incidentes son producto de la imaginación del autor, o se usan de manera ficticia. Cualquier semejanza con personas (vivas o muertas), acontecimientos o lugares de la realidad es mera coincidencia.

11:53

© 2018, Francisco J. Cortina

Diseño de portada: Leonel Sagahón / Estudio Sagahón
Fotografía del autor: Memi Tello

D. R. © 2019, Editorial Océano de México, S.A. de C.V.
Homero 1500 - 402, Col. Polanco
Miguel Hidalgo, 11560, Ciudad de México
info@oceano.com.mx

Segunda reimpresión: junio, 2019

ISBN: 978-607-527-595-6

Impreso en México / Printed in Mexico

Para Grizel. Estoy seguro que algún día encontraremos el libro donde está escrito que nuestras vidas, tarde o temprano, iban a cruzarse.

Para mi grupo de control, con mi agradecimiento: Paty Borda, Julio Escalante, Memi Tello, Javier de Diego, José Escalante, Ceci Marroquín, Dany Martínez, José Ibarra y Paola Licea.

CDG

Volando hacia el futuro

Salía para Madrid a las seis y media de la tarde, eran las cuatro y cuarto y yo seguía en mi oficina de Polanco. Mi estómago clamaba justicia porque desde la quesadilla del desayuno y tres tazas de café no había recibido nada, mis intentos de ahogarlo en agua habían resultado estériles. Me amenazó con llamar a su amiga, la gastritis, pero con mi acelere de aquel día no le pude dedicar el tiempo que se merecía.

Aquel miércoles se me había resbalado de las manos revisando contratos, preparando la junta en Barcelona para el viernes muy tempranito; tuve, sin exagerar, trescientas mil llamadas, las horas apenas me duraban diez minutos.

Aunque parecía imposible concluí todos mis pendientes, sólo faltaba que estuviera sentadito en el asiento 26-A (siempre pido ventana en salida de emergencia, para escapar el primero en caso de un madrazo; además me da claustrofobia no poder ver el exterior, si nos embarramos, de perdida, quiero tener la mejor vista del evento antes de morir). Aparecería carbonizado pero prendido de mi *backpack* con todos los documentos preparados para la firma del viernes, dos USB por si fallaba una memoria, mi iPad. Yo era un guerrillero jurídico, entrenado para ganar o ganar aquel y cualquier encuentro legal que tocara. En este caso iba con la presión añadida de que vieran los gachupines que los mexicanos éramos más chingones que ellos.

El taxi tenía más de media hora esperándome abajo, mi secre ya le había hablado tres veces al taxista, que aguantara, que le pagaríamos el tiempo de espera, pero que no se fuera. Me estaba haciendo pipí, no ahora, desde hacía una eternidad, pero no había tiempo, me despedí de beso de la recepcionista, como si partiera a las Cruzadas (básicamente porque ella es un bombón y no se vale dejar pasar ninguna oportunidad de estar cerca de ella y darle un abrazo, de ésos con los que sientes cómo sus senos se aprietan en tu pecho, uno no sabe cuánto va a vivir y más vale aprovechar), mientras volaba hacia el elevador; yo era el epítome de la típica estampa del abogado de mi despacho: corriendo, estresado y jalando una maleta de viaje.

—¿Adónde vas, güey?

—A Barcelona, cabrón.

—Qué chingón. A mí me toca ir a Tijuana, qué poca madre.

En lo que llegaba el elevador (si hay edificios inteligentes, el nuestro es retrasado mental) me dio tiempo de mirar mis mensajes de WhatsApp. Cuando por fin llegó el elevador, justo en ese momento se apoderó de mí la lucidez y decidí ir al baño.

Córrele, güey. En el próximo campeonato mundial de resistencia de vejiga voy a presentar la mía a la competición porque está acostumbrada a almacenar cantidades sobrehumanas de líquido, ya que, como dije, en el trabajo no hay tiempo ni para ir al baño.

Por más que me quería apurar no paraba de mear. Bendito Dios que me dio por hacer esa escala técnica o hubiera sido el peor martirio de mi vida el viajecito al aeropuerto de la ciudad más lenta del mundo, antes conocida como Distrito Federal, pero después de arduo trabajo legislativo de nuestros ilustres y rateros diputados había cambiado su nombre mundialmente conocido por uno tan exótico y rebuscado como Ciudad de México.

Saludé al taxista como si fuera el embajador de una potencia extranjera a la que le debiéramos miles de millones de dólares, me recibió regañándome como si fuera su hijo, le dije como diez perdones y cinco *gracias, gracias*, el caso era que se arrancara en chinga al aeropuerto.

Así partimos en un flamante Nissan con los asientos forrados de plástico, muy útil para hacer sudar la espalda. El tipo debería patentar un invento para obesos, sólo era cuestión de diseñar el modelo que sirviera para la panza. Así, al cabo de diez minutos de viaje, mi camisa y mi piel eran íntimas amigas.

Cuando era estudiante, en la universidad, me imaginaba cómo sería mi vida cuando acabara la carrera; me veía como abogado en un gran despacho rebosante de glamour, con un traje no caro, carísimo; zapatos de Ferragamo para arriba; y corbatas tan chingonas que sólo de verlas las mujeres querrían tener sexo desenfrenado conmigo. Pero ahí estaba yo, en un taxi modelo tercer mundo, conducido por la antítesis de James Bond, y no íbamos al hangar presidencial a que tomara mi jet privado con una aeromoza modelo te-caes-de-buena, sino a tomar mi vuelo de Aeroméxico, sentado en *chicken class* por doce horas.

Tuve la estúpida idea de voltear a ver la cabecera del asiento del taxi, tarado de mí. Era un monumento a la grasita del cabello, había pasado por cientos de cueros cabelludos de un número igual de cristianos. El resto del trayecto me lo aventé deteniendo mi cabeza con la pura fuerza del cuello sin apoyarla en aquel nido de bacterias capilares.

El taxista se la rifó entre callecitas, manejando hábilmente por atajos y saltando topes tamaño barricada; faltó poco para que me dejara paralítico, pero de que íbamos a recobrar el tiempo perdido, eso no estaba en duda.

A las 5:30 llegamos al aeropuerto. Salí como rayo, recordé que no le había pedido comprobante al pagar; volteé a ver, el taxista se había evaporado, y sin papelito no hay reembolso de gastos; esto es, había tirado doscientos cincuenta pesotes a la taza del wc y le había jalado.

Hice mi berrinche, aunque en silencio, no era cuestión de mostrarse en el aeropuerto.

Llegué al mostrador de Aeroméxico, por suerte la cola era de dos personas. Le di mi pasaporte a la señorita.

—Uy, a Madrid…

—Voy a Barcelona —dije corrigiendo.

—No, pues sí, pero creo que ya está cerrado el vuelo.

Se me secó el paladar, la lengua se transformó en un trapo de microfibra.

—¿Que qué? —ahora el que hablaba otro idioma era yo—. Se lo ruego, señorita, voy a un viaje muy importante, no me puede dejar el avión, por favor —me ignoró, tomó el teléfono de uso interno.

—Hola, manita, habla Gaby en mostrador, ¿ya cerraste el vuelo a Madrid?

Empecé a sudar frío. Iba a la firma de la compra de una empresa de plásticos, ubicada a las afueras de la capital catalana, justo el viernes a las ocho de la mañana, por parte de uno de los mejores clientes del despacho del cual yo era asociado. Sí, esa raza que trabaja quince horas diarias incluyendo sábados y domingos, todo en pos de la gran zanahoria que se veía a lo lejos con el letrero que decía "Sociedad". Era miércoles, yo llegaría el jueves para desempacar, cenar, dormir y estar listo el viernes muy temprano. Si me dejaba el avión, yo era abogado muerto.

—¿Me podrías abrir el vuelo para un pasaje de última hora, porfas? —dijo, mientras me dedicaba una mirada matadora y yo ponía cara de corderito con las manos en señal de súplica o saludo tailandés, como quieran—. Sí, sí… ya lo tengo… aguántame: no va a documentar maleta ¿verdad?

—Sí… —y puse cara de niño malcriado.

Ni siquiera disimuló al decir:

—Ash —salió la etiqueta por una maquinita y la puso en la maleta.

—Okey. Ya puedes cerrarlo, muchas gracias, adiooooosssssss

—me volvió la vida—. Aquí tiene su pase de abordar y su comprobante de vuelo. No me deja imprimir su pase de abordar de Madrid a Barcelona; pasa a Air Europa allá y se lo dan, al fin que tiene casi tres horas para el transbordo, no debe tener ningún problema —dijo todo eso muy rápido, como si fuera una enorme palabra, la más larga de la historia de los diccionarios.

—Gracias, gracias —le dije sonriendo como imbécil.

—Mejor apúrese que empiezan a abordar en treinta y cinco minutos —mientras con su manita hacía la seña como quien asusta moscas que incordian.

Me fui al filtro de seguridad en friega, vacío, todo estaba saliendo perfecto, como le corresponde a un abogado de mi categoría. Se me cayó el pase de abordar al dárselo al güey de seguridad, lo recogí y pude ver en el número de asiento: 4A.

No manches. ¡Yes! Mi día de suerte, iba a viajar en Business. Turista era para los jodidos, llegar tarde tenía sus recompensas. El adefesio que me atendió en el mostrador se apiadó de mí o ya estaba lleno el avión, el caso es que viajaría a Madrid acostadito como un patrón, tomando champagne y quesitos franceses.

En el filtro, pasé tan rápido que hasta pasó por mi loca cabecita comprarme una loción. Mejor no jugarle al vivo e irme directito al avión, pensé. Recogí mis cosas y cuando me estaba poniendo el cinturón que me habían hecho quitar, se me acercó un policía federal más largo que un día sin pan, apoyó su manota modelo yeti en mi hombro y me dijo:

—Acompáñeme, por favor.

—¿Yo? ¿Qué hice?

—Usted venga por aquí.

¿Qué pex?, ¿una segunda revisión? No entendía nada. Entré en una oficina con un montón de pantallas donde se veía todo el aeropuerto, me fue dirigiendo el policía con su mano en mi hombro.

—Mi comandante Ruiz, aquí está el pasajero.

Un tipo de unos cincuenta años, bien trajeado, me hizo la seña con los dedos de que entrara. Pie grande se fue y creo que con él la suerte que me había seguido todo este tiempo.

—Señor, por favor, mi vuelo va a salir en menos de una hora.

—¿Cuál es el motivo de este viaje?

—¿Motivo? —como era un viaje importante para mí pensé que los demás también deberían saberlo—. Voy a una junta de negocios.

—¿Qué tipo de negocios? —preguntó el policía impecablemente vestido y con exquisitos modales, no se inmutaba ni un poquito.

—Soy abogado.

—¿De qué tipo? —interrumpió. Me quedé pensando.

—Corporativo —grité como quien atina la respuesta de un concurso televisivo—. Voy apoyando a un cliente de mi despacho.

—¿Su despacho?

—Bueno, el despacho donde soy asociado.

—Tengo un reporte de la Interpol desde Madrid. Esperan la llegada de uno de los financieros del Cártel del Sureste. Parece que va a cerrar un negocio allá. Justo como me está detallando usted, licenciado Sanmillán.

—No, no, no creerá que soy yo, ¿verdad? Además… —mis glándulas salivales se quedaron mudas del susto y mi lengua se convirtió en corcho; alcancé a escupir algunas palabras—: ¿Financiero yo? Si soy requeteburro para los números, ¡por eso soy abogado! —hacerme el chistoso no sirvió para relajar a aquel detective.

—Comandante —irrumpió un sujeto vestido de azul con galones en los hombros.

—¿Qué pasó? —dijo mientras levantaba la vista con gran lentitud como si cuidara todos sus movimientos.

—Ya está aquí el equipaje.

Vi cómo jalaba mi maleta con la etiqueta que decía BCN en grande.

No friegues, pensé. *¿Por qué tiene mi maleta, como la consiguió?*

—Vamos a platicar con calma, ¿le ofrezco un café, agua?

—Comandante —supliqué—, voy a perder el vuelo.

—Relájese, licenciado Sanmillán, usted no va a abordar ese avión.

—Una Coca-Cola, por favor —alcancé a musitar.

Se arremangó, como si se tratara de un ritual. Volteó una silla, la puso frente a mí y se sentó al estilo viejo oeste.

—A ver, licenciado Sanmillán, cuénteme por qué usted, o su gemelo, están en el mundo de las drogas —me entraron unas ganas tremendas de llorar. Mi suerte había pasado de excelente a rozar la posibilidad de acabar en el bote, tan sólo por parecerme a un pinche narco.

El interrogatorio había durado poco más de dos horas y tres latas de coca, que había sudado completitas. Bendije el momento en que volvió a entrar el yeti con un papelito para su jefe. Para entonces, ya habíamos partido el queso y yo era Pablo y él Ruiz.

—Vaya… Parece ser que usted no es nuestro hombre —dijo rascándose la cabeza, con voz seria, pero no mediaba ni un gramo de arrepentimiento—. Ya detuvieron a su doble en España, justo en Ceuta, se troncharon a la contraparte también. Yo que pensaba que a usted, don Pablo —dijo, mientras me palmeaba la espalda—, lo había entrenado el Mossad para no confesar. Sé que no es mucho, pero le pido una disculpa —lo dijo mientras se erguía enorme, como cuando eres chico y ves a tu papá descomunal.

—¿Qué voy a hacer ahora? —dejé salir esas palabras de mi boca igualito que el personaje de Scarlett O'Hara en *Lo que el viento se llevó*—. Tengo que estar en Barcelona el viernes en la mañana y ya se me fue el avión.

—Ah —dijo Ruiz como despertando de una hipnosis—, eso no es problema. Déjeme hago una llamada.

Desapareció.

En pocos minutos, estuvo de vuelta.

—Ya quedó. Está usted confirmado en el vuelo de Aeroméxico a París y de ahí toma la conexión a Barcelona, el avión sale a las 10:45. A la señorita que lo atienda, dígale que va de parte mía y que ya hablé con el supervisor Andrade —me tendió la mano y yo articulé la peor estupidez que puedes decir a un policía que, por equivocación, te ha hecho perder un vuelo y más de cuatro horas de tu vida.

—Gracias, mi comandante —"¿Gracias, mi comandante?" ¿Gracias de qué? Pero es que el maldito tipo me impuso todo el tiempo, carajo. Vuelvo a la casilla de salida. Al salir, el poli altote me dio mi maleta. Me di cuenta de que la habían abierto, porque había quedado prensado un calcetín, medio adentro medio afuera.

Me volví a formar en la cola del *check in*, aquello era un *déjà vu* perverso.

—Me manda el comandante Ruiz, me dijo que…

—Sí, no se preocupe —me interrumpió la señorita—, ponga la maleta, por favor. Aquí tiene sus pases de abordar, su equipaje viaja directo, usted sólo tiene que cambiar de terminal. El París-Barcelona lo opera Air France —puntualizó.

Bajé la mirada como niño travieso. Revisé los pases y los guardé mientras suspiraba. Bueno, al menos, otra vez el asiento 4A; se habían apiadado de mí y me dieron Business otra vez. Me dirigí al Salón Premier, todavía faltaba más de una hora, tiempo suficiente para meterme tres o cuatro tequilas, el cuerpo lo exigía. Mi secretaria ya se habría ido y no me apetecía hablar con mi jefe, así que le mandé un WhatsApp, le decía que había tenido un percance con Aeroméxico, obvio no iba a contar la penosa verdad, *de disculpe usted*, y que me iba a Barcelona más tarde con escala en París, pero que llegaba de noche directo a mi hotel. Lo bueno de ser joven y soltero es que no tuve que dar explicaciones a nadie más. Mis papás sabían que me había ido a Barcelona en viaje de negocios y eso era exactamente lo que iba a hacer.

Se encendió la luz roja de la batería de mi cel, lo tenía al nueve por ciento. Vi un enchufe en la pared, saqué los cables de la *backpack* y lo conecté, se quedó en el suelo, pero lo recargué en la pared, no fuera a venir algún idiota y lo pisara y me desgraciara el viaje todavía más. Yo me dediqué a relajarme, cortesía del señor Cuervo.

Al cuarto para las diez me dirigí hacia la sala de abordaje. Obvio, ley de Murphy, era la más lejana de todo el maldito aeropuerto. Ya no tenía ganas ni energías para quejarme, los tres tequilitas habían hecho un gran efecto sedativo. Me esperaba cenar todo lo que me pusieran por delante, acompañado de unas copas de vino y a dormir como un bendito, estaba exhausto. La nubecita gordita, pachona, blanca y hermosa de los pensamientos que salían de mi cabeza fue hecha trizas cuando la voz de la megafonía se hizo escuchar. Una señorita con su vocecita típica dijo:

—Pasajeros del vuelo AM 003, les informamos que la salida está demorada debido a las condiciones climatológicas. No se alejen de la sala, por favor, les estaremos informando cuando vayamos a abordar.

Lo que se alcanzaba a ver por las ventanas era una lluvia, no tan normal en esta época del año, pero tampoco especialmente fuerte; busqué un lugar donde sentarme a pasar esos veinte minutos extras que me obsequiaba la línea aérea; obvio, estaban todos apañados, me metí en las tienditas que venden recuerditos de última hora a precios educativos: sí, los que los compraban aprendían y nunca olvidarían que debieron haberlo hecho antes de llegar al aeropuerto. Estuve tentado de regresar al Salón Premier, pero no sabía si me daría tiempo entre ir y venir; mejor localicé un lugar al lado de dos monjitas con fuerte acento hispano. Vi la hora, ya eran las once de la noche. Estaba agotado, demasiadas emociones, carreras, interrogatorios, tequilas; me aplasté en mi asiento y yo creo que las dos monjitas emanaban paz, con su conversación en modo murmullo/rezo, porque me quedé dormido. Mi sueño no tenía contenido, sólo que el guion pasaba por un dolor permanente en el cuello; sentí que me movían el brazo con mucho tacto.

—Joven, joven, ya llamaron a abordar —dijo una monjita. Le agradecí, como pude, porque mis labios estaban cosidos en un zurcido invisible perfecto, mientras que el paladar estaba bien pegado con Resistol 5000. Vi la hora mientras corría, era la una y media, en la madre, vaya jeta que me había echado. ¿No que veinte minutos?

—Pase de abordar —me dijo con un tono exigente la señorita con cara de doberman. Le di el pase, lo vio y dijo:

—A ver si no reasignaron su asiento.

—Oiga no, cómo cree —iba yo a empezar mi alegato cuando me hizo señas con la mano que mejor me apurara. Corrí, mi corazón latía con mil pulsaciones por minuto, la boca seca, sudor con olor a Cuervo Tradicional. Entré corriendo al avión para darme cuenta de que había cola, apenas habían embarcado; la de la entrada sólo me había asustado a lo burro. Me imagino que es la profesión que mayormente permite sacar las frustraciones de la vida desquitándose con los incautos aspirantes a pasajeros aéreos.

Adentro una azafata con una sonrisa estampada en la boca me señaló mi asiento. Eso sí, era un señor asiento. Guardé mi *backpack* en el compartimento de arriba. Había suficiente lugar sin necesidad de pelear con otros pasajeros; es una de las ventajas de viajar en Business, cosa que me estaba gustando, aunque lo mejor sería que no me acostumbrara. Me ofrecieron una copita de champagne que ayudó a despegar mis maxilares.

De nuevo, yo relajado. El avión se movió poco a poco, ya eran las dos de la mañana. Mi conexión se fue a la basura, ojalá haya lugar en el siguiente vuelo: debería avisar a alguien que iba a llegar tarde. Busqué mi cel, no estaba. ¿Se me habría caído mientras dormía? O las monjitas no eran tan buena onda. Me acordé de que en la Sala Premier había tenido la brillante idea de ponerlo a cargar y en un enchufe pegado a la pared… ¡mierda! Iba a decirle a la señorita, pero el avión se estaba moviendo, ya ni lo intenté. Eran demasiadas cosas, ya rentaría uno o a ver qué carajos hacía allá, cuando llegara.

Dejé que mi vista se perdiera en la ventanilla, tenía ganas de llorar.

—Señoras y señores pasajeros, les habla su capitán, tenemos un pequeño problema con el equipo y estamos regresando a nuestra posición para que los técnicos lo revisen. Probablemente no sea nada de importancia, pero su seguridad es ante todo, por lo que estaremos en la posición unos quince minutos en lo que revisan el avión.

—Señorita, olvidé mi celular mientras esperaba, ¿cree que ahora que regresemos me dé tiempo de ir al Salón Premier por él?

—Señor, el Salón Premier cerró a la una y ya son 2:35 de la mañana.

Vi el reloj, aquello era irreal.

—Oiga, y ¿ahora qué hago?

—Mañana puede hablar para preguntar. Ahí se lo guardan o puede pedir que alguien lo recoja.

Exhalé dieciocho litros de aire de mis pulmones. ¿Ahora qué más me podía a pasar?

—De la cabina de pilotos nos informan que nuestro centro de mantenimiento va a reemplazar una pieza y eso nos llevará unos minutos más. Lamentamos los inconvenientes, rogamos entiendan que es por su seguridad.

Finalmente, el puto avión, con la puta pieza, tomó vuelo en la puta pista y estuvimos en el puto aire, rumbo al puto París y eran las putas 4:30 de la mañana.

Ya nadie quiso cena, todos nos pusimos a dormir. Yo estaba agotado, pero acostadito. Si ya antes de despegar se me habían acabado las nalgas, no podía imaginar doce horas adicionales sentado. En mis sueños sólo sentía el bamboleo del avión con las turbulencias ocasionales que me arrullaban todavía más.

Me despertaron la luz y el tintineo de vasos. Alcé mi mirada y una señorita apareció de la nada.

—¿Quiere desayunar, señor?

—¿Qué hora es? —musité.

—Son mmm… déjeme ver, las nueve y media

—¿Entonces vamos a llegar con luz de día? —pregunté destanteado.

—No, señor. En París son siete horas más, llegaremos a plataforma cerca de las once de la noche.

Traté de dibujar una sonrisa mientras me escurría de regreso a mi cama aérea.

¿Desayunar?, pensé. *Éstas tienen su programa y se aferran, aunque el vuelo vaya demorado. Nos quieren dar de cenar en la madrugada y de desayunar de noche. Sí, estaban bastante taradas.*

Me arreglé en el baño y luego bien sentadito hacía mis planes y cálculos: pasar migración en friega loca e ir a donde estuvieran los mostradores para conexiones y ojalá hubiera un vuelo a las once u once y media de la noche, no importaba que llegara tarde en la noche al hotel de Barcelona, ya dormiría el fin de semana o cuando me muriera. *Por favor, Diosito, déjame que llegue, ésta es la última que te pido.* Y encima sin celular; en la oficina seguro me imaginaban dormidito en mi camita en el Hilton, enfrente del despacho Garrigues, en plena avenida Diagonal de Barcelona.

El avión aterrizó, Dios es grande y no nos volteamos ni nos estrellamos, ni se incendió, que era lo que me faltaba. Puse mi reloj a la hora local 10:38 p.m. Tenía todo conmigo: pasaporte, *backpack* y piernas listas para salir volando; tenía que pensar positivo, ya se habían agotado las cosas negativas que pudieran sucederme en el catálogo de aquel viaje. Aquello sería sólo un cúmulo de anécdotas que contar a mis colegas de regreso a México, al agarrar el pedo cuando me preguntaran por mi periplo español.

Un París muy diferente

Se abrió la puerta del avión a las 10:55 en punto, noche fría. El majestuoso 787 empezó a drenar pasajeros, yo entre los primeros. Las azafatas se veían muertas, se notaba la demora en la salida. De repente nos detuvimos como un atasco de carretera, me puse de puntitas ya en el pasillo telescópico y pude ver a tres policías franceses mal encarados pidiendo pasaportes a todos los pasajeros. La vida no quería que yo tomara ninguna conexión a Barcelona. Llegó mi turno.

—¿Trae mucha prisa? —me dijo en español el policía; mi cara de ansiedad me delataba.

—Es que tengo el tiempo justo para tomar mi conexión —el policía me miró; yo no paraba de moverme—. Además me estoy haciendo pipí desde hace rato —contesté sin mayor tapujo.

Me imaginé que el policía me aplicaría la del cuartito del comandante Ruiz en versión francesa. Mi cabeza, que siempre le da por pensar lo peor, y algunas veces le atina de lleno, empezó a elucubrar; esta vez, gracias a Dios, se equivocó.

El policía me dio el pasaporte sin mirarme siquiera. Salí corriendo como desaforado hasta que vi el signo y el letrero de toilettes, no podía dejarlo pasar. Afuera tenían puesto uno de esos avisos amarillos de plástico que, aunque en francés, se entendía que estaban limpiando el baño. Yo no estaba para aceptar que justo a las once de la noche en Francia les da por lavar los baños mientras trescientas personas se bajan de un avión en vuelo trasatlántico. La señora que lo limpiaba me gritó en francés desde el primer chorrito hasta las últimas gotas, quién sabe qué tanto me habrá dicho, pero, aunque me mataran ahí mismo, prefería eso a explotar en el camino.

Naturalmente más relajado, caminé con prisa hacia donde iban todos, y me topé con un módulo de conexiones de Air France, por una vez tuve bendita suerte y había tres señoritas y ningún pasajero con dudas de su conexión. Enseñé mi pase de abordar. Pasé con una chica, con cara de *si somos tres, por qué justo pasas conmigo*, le enseñé mi pase de abordar de Aeroméxico. Me dijo en un inglés con tono afrancesado, que por cierto siempre se me ha hecho de lo más cachondo, mientras me regañaba por llegar tarde, como si yo fuera el señor Aeroméxico, que me apurara para pescar el último vuelo que salía a las 12:10. Me imprimió un pase de abordar, me explicó que la maleta iría en ese vuelo. Dije *Merci*, mientras la miraba, estaba guapa, nunca he salido con una morenaza y la neta siempre se me ha antojado hacerlo con un bombón así, me cae que no me pienso morir hasta que lo cumpla.

Vi en el pase de abordar la hora de llegada a Barcelona, las 2:00 a.m. Con muchas vicisitudes, pero llegaría a dormir aunque fuera tres o cuatro horitas. Pero lo mío en ese momento era aplicarme en no perder, literal, mi último vuelo.

Migración. La suerte había caducado, era como un voltímetro que subía y bajaba. Había una nutrida cola, muchos árabes con su gorrito y las mujeres con su pañuelo en la cabeza, se veían exóticos; fijarme en ellos me ayudó a que el tiempo de espera se hiciera más corto. Cuando llegó mi turno, me tocó un agente que tenía ganas de irse a su casa y sólo me miró y selló el pasaporte como autómata.

Vi mi reloj, tenía media hora para llegar. Me desplacé veloz por los pasillos, me di cuenta de que a pesar de la hora había mucho movimiento. El aeropuerto Charles de Gaulle luce moderno con sus paredes onduladas de concreto, mientras mis piernitas se movían como velocista olímpico. Las siglas CDG estaban en los letreros que decían *Bienvenues à Paris*. Por mi mente pasó la idea de cómo el destino juega con nosotros, yo no debía haber llegado a París en la noche, sino a Madrid y de día; como fuera, en un par de horas debería llegar a mi ansiada meta llamada Barcelona.

Me detuve a ver las pantallas de salida de vuelos, mi sala era la B36. En ese momento había una bifurcación, las B se iban para la derecha, me salí del banco de peces que seguía nadando uniforme hacia la izquierda; pensé que estarían empezando a abordar mi vuelo, por lo que si quería llegar debía meterle candela.

Me venía bien trotar porque así estiraría las piernas. Vi a dos militares o policías con sus uniformes de camuflaje, su cabello corto casi al ras, con una boina calada de lado, ambos con un fusil de asalto. Los tipos me vieron de reojo, seguí mi trote normal, no es raro ver correr a alguien en un aeropuerto, sólo esperaba que ahora no les tocara el turno a ellos de hacerme perder mi último vuelo.

Vi un uniforme de camuflaje adelante, se ve que patrullaban de a tres, pero el tercero era una mujer, con su cabello y sus caireles que caían medio palmo más abajo de sus hombros, se veía chiquita al compararla con la perspectiva de los otros dos. Bajé el paso en automático y le vi la cara. Ojos verdes, facciones finitas, nariz paradita. *Ta madre*, pensé, *se parece a Alizée*. Según yo había reducido el paso, pero es posible que me hubiera quedado parado. Eso le llamó la atención y me volteó a ver. Dios, era una monada. La parte más loca de mi cerebro gritaba: *Al diablo Barcelona, Garrigues y mi cliente*. Y es que aquella soldado estaba guapérrima. Después de escudriñarme y, creo, ver que era inofensivo, sonrió, imagino que yo traía cara de retrasado mental, incluso probablemente estaba babeando. Ella era un bombón, pelirroja y sexy. Por la mente me pasó la idea de hacerle plática, así de pendejo estaba, ya me imagino acercándome a ella y los dos güeyes mamados de atrás haciéndome colador con sus armas.

No dejé de mirarla y ella de sonreír, coqueta, ¡a huevo que la había impresionado! Me fijé en sus dientes blancos, sus labios perfectos, brillosos, exageradamente sexys. No pude evitar hacer lo que las mujeres más odian en la vida y bajé la mirada a la altura de su pecho, sus senos que marcaban la blusa del uniforme podía verlos con mi imaginación de rayos X. Me volvió a ver sin esconder la sonrisa. No importaba, yo podía ser perfectamente su payaso todos los días de 9 a 5. No sabía que aquí en Francia a las diosas las contrataba el ejército para que se mezclaran con los humanos.

Me prendía que aquella belleza cargara fusil, mi mente disparó la orden de segregar de golpe la testosterona almacenada para un mes. A la altura de su rodilla un cinto negro con una funda para una pistola; uf, mona y con poder, qué más podía pedir. No me creerían en México si les dijera que vi una mujer soldado así de buena. Hubiera matado por una foto, una prueba para enseñarla en la peda a mis cuates, para que no dijeran que estaba exagerando. Desafortunadamente, mi celular reposaba tranquilamente cargando la batería al ciento ochenta por ciento en el Salón Premier en México. Qué bueno, porque hubiera sido capaz de tomarme la selfie, no estaba en ese momento para medir consecuencias.

El tiempo no pasaba, o al menos no me lo parecía. No me quería ir, prefería quedarme viéndola, y que ella no dejara de sonreírme. Levanté la vista, un enorme reloj de manecillas marcaba las 11:53. Si le seguía haciendo al idiota perdería mi vuelo, pero lo peor de todo era que quería seguir haciéndole al idiota y no separar mis ojos de aquella pelirroja que Dios había puesto en mi camino. Todos los embrollos y apuros habían quedado atrás, sepultados en el pasado, el aquí y ahora se parecían tanto a un sueño en forma de una militar francesa con ojos tan verdes como su uniforme de combate y su sonrisa que en tres segundos había acabado completamente conmigo.

Yo estaba totalmente detenido, y ella nunca redujo su paso, que era bastante lento. La vi cómo se alejaba de espaldas y después los dos güeyes mamados que iban detrás de ella. Me le quedé viendo mientras por mi cabeza seguían las ideas locas de acercármele; pudo más mi responsabilidad y continué mi carrera hacia el avión, después de todo lo que me había pasado al menos la vida me recompensaba mostrándome aquella muñeca para que me la llevara grabada en mi subconsciente. A lo lejos me pareció ver mi sala de abordaje.

Nunca antes había volado. Ni de ésa, ni de ninguna manera. El estruendo fue durísimo, un enorme meteorito había impactado contra la Tierra.

Todo se movió de un lado a otro, suspendido en cámara lenta. Polvo, escombros, polvo, piedritas, tierra, polvo, mucho, mucho polvo. Sentí girar mi cuerpo en el aire. Cerré mis ojos por instinto. Era un terremoto y justo me pescó aquí en París. No sé cómo caí. Recuerdo una punzada en el tobillo. Me acordé de los jugadores de futbol que caen mal y se lesionan. Creo que eso fue lo que pasó conmigo. En el suelo, todo era oscuro, llovían piedras, escombros, polvo, personas, gritos, oscuridad, ruidos. Mis oídos empezaron a zumbar, más polvo, yo en el suelo golpeado por todos lados. Me tapé la cabeza con los brazos. No sabía que también temblaba en París. ¿O estaba en México? Creo que tembló mientras yo estaba dormido al lado de las monjitas, tenía que ser México, sólo hay terremotos en México. La luz se fue, después regresó en forma de chispazos por todas partes, chispazos que brillaban. La electricidad también estaba volando.

Se oían gritos, muchos gritos muy cerca, quejidos ahogados, muchas toses. Quedé aturdido por un buen rato en el suelo en posición fetal.

El diablo había ingresado al aeropuerto justo en aquel momento. El maldito de siempre había entrado en medio de una tormenta de piedras, maletas, personas, vidrios, comida, objetos irreconocibles, un brazo, un pedazo de algo como alfombra, cascajo y truenos, esos malditos truenos que me dejaban sordo. Dios santo, no dejaba de caer ese polvo pesado. No podía respirar, metí la nariz y la boca dentro de mi camiseta, me tapé con mi saco, trataba de jalar aire, era imposible. Se oía como si se derrumbaran paredes o cosas, mi labio sabía saladito.

Lloriqueos, lucha de idiomas, se había derrumbado la torre de Babel. ¿Dónde estaba? ¿Qué pasaba? ¿Dónde estaba mi avión de Aeroméxico?

Mi cerebro intentó funcionar, mis oídos zumbaban como cuando vas a desmayarte, y no podía permitirme un desmayo. ¿Qué era aquello?

¿Esto era París? Esto no era un temblor, en los temblores primero todo se mueve como si estuviera construido sobre agua y sientes como si flotaras y pasara una ola y luego otras y así. Esto era una explosión de gas. ¿De gas? Sí, seguro alguno de los restaurantes del aeropuerto. La militar guapísima, ¿dónde estaba? *Shit!* Se escucharon tronidos, continuos como ráfagas, y luego aislados, pero constantes, metálicos. ¿Serían disparos? No eran. ¿Quién dispararía durante un terremoto?

Por instinto me quise parar, me mareé y sólo pude acuclillarme, estaba rodeado de piedritas y otras no tan chiquitas que rodaron al tratar de incorporarme; mientras estaba de cuclillas, me sacudí, me salían lágrimas y agua de la nariz. Me volví a parar y me revisé, no fuera a ser que se me hubieran volado unos dedos o qué sé yo. Estaba enterito, el tobillo en su lugar, pero me dolía a madres, adrenalina a mil.

Escuché, o creo que escuché, que gritaban órdenes, oí tiros, más tiros, me dieron ganas de vomitar con tanta tierra en el aire, mis oídos empezaron a emitir un sonido agudo, mi cerebro decidió que aquél era el momento para desconectarse del mundo y me desmayé.

Abrí un ojo y no entendí nada, una pierna me hormigueaba. Me había quedado inconsciente. Me parecía que había pasado una eternidad. Busqué mi reloj, el vidrio estaba estrellado y la carátula sin manecillas. Sentí un chiflón, probablemente el que me despertó escupiendo frío sobre mí. Quise alcanzar el despertador, chance era la hora de pararse para ir al trabajo, moví el brazo y un millón de piedritas se me incrustaron. Los oídos me silbaban, los ojos me ardían, el tobillo me dolía, la cabeza la sentía llena de harina. Me encontraba boca abajo, giré mi cuerpo hacia el costado derecho, sentí una descarga eléctrica en el codo. Me lo sobé hasta que se me quitó el dolor. Una lámpara del techo colgaba casi en posición vertical, apenas sujeta por un cable, se movía un poquito, titilaba, permitiendo ver y ocultando todo, dejando salir las sombras y volviéndolas a su lugar.

Me toqué los labios. Estaban enormes, y sentí la herida y el sabor saladito de la sangre, que me era familiar. Era lo único familiar ahí. Mi cerebro se calmó y pude pensar, volví a la realidad, a la de verdad. Yo estaba en el aeropuerto de París y había explotado una bomba. Aquello tenía que ser un ataque terrorista, y yo tirado justo en medio. ¡Qué pinche miedo!

Sonaba un disparo de cuando en cuando. Asumí que estarían buscando sobrevivientes para matarlos, uno por uno. Mi sangre fue sustituida por cinco litros de miedo y mi corazón se volvió loco e intentó escapar. Quise mantener la calma, mis manos temblaban y se manejaban solas.

Empecé a maldecir entre dientes, dije puras groserías, como si decirlas me hiciera sentirme malo y protegido.

Pedí ayuda, en silencio, sólo con mi mente, no fuera a llamar la atención y me encontraran y la historia de mi vida se acabara ahí mismo. Virgencita de Guadalupe, tú que siempre me acompañas a todos lados, protégeme. Busqué en el bolsillo de mi pantalón la cartera, ahí estaba, dentro traía una estampita de la Virgen; mientras estuviera conmigo, yo estaría a salvo.

Me levanté y empecé a caminar, casi agachado, sin alejarme mucho de la luz intermitente que emitía la lámpara que colgaba del cable y se movía lentamente de un lado a otro. Caminé hacia el frente casi de puntitas, me quedé helado al ver en el suelo a uno de los soldados; lo reconocí por el uniforme y porque estaba casi pelón, yacía boca abajo y aunque conservaba piernas y brazos éstos estaban en posición antinatural; le vi el torso, le faltaba un pedazo como si lo hubiera mordido un tiburón y se veían sus huesos y entrañas; gracias a Dios pobremente alumbrados por la lámpara que no paraba de balancearse, de poquito en poquito.

Muertos, escombros y Valérie

Tropecé con una maleta, o algo parecido porque no era muy sólida; casi me caigo, lo que menos quería era hacer ruido y que alguien supiera que yo existía. Mis pisadas crujían por el cascajo y objetos que había por todos lados; con la lámpara que alumbraba intermitentemente pude ver cómo se iba asentando la capa de polvo. La tos me la tragaba, ni de menso me iba a poner a toser ahí. Vi a un señor de traje tirado de espaldas, me fui acercando para ver si estaba bien, una pared estaba encima de él, de la cintura para abajo estaba totalmente aplastado, bidimensional. Espectáculo horrendo, por poco doy un grito, lo contuve. No sabía qué hacer, si quedarme en un rincón lejos de la lámpara o buscar sobrevivientes.

Más sonidos metálicos secos, más tiros, más gritos ininteligibles. Me alejaba y buscaba a algún ser humano que todavía tuviera su forma. En el fondo quería compañía, me sentía espantosamente solo. Le pedí a Dios que no me tocara ver a alguien sin cabeza, por favor. Oí un lamento, sordo y agudo.

Me dirigí al lugar de donde venía y de camino vi al otro soldado: su cabeza reposaba en un charco negruzco; obvio, era sangre; obvio, era demasiada para estar vivo; obvio, era sangre con algo más. Pensé en la soldado güera que me había sonreído, deseé con toda mi alma no encontrármela en pedacitos.

Era como el set para una película de zombis. Estaba solo, en la oscuridad, con destellos intermitentes de luz, asediado por la angustia, confundido y con miedo, mucho miedo.

Ahora me desplazaba arrastrando los pies, me alejaba de la lámpara tintineante, por lo que la luz era cada vez más escasa. Ya no había cuerpos, sólo escombros, piedritas y mucho polvo. Algunas crujían, yo aguantaba la respiración como si con eso pudiera absorber el sonido y acallarlo. El tobillo, el maldito tobillo me dolía; el dolor se extendía hacia abajo en el pie; iba renqueando. No se apreciaba sangre y no lo quería revisar, no fuera que tuviera el hueso salido o una cosa loca de películas de guerra: si no lo veía, no existía.

Caminé hasta el final de lo que alguna vez fue un pasillo, sentí una ráfaga de aire helado que se coló por algún lado, o igual era la muerte que se paseaba por ahí, recogiendo su cosecha. La lámpara, distante, seguía repartiendo la luz y las sombras. Llegué a un punto en que no se veía casi nada por más que forzaba los ojos, me acercaba a una zona oscura. Me detuve. Imaginé que podría haber un gran hoyo o una fractura en el piso y caería en el vacío; poco a poco giré sobre mis pasos.

Volví a experimentar esa sensación de película de miedo, que de pronto saldría un fantasma o algo así, quizás un herido muy pinche, con media cara, y tratando de pedirme ayuda. Qué pinche miedo, ¿cómo fui a parar a ese cementerio terrorífico?

Más sonidos secos, más gritos, se percibía el pánico, no podía distinguir lo que decían.

Me puse en cuclillas, me dolía la espalda de la caída y de vagar tanto por ahí alrededor, estaba tenso como un gato erizado.

Me sobé la frente y la cabeza, sentí rico, me relajaba. Mi amiga la lámpara iba y venía, iba y venía, estaba ahí. Vi un reflejo en el suelo, era un mechón de cabellos que asomaban por delante de un objeto oscuro que no podía identificar. Me acerqué poco a poco con los ojos medio abiertos, listos para cerrarlos si se trataba de algo desagradable. Era ella, la militar, estaba tirada. Me arrodillé ante ella, se me quitó el miedo, capaz que estaba viva. Según me acercaba, veía su uniforme de camuflaje cubierto por una gruesa capa de polvo gris y varias piedritas, su pecho subía y bajaba, señal de que al menos estaba viva.

Sí, era ella, su cara blanca resaltaba en aquella oscuridad. Su cabeza, empanizada de polvo, y sus rizos pelirrojos llenos de piedritas. Bajé la mirada, tenía un escudo en su hombro, me acerqué y pude leer *Gendarmerie Nationale* junto a la bandera de Francia; no era militar, era policía. Vi que tenía sangre a la altura del estómago, la seguí examinando y sus piernas estaban bien, sus pies calzaban unas botas militares. Le toqué la cara, estaba helada, le quité el polvo, me puse atrás de ella y con ambos brazos la abracé para levantarla. Lanzó un quejido de dolor, le tapé la boca como pude. La arrastré hasta la luz. A pesar de que lo hice con mucho cuidado, se escuchaba por dónde la arrastraba; el suelo no estaba despejado y se iba atorando en la gran cantidad de pequeños obstáculos, lo que se traducía en un mayor esfuerzo. Ahí me había despertado yo, entonces era mi único lugar *conocido*. Mi tobillo me recordó que estaba ahí, hinchado y me dio dos o tres aguijonazos, me mordí los labios para no quejarme; estaba a medio camino, si paraba ya no podría agarrar a la policía y levantarla de nuevo.

Llegamos al lugar de la luz. La dejé recostada, descansé, me encontraba resollando y sudaba a lo bestia. Aunque menudita, me había costado mucho moverla. Ahí estábamos, justo debajo de la luz que parpadeaba.

Le toqué la herida para ver si no tenía algo clavado, ella brincó de dolor, gritó, se despertó y pude ver sus ojos verdes, oscuridad, y su cara de susto y extrañamiento, oscuridad, volvió a perder el conocimiento, oscuridad, chequé que respirara, se movía su pecho, oscuridad; así sería todo el tiempo, la luz racionada al cincuenta por ciento, maldita desesperación, pero más valía eso que nada. Por enésima vez me vino a la mente mi celular a salvo en México, había sido más listo que yo. Al pasar la mano por la otra pierna me topé con un bulto a la altura de la rodilla, identifiqué que era la pistola que traía atada. Parecerá estúpido, pero me sentí más seguro.

La policía de la *Gendarmerie* estaba viva; ya no me sentí solo, estaba menos temeroso con una policía que tenía un arma, ésas eran las buenas noticias; las malas, que estaba seriamente herida e inconsciente. Imagino que uno no puede tener todo en esta vida.

Exploré las cercanías, había un cuartito como de dos metros y medio por dos, supongo que era un lugar para guardar enseres, la puerta estaba colgando, pero aún funcionaba. Dentro encontré dos cajas de cartón grandes que habían sido desmontadas por la onda del reciclaje, supongo; había una bolsa como de basura, la rasgué, estaba llena de papeles. Gracias a Dios no era algo apestoso.

Como pude, porque para lo manual soy bastante idiota, puse las cajas en el suelo a modo de cama. Fui por la chica para llevarla al cuarto, estaríamos mejor, un poco más escondidos y no soplaba el aire. La luz intermitente alcanzaba a colarse dentro, era perfecto. Con la mano sacudí las piedritas que había por todos lados, no podría decir qué tan alto era el cuarto porque no se veía nada para arriba, en un descuido ni techo tenía; volví a maldecir por no traer celular para alumbrar, aunque imagino que habría salido volando, igual que todo lo demás.

Fui donde estaba la policía, la tomé de los hombros por atrás e intenté cargarla, volvió a quejarse, pero apenas un poco. Yo no tenía fuerza suficiente para sostenerla, opté por arrastrarla.

Me fijé en sus botas, las agujetas tenían como diez vueltas alrededor.

La deposité en la cama de cartón, recobró la conciencia y me miró extrañada y murmuró algo. Si cuando me gritan en francés entiendo el diez por ciento, suavecito entiendo todavía menos. *Shhhh*, dije. Estaba muy débil porque no rechistó, salí en friega por mi abrigo que me había quitado después de la explosión. Fue lo más fácil de aquel día, no hubo necesidad de buscarlo, ahí estaba esperándome, hecho tiras, pero no estábamos para ponernos exigentes, se lo puse a modo de manta.

No hacía frío ahí dentro, o no me lo pareció. Me arrodillé para examinar a la policía, tenía sudor en la frente. Le puse la mano, la pobre estaba caliente, era claro que tenía fiebre.

Me paré y vi mi obra al haberla instalado ahí; entre el abrigo, las cajas, su uniforme y la oscuridad había construido un perfecto refugio muy discreto; si no te arrodillabas no veías más que un bulto en el suelo, como todos los bultos que había afuera de piedras, botes, maletas, gente… antes todos en movimiento, con prisa, ahora convertidos en objetos inertes.

—Oye, despierta —la llamé con un susurro. No hubo respuesta. Alcé un poco más la voz, en mi *ansionómetro* estaba pasando la etapa de muy nervioso a la de casi histérico; afortunadamente, se movió y abrió los ojos.

—*What is your name?* —puso cara de extrañeza—. *What is your name?* —insistí.

—*Je ne parle pas anglais* —contestó sin siquiera abrir los ojos. Me quedó claro que tendríamos que usar mi más que limitado francés para comunicarnos.

—*Comment tu t'appelles?* —le dije, con lo que había aprendido con la app de Duolingo, o sea, francés en la etapa menor a la de súper básico. Esperé como si fueran palabras mágicas, las repetí tratando de mejorar mi francés porque igual había sonado a discurso de Alexis Tsipras en griego. Dije pausadamente—: *Com-entest-tu-ta-appelle?*

—Valérie —contestó con esfuerzo—. *Je m'apelle Valérie Allamand. Sergent Valérie Allamand* —corrigió marcialmente.

Ah, benditas palabras, estaba consciente. La volví a revisar; ahora, aunque sudaba, la sentí helada. Como mamá obsesiva le volví a acomodar el abrigo.

Sus ojos muy abiertos delataban confusión, más de la que yo había padecido. Yo ya era en ese momento un experto moviéndome en aquel escenario de *Mad Max*. Valérie miró alrededor, tratando de entender dónde estaba y qué sucedía. Pude apreciar sus labios cortados y secos. Al tocarle la mejilla la sentí suave, excepto por unos rasguños producto de la explosión.

—*J'ai très soif.*

—¿Tú tres qué? —una cosa es que supiera decir hola, cómo te llamas y adiós, y la otra que hablara francés.

—*J'ai très soif. De l'eau s'il vous plait* —sacaba la lengua y se la pasaba sobre los labios; gracias a los flashazos de luz que nos iluminaban pude ver la lengua más seca que he visto en mi vida.

—Ya, tienes sed. *Eau, eau* —le dije, mientras yo hacía el gesto de beber de una botella.

—*Oui* —contestó con apenas fuerzas. A mí que el francés me suena súper sexy, dicho suavecito, como apenas exhalado, por ella me sonó a gloria. Aquella muriéndose y yo enamorándome, me cae que no tengo madre.

—No te preocupes, yo voy por agua —como me dio hueva ver cómo se lo decía en francés lo actué, ella asintió con la cabeza. En ese momento me vino a la mente que no me había preguntado ni quién era yo ni qué chingaos estábamos haciendo en aquel extraño lugar. Lo primero que se me ocurrió en ese momento fue presentarme.

—*Je m'apelle Pablo* —lo dije señalándome varias veces como idiota; estaba seguro de que lo había pronunciado fatal. Ella esbozó una sonrisa.

—Pablo —repitió con acento francés, poniendo el acento en la o.

—*Je suis mexicain* —le dije, asintiendo con orgullo nacional. Ella me regaló otra sonrisa.

—*Où sommes-nous? Que se passe-t'il? Et mes copains?* —disparó las tres preguntas de corrido.

No sé cómo, pero le entendí. Bueno, creo que le entendí. Quería saber dónde estábamos. Ni idea cómo se dice aeropuerto, pero improvisé, usando palabras en español, inglés y francés inventado. Sólo me faltó el esperanto.

—*Airport, aeroport.*

Me miró extrañada y no la culpo, aquello parecía un cementerio o un edificio abandonado de noche donde van los *junkies* a drogarse, pero no un aeropuerto.

—*Terrorist atack*, terroristas, bomba, ¡pum!

—*Non! Attaque terroriste?*

—*Oui* —contesté ya muy seguro de mi pronunciación.

—*Copains? Camarades?* —al principio no entendí, después me quedó claro que quería saber qué había pasado con sus colegas policías. No me atreví a improvisar en francés, la única palabra que me vino a la mente era en alemán: *kaput*, pero era muy bestia decirlo así, por lo que seguí improvisando.

—Están muertos, Valérie. *Morts.*

—*Non, non, non* —se empezó a poner histérica.

Le puse la mano en la boca, lo hice instintivamente, ella tomó mi muñeca con una fuerza que no iba acorde con la gracilidad de una francesa pequeña. Y con la otra, en chinga, se fue directa al cinto donde estaba la pistola. Uta madre, no frieguen, ahora sólo falta que encima de que la salvo me mate.

Con la mano que me quedaba libre, y no estaba gangrenándose como la otra, hice la señal de silencio.

—*Terroriste, terroriste la, la ba* —hablaba francés como un cheroqui, pero ahora sí que no venía preparado.

Se relajó y ya no alcanzó su pistola, ni me mató. No me soltó la muñeca, como que se quedó trabada; yo, con la excusa de que me dejara, la acaricié y se la tomé suavemente invitando a que me dejara. Lo hizo.

—*Pardonne moi* —dijo, y yo lo entendí clarito.

—No hay problema —le contesté y también entendió. Un par de días ahí y yo hablaría perfecto francés y ella mexicano con *slang* y las peores groserías del mercado.

—*Je ane a buscar eau, ok?* —no sé cómo se diga, pero me entendió. Le di un beso en los labios. Juro que no estaba preparado, sólo me salió así. Obvio no le di un beso francés (ganas no me faltaban), le di un beso de piquito, cariñoso, casi de hermanos. No quise esperar su reacción, no fuera a tomar la pistola y me la aplicara por pasado de lanza. Me salí hacia la jungla oscura de afuera en mi misión de encontrar agua para esta pobre.

Paseando por el infierno

Salí a explorar. Mi misión era saber qué estaba pasando, acercarme al lugar de donde venían las voces, pero sobre todo encontrar agua. No tenía ningún recipiente, pero ya improvisaría sobre la marcha, todo sin meterme en líos, cosa que en mi caso era mucho pedir.

Mientras caminaba con cuidado y a paso lento, mi tobillo me seguía recordando lo lastimado que estaba, ahora ya no con pinchazos sino con dolor cada vez que lo apoyaba, por lo que trataba de poner toda la fuerza en la otra pierna. No podía quitarme de la cabeza a Valérie. Soy un enamorado con patas, en cualquier momento podían llegar los terroristas y matarnos o derrumbarse del todo la estructura del aeropuerto, y en vez de angustiarme por eso, el nudo en el estómago respondía a que la chica me había gustado. *Historia de amor entre escombros*, se me antojó para título de una novela.

Fui avanzando en la oscuridad, tropezando ocasionalmente. Se veían destellos a lo lejos, me guiaba volteando a ver la lámpara que se prendía y apagaba, que era donde estaba Valérie. Me esforzaba en alejarme en línea recta de ahí, para poder regresar después.

Me detuve para tocarme el tobillo, estaba enorme. Empecé a preocuparme en serio, la descarga de adrenalina había sido bestial para haber perdido sensibilidad o se me estaba gangrenando y me iban a cortar la pata si es que salía vivo de ahí; las dos opciones hicieron que me diera un escalofrío tal, que sentí como si pasara corriente desde mi pie bueno y saliera por uno de mis brazos.

Caminé unos quince minutos, lo hice muy lento; con mi tobillo hinchado se me hizo que caminé treinta y seis horas. Vi luces al fondo de aquel camino, como de linternas. No era capaz de distinguir qué tan lejos estaban, la única manera era acercarme con cuidado, caminando en la casi plena oscuridad.

Encontré una pared y decidí seguir el camino con una mano rozándola, así al menos sabría que no daba vueltas en círculos; al cabo de un rato, pum, encontré tres enormes recipientes pegados a la pared. Me detuve. Eran botes de basura. Ni modo, me dije, es hora de hacerle al vagabundo. Escarbé, traté de jalar las bolsas de plástico que lo cubrían por dentro, pero estaban atoradas de alguna manera que me era imposible desprenderlas. Para mi mala suerte, la primera era la de basura orgánica. Saqué las manos, y me sentí como si estuviera en uno de esos concursos de la tele en los que te vendan los ojos y te hacen tocar alguna cosa repugnante, y ni sabes qué es.

Me dieron ganas de vomitar y mi cuerpo me obsequió tres arcadas seguidas, por suerte me contuve; en la siguiente bolsa había botellas de plástico apachurradas. Se me prendió el foco, tal vez había alguna que no estuviera vacía, por el peso tendría que haberse ido hasta el fondo. Metí mis bracitos hasta lo más profundo. Bien, ¡encontré una botella grande! Calculé que era de ésas de a litro, gorditas, la meneé y sentí buen movimiento, estaría como a la mitad. Gran tesoro y misión cumplida.

Ya iba de regreso cuando mi curiosidad me empujó a desviar mi camino. Idea estúpida. Cada paso renqueante me acercaba literalmente al infierno, se escuchaban gritos, ahora sí no inventaba, eran en árabe, el sonido clásico. De vez en cuando un disparo, gemidos. Me fui acercando y vi a tres terroristas, ahora sí no eran conjeturas: eran tres pinches terroristas, armados con todo. Tenían a un grupo de personas, pude apreciar a dos azafatas, un piloto y como cuatro o cinco japoneses o chinos, no podía distinguir. Había un poco de luz. Como yo estaba sumergido en el negro total, lo que había ahí delante se me hacía brillante como un sol.

Los tenían arrodillados a todos, las azafatas lloraban. Me entró la cordura. ¿Qué chingaos hacía yo ahí? Ya tenía mi agua, no podía ayudar en nada, sin armas y con una sola pierna. Me quedaba claro que se los iban a echar, para eso estaban aquellos fanáticos. Ya no era como antes, que tomaban rehenes y pedían algo a cambio, ahora es más primitivo, la involución del hombre: se trata de matar; a cuantos más mejor y si es de una forma grotesca, objetivo doblemente logrado.

En eso un chino se puso loco y corrió tratando de escapar, además a lo pendejo, porque iba gritando; uno de los terroristas no la pensó y le soltó tres plomazos en la espalda. El pobre diablo cayó perdido en la oscuridad. Estaba claro que había dado en el blanco, se escuchó como un fardo que dejan caer, los gritos cesaron, el murmullo de lamentos aumentó.

Chin ¿y ahora qué hago? Recordé algo que vi en un programa de Nat Geo, los ciervos recién nacidos se echan en la maleza y no se mueven, casi ni respiran para que los osos no los encuentren y se los coman; yo hice como el cervatillo, me hice chiquito y dejé de respirar.

Tenía mi agua, era hora de irse. Me regresé rayando la pared con las uñas hasta que ésta se acabó y a partir de ese momento, a pesar de la oscuridad, sentí que estaba regresando por donde había venido; es difícil explicarlo, pero a pesar de no ver ni madres se me hacía familiar el camino. A lo lejos vi la luz inconfundible, mi amiga, que se prendía y apagaba como un faro.

Yo traía bien asido mi precioso tesoro, una botella de agua a la mitad. Quién sabe quién madres habrá puesto su hocico ahí, pero no estábamos para delicadezas. Mi boca estaba seca, estuve tentado a beber tantita agua, pero se me hizo una traición a Valérie, herida y desangrada, así que me aguanté con mi boquita bien seca. Capaz que esa agua hacía la diferencia entre la vida o la muerte para Valérie. No iba a cargar con aquel peso en mi conciencia, mejor me seguí y me puse a pensar en otra cosa.

Me empezaron a dar escalofríos y me toqué la frente, sudaba. *Shit!* Seguro era por mi tobillo. Hice una pausa, la necesitaba, ya estaba cerca. Me agaché y limpié el piso con la mano y me dejé caer, doblé las rodillas para alcanzarme el tobillo, lo sobaba; no supe si eso me daba alivio o conseguía que me doliera más. De golpe me sentí súper cansado, me mataba mi espalda a la altura de los riñones; alguna vez había leído que ocurre cuando empiezan a absorber el exceso de adrenalina vertida en el cuerpo. En mi caso debía estar recuperando litros, a juzgar por el dolor.

Me quedé tirado, muerto. Pensé en mis padres, en mis hermanos, en que se nos había acabado la gasolina muy rápido, quizás CDG fuera el punto final de mi vida. Repetí CDG, CDG en silencio, con mis labios resecos, mientras con un dedo dibujaba aquellas siglas en el suelo del aeropuerto de París aprovechando que abundaban el polvo y las piedritas; eran unas siglas que se habían posesionado obsesivamente de mi cabeza.

No me convenía quedarme dormido pero, como ya dije, mi cerebro se manda solo y simplemente se desconectó.

Después de cinco minutos o tres horas, no lo sé, me desperté. Me dormí como cuando te van a operar y te inyectan ese líquido que arde cuando entra en la vena y te piden que hagas la cuenta regresiva desde el diez y no pasas del ocho. No puedo decir que el sueño fuera reparador, aunque sí profundo; me sentía más madreado.

Mi caminar era cada vez más penoso.

Entre mis resoplidos por el esfuerzo de andar, percibí un crujido que venía de atrás. Al principio me asusté y el corazón se puso a mil, me volteé, cosa inútil porque estaba todo megaoscuro. Me tranquilicé pensando que después de una explosión seguro seguían cayendo cosas que habían quedado flojas. Como fuera, me apuré; mi pierna casi inservible no ayudaba, la cabezona, pero según yo me movía rápido. Para ocupar en algo mi mente me puse a pensar en Valérie y cómo el destino, de una manera tan extraña, nos había unido, recordé su cara, sus manos, aquella suavidad, su voz. Conseguí mi propósito de tener ocupada *la azotea*, me concentré en pensar lo que haríamos los dos cuando nos sacaran de ahí, logré distraerme.

Eso funcionó hasta el siguiente crujido. Me giré instintivamente, obvio no vi nada y apuré el paso. ¿Y si era un terrorista? A lo mejor se trataba de algún viajero herido buscando ayuda; sea como fuere, me tenía que largar de ahí, ¡ya!

La luz parpadeante estaba ya muy cerca y con cada destello yo volteaba a ver si reconocía algo. Me desplazaba con movimientos torpes, aunque ahora sin chocar con objetos porque tenía ese halo mínimo de luz. Estaba a punto de llegar al cuartito cuando entré en razón. Si era un terrorista, lo estaba guiando exactamente a donde yacía Valérie. Mejor decidí cambiar de dirección, me volteé para entrever lo que pudiera en aquella oscuridad, justo para recibir un golpe en la mandíbula. Mi peor pesadilla me daba la bienvenida, uno de los malditos terroristas me había seguido.

Caí con todo, sin poner las manitas siquiera. Escuché gritos en árabe y una lámpara me cegó y sólo vi un sol eléctrico que reventó mis pupilas. Pude percibir un olor a sudor y mal aliento, ajo en su octava potencia, olía mejor la bolsa de basura orgánica en la que había metido la mano, que aquel individuo.

Me gritaba en árabe, yo creo que preguntándome algo, y luego pasó al francés que para mí era lo mismo porque tan rápido no entendía ni papa. Cada vez más alto, como si los decibelios me ayudaran a entender un idioma que no conocía.

Traté de incorporarme, el sujeto amagó con darme otro culatazo con su fusil. Me quedé observándolo, alumbraba con su linterna los alrededores, buscaba más sobrevivientes, yo creo que se había dado cuenta de la condición en que me encontraba y que no representaba peligro alguno. Era chaparro, fornido y pelón, traía un chaleco antibalas y se veía cuadrado, súper gordo, pero sólo del torso, un tipo raro. Su barba y bigote, aunque claramente no le salían bien, se los dejaba crecer, probablemente muy orgulloso, pero parecían estropajo raído.

El terrorista me soltó una patada en el tobillo lastimado, solté un aullido de dolor. El tipo siguió gritándome.

Me puse en cuatro patas y de ahí para arriba. Me seguía interrogando, pero yo estaba bloqueado, no entendía nada. Me empujó, para mi mala suerte, hacia donde estaba mi amiga la luz parpadeante y, por consiguiente, Valérie. Traté de desviarme cambiando el rumbo y él me corregía a golpes de culata. Opté por dejarme caer, como desfondado. Me paró de los pelos. Si es doloroso que te los jalen, que te hagan poner de pie a costa de tu cabellera es algo que no le deseo a nadie.

No recuerdo bien, todo estaba nebuloso, me regresaron las ganas de vomitar; esta vez, como nunca antes, sentí la muerte en mis hombros.

El tipo empezó a iluminar el suelo, se veían mis pisadas dibujando un caminito perfecto que terminaba justamente en el cuartito. Me hizo avanzar en esa dirección, llegamos a la entrada.

El terrorista me empujó dentro y caí junto a Valérie, que estaba dormida o inconsciente. El terrorista la alumbró, se rio y emitió esos gritos que he visto en los noticieros de la tele, como si ululara de alegría. Levantó el fusil y apuntó directo a la cara de Valérie. Yo lo que más deseaba en la vida era morirme de un infarto antes de que saliera la bala del arma de aquel pinche fanático desquiciado.

Desde el suelo vi el fusil, el cargador era curvo, entendí lo de *cuerno de chivo*, nunca le había encontrado la forma. Decidí que, ya que iba a morir, al menos lo haría como hombre y no como hormiga aplastada. Me paré y abrí el compás de mis pies de forma que quedaba justo enfrente de Valérie.

El terrorista chaparro puso cara de niño al que le esconden el juguete, levantó la mirada poco a poco, la diferencia de estaturas era evidente y eso que yo no me consideraba especialmente alto con mi 1.76. Hizo el amago de golpearme de nuevo con la culata y le grité:

—¡No!

Mi actuar completamente desquiciado lo sacó de onda. Del chaleco antibalas se asomaban cables, entendí al segundo por qué lo "gordo": estaba atascado de explosivos. Tontamente me dieron miedo los explosivos. Estaba a segundos de que me perforaran el pecho y me asustaba volar (de nuevo) por los aires. El terrorista chaparro volvió a reír, le vi los dientes amarillos, a pesar de la luz intermitente y escasa, además le faltaban dos de un lado y una corona de oro brilló. Empezó a gritarme en árabe y yo a él en español, de *vas-y-chingas-a-tu-madre* no lo bajé. Era mi forma de vengar *a priori* mi muerte.

Él se detuvo como pensando, yo siempre he dicho que el español y el árabe se parecen porque salen masticados de la boca. Estoy seguro de que el pendejo intentaba saber qué idioma era, tan afín al suyo. Cuando en realidad yo le había mentado su madre de corrido.

Alzó el fusil y volvió a apuntar a Valérie. Era como si yo no le importara porque el cañón pasaba a mi lado.

—No, cabrón —le grité. Sabía que ella iba primero y yo después, por eso agarré valor.

El tipo cortó cartucho. No sé cómo habrá sonado en realidad, para mí fue un estruendo como si cargaran un proyectil en un lanzacohetes; aspiré profundo. Pensé que en menos de tres segundos sabría quién había matado a Kennedy y a Colosio y si era verdad que había extraterrestres que tenían guardados en Roswell, porque cuando te mueres te enteras de todo aquello que aquí abajo en la Tierra nadie sabe.

Riendo me apuntó a la cara, yo estaba tan cansado que una parte de mí deseaba morir ya. Le hice señas con la mano de que a la cara no, se encogió de hombros e hizo una mueca de que le daba igual y bajó el fusil y apuntó a mi pecho, justo en medio. Podía sentir lo redondo y hueco del cañón en mi cuerpo, y eso no era nada, ¿cómo se sentiría la bala? ¿Quemaría? ¿Cuánto tardaría en morirme? ¿Qué pensaría en esos pocos segundos que pasarían entre el disparo y mi muerte?

—*Gut bai* —dijo el chaparro en un inglés arrastrado.

—Chinga a tu madre —fue mi respuesta y mis últimas palabras.

Escuché el estruendo y otro de nuevo. Los dos fueron secos y metálicos, tal como suenan todos los disparos. Sentí dolor en mis oídos, como si me hubieran dado un campanazo y estuviera vibrando, con un zumbido persistente.

No obstante, alcancé a escuchar el ruido de un bulto al caer. Lo curioso era que yo permanecía de pie, tenía los ojos cerrados y estaba apretando los dientes. Abrí los ojos poco a poco. Estaba oscuro. Empecé a percibir el olor a pólvora.

Creo que todo lo que me pareció una eternidad pasó en menos de un segundo. Vi al terrorista tirado en el suelo con un hoyo perfecto en la frente, su garganta estaba destrozada por otro tiro y brotaba sangre en cantidades que jamás pensé que pudieran salir de un hombre. Como un muñeco de cera, se quedó con la sonrisa. Yo no entendía nada.

Oí un ruido atrás de mí. Vi a Valérie, todavía sostenía su escuadra con las dos manos, ligeramente incorporada.

La guardó cuidadosamente en la pistolera que traía en la rodilla y se dejó caer. Yo no estaba muerto, y ella tampoco, sólo el terrorista chaparro. A qué hora ella se había despertado, era un enigma.

—Gracias, Valérie —le dije, me salió del alma. Me pareció que había dibujado una sonrisa en su cara. Güey, no tienen idea de lo guapa que se veía o al menos me lo parecía y, además de sus gracias, disparaba con una precisión diabólica cuando más se le necesitaba. Se recostó de nuevo con una mueca de dolor, se tocó el abdomen donde estaba sangrando, todo con los ojos cerrados.

Lo único que se me ocurrió y en lo que yo podía ayudar ahí fue en jalar al chaparro para alejarlo del cuartito. Lo tomé por los pies y lo arrastré hacia un costado, donde la luz casi no llegaba; a cada obstáculo, su cabeza chocaba y daba un salto; si no fuera por lo grave de la situación, resultaría bastante cómico. A éste no lo iba a jalar por el pecho, ya que su cuello parecía una manguera rota soltando chisguetes de sangre. Mientras lo movía, como si fuera lo más normal de la vida, mi mente me preguntaba insistentemente: ¿qué estás haciendo? Acababan de matar al pendejo que nos quería asesinar y yo como mafioso de *Los Soprano*, o peor aún como ayudante, me llevaba el cadáver. Aquello no podía ser real. Cuando me sentí completamente a oscuras lo dejé. Tanteé el suelo en busca de algo para taparlo, pero no encontré nada, así que lo dejé tal y como venía.

Regresé al cuartito, Valérie seguía con los ojos cerrados. Me acordé de su agua. Volví hasta donde más o menos me había apañado el terrorista. Percibí la tapa roja de la botella de Vittel, a medio llenar, en uno de los flashazos de la lámpara intermitente. Se la llevé a Valérie. Definitivamente se la había ganado.

Llegué con la botella, la levanté como si fuera el trofeo al ganador del Tour de France, y dije algo así como:

—*Ici!*

Ella hizo el intento de sentarse. La tuve que ayudar jalándola con cuidado de los hombros y poniendo la bolsa de basura llena de papeles a modo de almohada en su espalda. Le di la botella, apenas podía sostenerla, sus manos estaban tan débiles como ella misma. Todavía no entiendo cómo hizo para desenfundar y lanzar dos tiros tan perfectos en el estado en que se encontraba. Le tomé la mano y entre los dos pusimos la botella en sus labios partidos por la resequedad. Creí que se la zamparía toda de un trago, pero apenas iba sorbiendo de a poquito, de a muy poquito, parecía un colibrí. Me di cuenta de que, según iba bebiendo, su estómago dejaba salir más sangre. *Uta*, pensé, *si no salimos de aquí pronto, ésta se me va a quedar.*

Me miró extrañada, como si de repente no me reconociera. Yo sabía que a la gente deshidratada, y claramente ella lo estaba, lo primero que les afecta es el cerebro. Adiviné su pregunta con su cara de confusión.

—*Je suis Pablo. Je suis mexicain, parle molt petit française* —ya le había dicho hacía un rato, pero entre que ésta perdía la conciencia y mi reducido vocabulario en francés, no pasaba nada si repetía mis comentarios. Ella se rio para adentro, se veía que estaba débil de a madres y yo por mi parte estaba acabando con su idioma natal a hachazos. Se dejó caer en la almohada improvisada, no se tomó toda el agua, le hice el gesto de que bebiera más y ella se negó. Se veía realmente mal.

Yo sabía que nuestro tiempo era breve si queríamos llegar vivos al final de la película. El ruido de los dos plomazos no debió pasar desapercibido entre los terroristas que yo había espiado al ir a conseguir el agua. Nos habíamos deshecho de uno de ellos con todo y la bomba que probablemente traía en el pecho, la cual afortunadamente no tuve presente cuando lo saqué del cuartito a rastras; pensándolo bien, ahora me doy cuenta de que pude haber explotado con el chaparro incluido. La otra bomba, la de tiempo, la de los disparos, se había activado ya.

Al menos ésta la habíamos librado, aunque intuía que en poco tiempo tendríamos problemas.

Me quedé al lado de Valérie, podía ver que su pecho ya no subía y bajaba como antes, ahora lo hacía sin ritmo, a trompicones. Intentaba concentrarme para trazar un plan. Nos teníamos que mover de ahí y escondernos en otro lugar. Como ella no tomaba más agua, agarré la botella y le di un trago. Fue un placer insuperable, como vaciar un gotero en la arena, lo absorbí integro. Estuve tentado de darme un banquete con un segundo trago, me lo pensé dos veces, pero no podía ser tan manchado, mejor que la usara ella. Además, si se acababa, tendría que echarme otra excursioncita y no se me antojaba nadita. Mi plan fugaz de movernos a la oscuridad y quedar tendidos como muertos no iba a funcionar. Si yo arrastraba a esta mujer como lo había hecho con el terrorista chaparro, la mataba.

Era cuestión de esperar y confiar en su pistola y su habilidad de matar terroristas mientras permanecía acostada, o sea, nuestras posibilidades de sobrevivir eran cercanas a cero.

Me quedé acariciándole su carita y haciéndole piojito en su cabello; de tanto en tanto le besaba las manos. Su olor era peculiar, muy rico, floral, de alguien joven.

De pronto abrió los ojos, me miró y dijo:

—*Allez, allez* —mientras hacía señas con las manos para que me fuera. Creo que quería que yo me salvara. Negué con la cabeza. Aunque estuviera herida, estaba alerta. Me dio gusto que en nuestra desgracia compartiéramos pensamientos, aunque se tratara de nuestros miedos de que llegaran los colegas del terrorista de dientes amarillos.

Sus ojos verdes me encandilaban, pero más su pelo, rubio mezclado con pelirrojo, así lo veía con la poquita luz que caía haciendo ondulaciones padrísimas.

Cerró los ojos, cayó en sopor otra vez, hasta podía escuchar unos pequeños ronquidos. Eso no podía ser, ella era mi única esperanza de salir con vida de ahí.

Conviviendo con la muerte

Valérie estaba dormida… o muerta.

—Valérie, Valérie —susurré, mientras la zarandeaba un poco. Ella se quejó. Al menos estaba viva. La lámpara cada vez daba una luz más pálida en sus intermitencias.

—*Mama?* —dijo en francés.

—No, Valérie. Soy yo, Pablo —se notaba la confusión en su rostro. Así se quedó por unos segundos y por fin volvió a la realidad.

—*Ah, oui, Pablo, c'est toi* —se quiso parar, pero hizo una mueca de dolor. La ayudé a incorporarse. Me senté detrás de ella, recosté mi espalda contra la pared, y la suya contra mi estómago y su cabeza en mi pecho. Suspiró.

Otra vez me vino un ataque de amor, la abracé y… está mal que lo diga, pero mis hormonas actuaron con el contacto del cuerpo femenino; sentí atracción sexual y vergüenza de mí mismo. Reflejaba la bipolaridad que se vivía en aquel agujero negro. Quise moverme para que no sintiera mi miembro duro. Creo que ella pensó que estaba incómodo, entonces se movió un poco al lado incorrecto, apoyándose justo… ahí, y aunque estaba bastante ida, no era suficiente para no notarlo. Me volteó a ver.

—Ya es de madrugada en México —intenté excusarme—. *C'est la nuit in Mexico* —traté de arreglarlo. Ni idea cómo se decía *madrugada* en francés. Exhaló con la poquitita energía que le quedaba una risa, negando con la cabeza.

—Ya sé, van a venir a matarnos en cualquier momento y yo me pongo caliente —dije como para mí. Me dio pena. Aproveché el momento. Total, en cualquier instante seríamos dos muertos más en aquel ataque y le solté la sopa—: ¿Qué quieres? Me gustas —le dije y me di a entender con señas.

—*Tu as aimé? Si nous nous connaissons à peine* —no sé cómo, pero yo hablaba español y ella francés y nos entendíamos, nos reíamos de eso.

—Sí, desde que te vi antes de la explosión.

—*C'est vrai, je me souviens déjà de toi* —y volvió a reírse con las pocas fuerzas que le quedaban. Nos quedamos mirándonos y cuando le dio la gana a la puta lámpara de lanzar una de sus oscilantes ondas de luz le vi los ojos verdes, muy verdes, un verde, no sé, no sé qué tipo de verdes hay, pero éstos eran de un verde poca madre—. *Vous êtes un beau mexicain* —me acarició la cara con su mano que apenas podía sostener. No había entendido nada de lo que me acababa de decir, pero me gustó escucharla. Si todo el mundo te repite que debes vivir el ahora y no el futuro, eso era lo que estábamos haciendo, porque no quedaba claro si estaríamos vivos los próximos veinte minutos.

Nos abrazamos, más bien la abracé con las fuerzas que me restaban, y junté mi cuerpo al suyo; tomé su carita y le besé la boca, no importaba que tuviera los labios resecos. Ella se dejó ir y yo feliz. Los besos me supieron a eternidad. Me sentí como cuando tenía quince años y di mi primer beso en una fiesta y me puse rojo y mi corazón se me salió por la boca y se fue corriendo de la fiesta. Luego, como para arreglarlo, besé a Valérie cariñosamente en la mejilla. Me sentía bien, muy bien. No me puedo quejar. Antes de la explosión hubiera matado por estar con ella, acostados y abrazados; y era eso lo que había pedido, precisamente lo que tenía.

Acaricié a Valérie en el cuello y naturalmente me seguí hasta sus senos. Aparté su brasier de encaje rosa, le sobé aquellos dos montecitos perfectos, gorditos, lozanos, que al presionarlos se sentían duritos, tersos, firmes, hermosos. Fue un acto de adoración a aquella diosa, una descarga de ternura sobre un ser perfecto, una escultura de mármol suave y tibia. Estuve a nada de acercarme a besar sus pezones, dejar mi cara apoyada en aquellos dos senos en forma de paraíso y pedirle a Dios que me detuviera el corazón de una vez. Esos segundos fueron la gloria. Ahora mi motivación de que siguiéramos vivos era hacerle el amor a esa belleza. Encerrarnos los dos, cuando hubiera acabado aquella pesadilla, en una suite de un hotel con vista al río Sena, que hiciera mucho frío afuera, que lloviera con furia; y nosotros permanecer encamados todo el día, haciendo el amor, hasta quedar exhaustos; dormirnos y despertarnos por el contacto mutuo y prendernos de nuevo los dos para volver a hacerlo; así hasta bañarnos juntos, envolvernos en la misma bata de baño y asomarnos a la ventana abrazaditos mirando la calle fría, de clima hostil. Meter mi mano y tomar su seno desde abajo, con suavidad y suspirar los dos al mismo tiempo, ése era mi sueño. Estaba decidido a vivir para hacer realidad mis pensamientos.

Aquélla era la historia de amor más rara de la historia entre los seres que se habían encontrado en los lugares y circunstancias más alucinantes. No era tan raro, en mi vida han pasado cosas así; por eso no me aluciné tanto y me puse a disfrutar aquel momento, sentí mis mejillas chapeadas y mi corazón bombeando sangre de galán emocionado.

De pronto, todo aquello tenía sentido y seguir vivo ya no era opcional, era mi misión, permanecer vivos los dos. Sentí como si del suelo emergiera energía por todo mi cuerpo, otra vez estaba con ímpetu de comerme a quien pasara por esa puerta.

Me quedé sentado y ella dormida, apoyada en mi estómago a título de almohada. Llegué a pensar que quizás aquello no había pasado y estaba de nuevo soñando. No importaba si era el caso; aunque la mitad hubiera sido mi imaginación, aquello era maravilloso.

—¿Por qué no estudiaste historia, hijo, si es lo que más te gusta?

—Porque también me apasiona la justicia, que se trata de defender a los débiles de los poderosos —decía ingenuamente Pablo Sanmillán.

—Y para poder comprarte esos trajes de marca que usas.

—No olvides los zapatos, el cinturón y las mancuernillas también —replicaba riendo, mientras las presumía. Con su mamá llevaba una relación casi perfecta, se querían, se molestaban, se apoyaban, se escuchaban el uno al otro. Con el papá la cosa era distinta. Era magistrado del Tribunal Colegiado de Circuito, había empezado desde lo más abajo en la carrera judicial y escaló posiciones por sus propios méritos, de manera honrada, hasta ser quien era ahora. El precio de dedicar el ciento uno por ciento de su vida al trabajo significó para su papá pasar fines de semana sentado en lo que llamaban la oficina, un cuarto con dos archiveros, un escritorio con un cenicero que parecía sombrero charro del que emanaba siempre humo de un cigarrillo. A ambos lados del escritorio sobresalían dos montañas de expedientes que competían a ver cuál de los dos ganaba más altura.

Pablo y su hermano Jacinto podían hacer mil preguntas, fisgonear dentro de aquel cuarto, hasta ojear expedientes. La figura de cera con escaso pelo y enormes bolsas en los ojos continuaba impasible con la labor que le había encomendado Dios, que era la de subrayar y hacer anotaciones. Ni siquiera un ataque de tos provocado por aquella gran nube producto de los cigarros, que se desplazaba de un lado a otro de la habitación como si simulara los pensamientos del papá, hacía que éste se distrajera. Después de que Jacinto y Pablo jugaban hasta el hartazgo a que uno era abogado y el otro un cliente en la cárcel, y el primero debía lograr su liberación, se aburrían y abandonaban aquella oficina, todo sin que su padre hubiera notado su presencia ni su partida.

Ahora, el flamante magistrado estaba a nada de jubilarse. Aunque tenía de sobra la edad para el retiro, él se las ingeniaba para evitarlo, participando en cuanta comisión y encargo requería el Poder Judicial, lo que fuera, pero a él no lo iban a matar por vía de la jubilación.

Valérie estaba entre dormida e inconsciente. Me daba miedo despertarla, necesitaba descansar y a la vez me asustaba dejarla dormir, ya que igual podía caer en coma.

En una de ésas pensé si no sería mejor que yo tuviera el arma; si llegaba otro terrorista y ella estaba inconsciente, esta vez no saldríamos vivos. Por suerte y por una vez le gané a mis impulsos y lo medité dos veces. Si se la trataba de quitar y Valérie lo notaba, estaba seguro de que desenfundaría y entonces el que tendría un hueco en la frente sería yo. Además, ¿para qué quería yo la pistola? No sabía si traía los seguros ni se los sabría quitar; vamos, yo nunca había disparado, igual salía peor.

Mi cabeza estaba turbia, mis pensamientos espesos, me sentía atrapado en una película de acción y de miedo. Yo ya me quería salir, lo único que me detenía era Valérie. Podrá parecer cursi, pero permanecí como pastor alemán sentando a su lado, le tomaba la manita y la sobaba. Su frente ardía, la sangre manchaba su uniforme abajito de su abdomen. La cosa no pintaba bien, ella no podía irse, al menos no sin mí.

Yo sabía que, aunque renqueante, podía esconderme en algún rincón oscuro, pero no quería. Nunca había sido un cobarde y no pensaba empezar aquel día. Por otro lado, aquella mujer tenía una vibra brutalmente atractiva, no había forma de escapar; quizá sí la había, pero a mí no me interesaba.

Valérie Allamand contaba con treinta y cuatro años y diez como policía, en contra de la voluntad de su madre, quien le recriminaba todo el tiempo lo poco que ganaba a cambio de jugarse la vida. Su madre, académica, trabajó toda su vida en la Sorbona, no en cualquier universidad, nada menos que en la Sorbona, por lo que le resultaba doblemente difícil aceptar la decisión de su hija.

El papá de Valérie falleció en un accidente de carretera, se había incrustado debajo de un camión descompuesto. El conductor no puso la señalización que avisara que después de la curva había una trampa mortal. Cuando llegaron los servicios de emergencia y la policía, el conductor del camión los recibió con aliento alcohólico. Le retiraron la licencia de conducir de por vida, pero no pisó la cárcel; estuvo más tiempo el papá de Valérie en su velorio que el conductor ebrio en la comisaría.

Aquello fue una herida en el alma de las dos, la mamá tardó un par de años en volver a salir de su casa y regresar a dar clases a la universidad. Desde ese momento, Valérie quiso ser policía o entrar en el ejército; ella veía en la autoridad, el gran padre y una gran escuela que le enseñarían a cuidar de su madre, como lo había hecho su papá.

La mamá había intentado todo para disuadirla: argumentos, consejos de otros familiares, palabras cariñosas, amenazas, chantaje, berrinches, incluso enfermarse, pero nada de eso sirvió para cambiar la decisión de Valérie. Ella quería ser policía.

Cuando salió de la academia, Valérie parecía disfrutar de su trabajo, por aburrido o rutinario que a otros les pareciera; patrullar y detener delincuentes se le hacía por demás emocionante. El complemento era ayudar a las personas, saber que dependían de ella en cierta medida para seguir sus vidas felices, mientras ella se preocupaba por ellos.

Para su sorpresa, cuando ingresó en la corporación no la obligaron a cortarse el pelo, a lo que ella hubiera estado más que dispuesta; le permitieron llevarlo largo, incluso usar maquillaje, siempre y cuando fuera discreto. Estaba claro que la corporación estaba hecha a su medida y que no encontraría otro lugar así donde pudiera seguir siendo Valérie.

Una carrera veloz fue su compañera en la Gendarmería Nacional, al punto que, cuando fue promovida a sargento, se le asignó a la unidad antiterrorista en el aeropuerto Charles de Gaulle en París. En los patrullajes por el aeropuerto, a través de una aguda percepción a la que no se le escapaba nada, aprovechaba para dejar correr la imaginación y ensoñaba cómo serían los lugares de origen de los viajeros que veía, un africano, un hindú, los innumerables chinos… la sopa de lenguas que escuchaba en su trayecto. Así era su vida diaria, ella se sentía afortunada y alegre a pesar de tener un trabajo más cercano a la represión que a la felicidad.

Ahora no sabía si estaba agotado o también me estaba muriendo, como Valérie, quien entraba y salía de la conciencia.

Me venían pensamientos, ideas sin orden ni secuencia. Podía tener un flashazo de la explosión o de mi infancia montado en un carrito de pedales; mi cerebro era un proyector de películas Super 8, pasaba mi vida real, mi vida deseada y mis peores temores, todo sin orden. Me quería despertar y no podía, sabía que si estaba pasando mi vida enfrente de mí era porque me estaba muriendo, o quizá ya me había muerto. Me había preocupado tanto por mantener viva a Valérie que, a lo mejor, era yo el que había fallecido; tal vez ella había muerto y mi cuerpo estaba procediendo, él solito, a desconectarse de esta vida también.

En un instante que mi cerebro me otorgó lucidez, me acordé de que la gente que se deshidrata tiene alucinaciones porque el cerebro se queda sin agua. Al recordarlo, me arrastré y pude ver a Valérie inerte, me pareció que estaba tiesa. Había transcurrido mucho tiempo sin que ella recibiera mis cuidados.

Eso iba a pasar, se iba a morir y yo me iba a quedar completamente solo, en una cueva dentro de un aeropuerto de un país extraño y con quién sabe cuántos pinches locos sedientos de encontrar a alguien que pague las culpas de quién sabe qué les había hecho la vida.

Sencillamente me quebré, me solté a llorar sin lágrimas. Mi amiga, mi compañera, la policía hermosa que me cautivó desde que la vi, había muerto y yo estaba solo sin quien me protegiera. Me quedé a su lado, me puse atrás y la abracé como nunca en mi vida he abrazado a nadie más. Estaba todavía tibia, me pegué a su cuerpo lo más que pude. Al quedar acostado encontré la botella de agua Vittel que le había conseguido a Valérie, aún le quedaban un par de traguitos. Me la puse en la boca y succioné de la tetilla roja de la botella, se fue muy rápido lo poquito que quedaba de agua; no me sentí mal pues a Valérie ya no le servirían. Nunca había visto a un muerto y hoy me había tocado arrastrar a uno con dos plomazos en la cabeza y acurrucarme con otro, vaya día macabro. No tenía otro plan ni mejor opción ni fuerza que me alimentara las ganas de hacer nada; de cualquier manera, si hacía algo acabaría generando el ruido suficiente para que uno de esos desalmados me pegara un plomazo y me dejaran como el terrorista chaparro que mató Valérie. Me quedaría ahí, aguardando a que nos rescataran, imagino que alguien debería estar haciendo algo por sacarnos de ahí, confiaba en que la policía o el ejército, la Cruz Roja; y, si no, entonces esperaría a que me llegara la muerte, *naturalita* o como obsequio de la bala de algún desquiciado terrorista.

Esperaría a la muerte. Con un poco de suerte alcanzaría a Valérie en el camino y, a lo mejor, aunque fuera de esa manera, se arreglaba mi día.

Dolor interminable

Hassan al Janabi era el líder de aquella célula terrorista, Wahid era su nombre de combate, que significaba el número uno.

Nacido en Doha, Qatar, desde chico fue muy tímido. Aunque en la casa era participativo, ocurría todo lo contrario afuera, donde se transformaba en un tipo taciturno.

Aplicado en el salón de clases, rehuía cualquier pelea o incluso conflicto, era alguien a quien su madre le había enseñado que la armonía era el estadio ideal de vida y que la confrontación era una situación que siempre resultaba igual: había dos perdedores, uno que perdía mucho y otro que perdía más. Bajo ese principio de vida y la ausencia de hermanos creció ensimismado, creando su propio universo dentro del cual era feliz.

Podía jugar a las canicas contra un contrincante imaginario, o se ponía a ver caricaturas sin pausa.

El de Hassan era un caso curioso ya que había sido el último de la clase en leer fluidamente, juntar signos y darles un significado. Leer había sido para él un sudoku constante. La escuela se había convertido en una tortura continua, su corazón delataba sus temores bombeando sangre directo a la cara para ponerse rojo en segundos cuando el profesor le preguntaba en clase; de sus manos emanaba un sudor frío, y las piernas de aquel niño espigado de eternos pantalones cortos chocaban una contra otra.

Los papás fueron avisados de que a lo mejor padecía algún tipo de trastorno de aprendizaje, desde dislexia hasta déficit de atención, pasando por problemas de la vista. El padre, un comerciante acomodado, había decidido mandarlo a Marruecos a una escuela especializada en niños con algún tipo de trastorno, hasta que un buen día Hassan fue capaz de leer de corrido, de la nada y sin previo aviso; era como si hubiera estado jugándoles una broma por años para que, llegado ese gran día —el del concurso de lectura—, les devolviera el lanzamiento y se divirtiera viendo la cara de sorpresa tanto de sus compañeros como de su propio maestro.

Lo que no sabían es que de pronto Hassan entendió todo, fue en un instante en que a su cerebro le dio la gana hacer la sinapsis esperada desde hacía años.

Para la mamá era un milagro de Alá; para el papá, un capricho más de un hijo único y culpa de una esposa que no sólo no quiso darle más herederos, sino que lo había consentido de tal forma que hizo de él un niño melindroso.

Tanto dinero ganado por el hábil Abdullah al Janabi para que cuando le tocara morirse fuera a parar a una persona tan inestable como su hijo Hassan, era una constante que agobiaba en exceso al papá de Hassan.

Las comidas en casa se aderezaban por el monopolio de la plática de Hassan respecto al país en turno, las costumbres y todas las bondades que gozaban allá. Siempre hablaba de países occidentales, siempre impresionado por un solo tema: la democracia.

Al acabar los estudios preparatorianos, el papá decidió que era el momento de encauzar al joven Hassan al mundo que le tocaba vivir, el espiritual, en el que sólo Alá y su profeta Mahoma reinaban; por ello, tomó la decisión de mandarlo a estudiar la carrera profesional a una prisión denominada Riad, capital de Arabia Saudita.

Pasaron tres años y las cosas no salieron como estaban planeadas: Hassan abandonó los estudios y la vida misma. Regresó a su casa en cuerpo, pero con el alma de una persona distinta. Su plática era amarga, en las conversaciones familiares se quejaba de cómo en Jordania y otros países habían vendido su fe a cambio de dólares; Marruecos, Túnez y Egipto no se escapaban de su espada dialéctica. Se instaló en discusiones ideológicas con otros jóvenes de Qatar, participó en clubes de cultura que no eran otra cosa que lugares donde se hablaba de la grandeza del islam y de la banalidad del mundo occidental movido por el dinero, como único valor.

La mamá de Valérie decía que su hija tenía dos personalidades: podía ser la más divertida del mundo, contar chistes e irse de juerga hasta que saliera el sol o se vaciara la última botella, lo que ocurriera al último; o podía convertirse en una mujer policía, seria, firme, atenta, obediente, perfecta en su saludo militar, capaz de estar de pie en un evento o desfile por horas.

—Valérie, no va a ser fácil que encuentres a tu príncipe azul —le decía uno de sus amigos en una reunión.

—¿Por qué?

—Al pobre lo vas a someter, y seguro te lo llevas a prisión a la primera que se porte mal.

—Eso es un prejuicio —reclamaba Valérie, divertida—. Sólo porque soy policía no significa que sea ruda y poco cariñosa.

—A ver, vente, *mon amour*, y demuéstramelo —dijo uno de los amigos acercándose a ella y haciendo el ademán de besarla. Instintivamente Valérie lo bloqueó con el brazo y con una llave lo hizo caer al suelo. Las risas estallaron.

—¡Lo vas a matar, aquí delante de todos!

Un grupo gritaba: "*Oui*, mátalo", entre carcajadas generalizadas. El incauto se levantó del suelo con la ayuda de Valérie, sonrojada por lo que había hecho; el joven, primero asustado, después jocoso, gritaba:

—Me rindo, me rindo. Esto es brutalidad policiaca —decía, intentando disimular la vergüenza de haber provocado la reacción de Valérie y haber quedado como tonto delante de todos.

—¿Ves? Me lo acabas de demostrar —dijo el que había empezado con el tema. Valérie puso cara de circunstancias—, pero no te preocupes, puedes buscar un Rambo entre la policía y harían la pareja perfecta.

Todos aplaudieron la propuesta y a Valérie Allamand no le quedó más remedio que dibujar en su rostro una sonrisa.

A Wahid le gustaba ese sobrenombre de combate, el número uno, mucho más que Hassan, el apelativo que le habían puesto sus padres. Hassan se le hacía vulgar, de comerciante; Wahid tenía más clase y, en efecto, él era el número uno, a cargo del operativo de aquel día.

No mataban inocentes. Él no lo veía así, ni sus hombres; clavaban agujas en el gran muñeco que osaba desafiar la ley de Alá. Cuantos más pasaran por "aquella limpieza espiritual", más pronto moriría aquel espíritu del mal, quizás incluso habría muchos que podrían salvarse, al abrazar el islam y repudiando todo el veneno consumista de adoración a los falsos dioses, bajo la bandera del único y auténtico Dios. Por ello, no consideraba que sacrificaban inocentes, eran meros daños colaterales, insignificantes, comparados con lo sagrado de la misión que estaban cerca de cumplir. Ésta era recuperar lo que siempre había pertenecido a Alá, un mundo donde prevalecían sus enseñanzas transmitidas a través del profeta Mahoma. Detener de golpe las orgías en las sociedades occidentales, que no dejaban de ofender al ser supremo.

A Wahid le quedaban dos hombres de los seis con los que había iniciado su grupo. Una operación planeada con más de un año de anticipación y ejecutada ese día. Para Wahid, los infieles se preocupaban por protegerse inútilmente o defenderse, como decían ellos, de posibles ataques. La verdad era que los infieles eran bastante idiotas, se enfrascaban en disputas inútiles en las que presumían sus democracias, se emborrachaban con alcohol y drogas, se sentían superiores al resto del mundo, con su ridícula cultura tan vacía como un envase desechable de Coca-Cola; no merecían vivir, al menos no de esa manera. Pero para eso estaban ellos: para cumplir la misión encomendada, sin una pizca de miedo a perder la propia vida.

Los siete se habían apostado en zonas estratégicas en un área reducida del aeropuerto. Un empleado de una tienda *duty free*, a quien reclutaron hacía casi dos años, había introducido los explosivos escondidos en los embarques de perfumería. Desde Argelia había volado el experto. Pasaporte falso al igual que toda su identidad. Había llegado como funcionario que venía representando a la delegación de aduanas de su país. No necesitó salir del aeropuerto, le facilitaron un rincón en la bodega, que mantuvieron cerrada, y en tres horas la bomba estaba activada para estallar a las 11:53 p.m.; de acuerdo con el plan, se trataba de estar bien ocultos por la noche. Al experto en explosivos pasaron a recogerlo para salir hacia Rotterdam, en Holanda, donde el barco carguero con destino a África lo estaba esperando, ya tenía su credencial de tripulante. Había que sacarlo de ahí. El experto, del que nadie conocía su nombre, era demasiado valioso como para perderlo en una misión. Nadie como él sabía hacer una potente bomba con materiales que nadie hubiera creído; sabía la dimensión de la explosión, ni tan grande ni tan chica. En este caso se buscaba un derrumbe parcial, no se trataba de volar por volar, sino de dejar atrapados a turistas, empleados, hombres de negocios, etcétera, todos como ratones, para luego exterminarlos uno a uno. No era una operación de ejecución masiva, sino una de gran publicidad; todo el mundo debía estar pendiente, debía saber que ellos tenían el poder, que habían disparado justo entre los ojos de París, el aeropuerto CDG, en el mismo corazón de su héroe nacional: Charles de Gaulle.

Dos de sus hombres habían perecido en la explosión o estarían heridos en algún lugar; el caso es que no estaban localizables, no eran elementos útiles. Otro, demasiado joven, impetuoso y torpe había activado sin querer los explosivos que traía en su cuerpo. Wahid ya le había informado al comando que aquel joven sobraba en esta célula, no era apto para esta misión; quizá sí en un camión arrasando peatones, o estrellando un coche bomba en algún mercado, pero no en una operación delicada como ésta. Era sobrino de un jeque que aportaba mucho dinero a la organización, por lo tanto participaría, le pareciera o no a Wahid. De esta manera sólo le quedaron tres elementos vivos para llevar a cabo la operación terrorista.

Ya habían ejecutado a seis rehenes. Eso no era lo importante, habían filmado en el celular la muerte de cuatro de ellos y habían subido los videos a la red, donde los informáticos del grupo se encargarían de que estuviera disponible en todo el mundo; no habría noticiero en ningún país, por diminuto que fuera, que no tuviera la película de aquellos cuatro infelices siendo degollados salvajemente, en nombre de Alá.

Eran terroristas y su misión consistía en sembrar el terror. Cada infiel que viera esas imágenes pensaría que él mismo podría ser el próximo en ser ejecutado y su muerte se vería en internet. Sabría que sus gobiernos son débiles, aunque presumieran de contar con ejércitos con las armas y bombas más modernas. Todo el dinero no podía detener a aquel grupo de valientes que estaban ejecutando aquella operación a la perfección. Matar masivamente es una cosa, pero matar como lo estaban haciendo aquella madrugada era un arte, y las pinceladas que habían dado hasta ahora no habrían podido quedar mejor.

En mis sueños me venían a la cabeza cuestiones del destino. Empecé a hilvanar la cadena de sucesos que me habían llevado hasta ahí. Si el operador financiero del cártel no hubiera

66

planeado aquella reunión en España, si la Interpol no se hubiera enterado, si no nos hubiéramos parecido, el comandante tan elegante en México no me hubiera interrogado haciéndome perder mi vuelo a Madrid. Si el mal tiempo y luego el cambio de la pieza del avión no nos hubieran demorado..., parecía que Dios quería que yo estuviera aquí, atrapado en esta locura.

Si no hubiera pasado todo aquello, para entonces yo estaría bañándome en mi hotel de Barcelona, listo para asistir a mi junta. Quizás habría dejado encendida la tele mientras me arreglaba y escucharía la noticia del ataque terrorista en París como algo lejano, como una más de las desgracias que escuchamos constantemente y se nos muestran tan ajenas a nuestra realidad. Un terremoto en Italia, un tsunami en Japón, un atentado en Europa, todas esas desgracias, muy duras, se mantienen dentro de la pantalla donde vemos las imágenes que nunca alcanzan a absorbernos; siempre tenemos una barrera protectora, y a los cinco minutos de ver aquello y declararnos consternados, seguimos con nuestra vida diaria.

Pude haber salido un día antes a la junta o a lo mejor tomar el vuelo de la mañana, ni siquiera era yo el único candidato para asistir a aquella reunión; de hecho, era el trabajo de un socio del despacho y había dos de ellos involucrados. Uno no podía asistir porque su mujer estaba a punto de dar a luz, y al otro le había caído un nuevo proyecto que había estado persiguiendo por largo tiempo; además, y eso me consta, éste quiso darme la oportunidad de viajar a Barcelona, para darme la responsabilidad, o el premio, de representar al despacho en una junta glamorosa.

Junto con estos pensamientos, la idea de un manantial con agua fresca y cristalina, de la que yo bebía hasta saciarme, para inmediatamente después sumergirme en él, me mantenía en un estado de ensoñación.

Me quedaba claro que no había forma de escabullirse del destino cuando éste te elegía, y a Pablo Sanmillán, o sea yo, le tocaba estar tirado en el suelo, con un tobillo a punto de estallar, enamorado de una policía a la que Dios había decidido sacar de aquella situación caótica desatada por el fanatismo humano. Aquel billete de lotería era para mí y para nadie más, ni caso tenía quejarse. Aquello estaba escrito y sólo había que esperar a que el final no fuera de terror extremo. Aquél era el máximo deseo al que podía aspirar.

Wahid, aunque nunca perdía los nervios, se sentía tenso. Tenía a sus dos hombres rodeando al grupo de corderillos indefensos que no tenían el valor para rebelarse. Wahid y su grupo sabían que sólo aquel que cuenta con la verdad absoluta, la que proclama la palabra del verdadero Dios, tiene la fuerza suficiente para llevar a cabo actos heroicos. Aquellos seres mansos, sin alma, sólo pensaban en suplicar y gemir, como si eso sirviera de algo para cambiar su futuro. Deberían estar agradecidos de que, al menos, eso le daría un significado a sus vidas estériles; morirían por una causa, sus cuerpos serían sacudidos por las balas en una ejecución, sus cuellos vomitarían sangre al ser degollados y serían vistos por todo el mundo, serviría para un fin superior a ellos y a sus captores. Con un poco de suerte, el gran Alá se compadecería de ellos y quizá les permitiría ver de lejos la infinidad de su reino.

El plan contaba con que las fuerzas especiales de la policía, o quizás el ejército francés, haría entrada en algún momento en el aeropuerto, tenían una estrategia para cuando eso ocurriera. Por lo pronto, la operación había sido un éxito; ahora era cuestión de completarla, para lo cual había que estar muy atentos y tener mucha, mucha paciencia. Era el momento de matar uno a uno a los infelices que se habían salvado de la primera explosión. Los terroristas sabían que los rehenes no tenían futuro; si para cuando irrumpiera la policía seguían vivos, lo primero que harían sería lanzarles un par de granadas, para eso los mantenían muy juntitos.

Una vez cumplida esa parte, intentarían atraer a los *invasores* para que se acercaran lo más posible, y en ese momento harían detonar al unísono los explosivos que tenían adheridos al pecho, cubiertos con chalecos antibalas.

Estaban más que listos, incluso llenos de ansiedad porque llegara la hora. Tenían un entusiasmo salvaje por saberse tan cercanos de la gloria, el paraíso todo para ellos, un enorme regalo comparado con lo poquito que se les pedía: sacrificar sus propias vidas. Existía en ellos una excitación casi sexual por lo que hacían y lo que les esperaba. Muchas emociones arremolinadas, pero el miedo no estaba entre ellas. Ese sentimiento no era para los hombres, ése se lo dejaban a los rehenes que suplicaban y lloraban como mujeres; ellos estaban hechos de una masa distinta, de una madera divina, estaban por encima de los demás porque eran los elegidos para dejar atrás las miserias de esta vida y poder postrarse ante el creador y disfrutar de toda su grandiosidad, acompañados de las setenta y dos vírgenes que estaban apartadas para cada uno de ellos.

Aquello sólo era el principio, otros tres mártires estaban listos con sus camionetas cargadas de dinamita, estacionadas a un costado de distintas iglesias, las más famosas de París, listos para detonarlas a la hora de la misa más congregada del domingo. En dos días más, cuando el país y el mundo entero estuvieran aún conmocionados por el atentado en el aeropuerto CDG, darían de nuevo de qué hablar; aquello será grandioso porque en esa guerra no había descansos, a los bastardos infieles les esperaba eso y mucho más. La ira del profeta Mahoma apenas empezaba a sentirse.

Me sentí mejor de repente; me incorporé con la sensación de haber descansado profundamente. El sistema de procesamiento de azúcar de mi cuerpo era extraño, el caso es que estaba de pie y de lo más lúcido. Tanto así que ya no me acordaba de haber estado tan atontado hace un rato. Lo que no podía determinar era cuánto tiempo había pasado. Mi único referente era la luz parpadeante de la lámpara, la cual me despertaba admiración porque juraba que se iba a apagar desde hacía mucho tiempo; sin embargo, estoica, seguía iluminando lo que podía. Me acordé de que me había quedado dormido al lado del cuerpo ya sin vida de Valérie.

Fui regresando al mundo real poco a poco, seguramente tuve algún sueño de esos bonitos, de los que te despiertas relajado y de buenas. Recordé a Valérie. De nuevo, se me caía el mundo encima. La pobre no había aguantado tanto tiempo, había perdido mucha sangre. Para mí adquiría tonos de heroína ya que me había salvado de morir a manos del terrorista chaparro.

Me puse en cuclillas, la toqué, estaba tibia. Seguramente al quedarme dormido a su lado, le pasé mi calor. Todavía no presentaba el *rigor mortis*. Por no dejar, le toqué el lado del cuello que no había estado pegado a mí y también estaba tibio. Me concentré y sentí pulsaciones. ¡No estaba muerta! ¿Estaría soñando? A lo mejor no me había despertado lúcido, sino que estaba teniendo un sueño muy vívido. Me acerqué a su boca, puse mi oreja y sentí una respiración mínima, pero juro que la sentí. Me mojé los dedos con la poca saliva que tenía y los pasé por la boca que tenía semiabierta, si ella respiraba lo sentiría. ¡Estaba respirando! Me di un pellizco durísimo, nadie lograría no despertarse después de un pellizco de ese vuelo, creo que me hice un moretón y derramé dos lagrimitas, aunque sólo como efecto emocional porque no tenía nada de agua para desperdiciar. Estaba viva, siempre estuvo viva, y yo de imbécil había pensado que había muerto. No intenté moverla ni despertarla, estaba inconsciente, eso era clarísimo. La mancha de sangre seguía ahí; aunque se había detenido el flujo, me parecía que había perdido toda la sangre que disponía.

Habían pasado casi dos horas, ya iban a dar las seis de la mañana y Wahid necesitaba a todos sus hombres cerca para cuando ocurriera el esperado asalto de la policía. Ibrahim no había regresado, le había dicho que iba a investigar al otro lado, que le había parecido ver una sombra moverse en aquella dirección, quizás era un pasajero escondido.

¿Habría desertado Ibrahim? Aquello era imposible, Wahid lo recuerda como a un hermano en los campos de entrenamiento en Argelia, donde participaban en cursos intensivos para ser dignos mártires de Alá, llenos de polvo y arena, pero felices de haber disparado, del combate hombre a hombre, de dormir en el suelo sin techo alguno, de las charlas de los instructores y de los clérigos, de los rezos dirigidos hacia la Meca, experiencias que los dejaban marcados. Al acabar su preparación desechaban sus inútiles vidas vacías del pasado. A partir de entonces, dejaban de ser personas para convertirse en combatientes, en soldados de Alá.

Wahid lo tenía muy, muy claro, Ibrahim no cedería y mucho menos abandonaría una misión. Quizás habían ingresado secretamente las fuerzas del ejército y pudo haber sido abatido, o quizás había encontrado un grupo numeroso de rehenes y los estaba conduciendo hacia donde él estaba. Hacía un rato había escuchado un par de detonaciones, Wahid lo recordó porque justo en ese momento ejecutaban a otro rehén, un inglés que sudaba profusamente, y le pareció haber oído algo raro, pero no estaba seguro. No había hecho mucho caso, por su experiencia sabía que en aquel caos se escuchaban y veían cosas que podían parecer lo que no eran, que los ruidos rebotaban en las paredes de cemento semiderruidas.

Los terroristas no usaban radios, era la forma más fácil de que los localizaran. El único teléfono celular estaba en manos de Wahid y tenía un sistema de encriptación, preparado para hacer imposible rastrear ninguna señal.

Wahid necesitaba a su hermano Ibrahim, ya deberían estar todos ubicados en sus posiciones estratégicas con los rehenes como carnada para cuando las fuerzas de seguridad francesas entraran a salvarlos.

A Wahid se le acababa el tiempo, por lo que enfiló el camino de la oscuridad con la luz de su linterna, dando instrucciones a los dos hombres que estaban a su lado: no debían hacer nada a menos que vieran llegar a los policías, no debían ejecutar a nadie más, no tenía sentido si no lo iban a grabar y difundir, y no debían detonarse; el final estaba cerca, tenían que saber contenerse. Así inició su búsqueda entre los escombros de Ibrahim, el Menudo, como le llamaba de cariño por su corta estatura.

Tenía que completar con su hermano aquella maravillosa misión que Alá había bendecido al punto que, salvo por el muchacho impetuoso cuya torpeza lo hizo estallar antes de tiempo y los dos guerreros desaparecidos después de la explosión, todo había salido como lo había dibujado Wahid en su mente.

A pesar de encontrarme en aquella situación, sentía una felicidad que nunca antes había experimentado. Valérie estaba viva. Como ya la daba por muerta, el que siguiera conmigo tenía un significado casi religioso. Aunque estuviera inconsciente y en una situación muy precaria, su existencia implicaba que teníamos posibilidades de salir de aquella pesadilla los dos. Además, abandonar el sentimiento de encontrarme completamente solo en aquel agujero me había revitalizado. Creo que hasta tenía una sonrisa en mis labios.

Me salí del cuartito a estirar las piernas con la esperanza de ver algo de lo que sucedía en la otra parte del aeropuerto. Caminé unos cuantos pasos con mucho cuidado, la oscuridad no ayudaba pues el cuartito ocultaba la poca luz que daba la lámpara intermitente.

De la nada, escuché un crujido que trituraba los escombros del suelo.

—*Ne bouge pas ou tu meurs.*

Volteé hacia donde salía esa voz de ultratumba y escuché clarito el *scratch-scratch* de cuando recortan un arma, y por el sonido mecánico tan fuerte, seguro se trataba de un arma larga. Sentí de inmediato el culatazo en la cara, un dolor agudo, un aguijonazo en la mandíbula. Caí al suelo, y mi tobillo despertó y me recordó que estuve caminando drogado porque seguía hinchado y adolorido.

—¡Ay! —grité de dolor. Sentí una doble punzada, como si alguien me hubiera abierto la boca con dos poderosas manos hasta zafarme la quijada. Desde el suelo levanté la vista para encontrarme con otro terrorista; vaya mala suerte, ya que nos habíamos deshecho de uno.

—*Je ne parle pas française* —le dije para que no me pegara.

—*American?* —negué con la cabeza. Aunque lo hubiera sido, si le digo que sí me mata ahí mismito.

—*Mexicain* —le dije.

Me miró extrañado, como si los mexicanos no fuéramos parte de este planeta. Me hizo la seña con la mano para que me pusiera de pie. Lo tenía cerca, lo suficiente para apreciar que era alto, delgado y fornido, todo él bordadito con explosivos, barba de candado, tez morena, ojos verdes, que me los enseñaba la lámpara a intervalos, y su fusil enorme.

Me empujó y entendí que debía caminar. ¿Dónde había quedado mi mundo y mis historias con mis colegas? Esta vez me quedaba claro que hasta ahí había llegado en la vida. Lo pensé bien y estaba decidido a no llevarlo donde estaba Valérie, que me matara, pero que no descubriera su escondite. Caminamos unos pasos hacia no sé dónde; el caso es que no veía casi nada, ya que nos habíamos alejado de la lámpara.

—*Arrêter* —se detuvo el terrorista y me frenó agarrándome fuertemente del hombro. En mi desorientación caminé justo a donde no debía. El tipo traía una linterna pequeña que alumbraba durísimo y justo posaba el haz de luz sobre la cara del terrorista chaparro muerto. Ahí seguía, sentadito como lo dejé, con su hoyito perfectamente delineado en la frente, sin una gota de sangre, con la garganta como si hubiera sido mordida, pulcro, limpio. El terrorista movió la linterna y atrás del chaparro se veía una mancha negra y el cráneo no muy redondo que digamos.

¡Woas! Sentí el golpe en la cara, al menos ahora fue del otro lado. Casi me caigo, no lo hice porque el flaco y alto, vestido de negro como la parca, me sujetó de las solapas para zarandearme. Ya no sabía qué me dolía más, si la mandíbula, el tobillo o el rostro. Me empujó contra la pared y me cacheó. Entendí que quería saber si estaba armado y si me había chutado al terrorista. Estaba furioso y gritaba cosas en árabe y me preguntaba en francés; yo podía adivinar que quería saber quién había matado a su colega.

Pensé que lo mejor era que de una vez me tronaran ahí mismo, ya no soportaba los dolores y el estrés de que encontrara a Valérie. Un buen tiro en mi cabeza y adiós.

Me puso el fusil en la frente. Me señalé a mí mismo, era mi sentencia de muerte. Le decía, y claro que lo entendía:

—Yo lo maté, fui yo, me chingué al enano que mandaste a espiarnos.

Me soltó un puñetazo en la boca del estómago que no me dejó ni una pizquita de aire que respirar.

—*Espagnol de merde!*

Escuché eso clarito, mientras trataba de relajarme, porque si me esforzaba con desesperación en que entrara aire a mis pulmones, menos me recuperaría.

Cuando regresó el aire a mi cuerpo me lo gasté todito en gritarle al terrorista:

—¡No soy español, pendejo! ¡Aprende a reconocer! —y señalando mi pecho como si fuera héroe nacional de los que se habían tirado al vacío desde el castillo de Chapultepec, le dije—: ¡Mexicano, idiota, mexicano! —el tipo se quedó inmóvil. Me puse de pie para que me matara de una vez. El terrorista me ignoró y regresó a donde estaba su amigo muerto;

alumbró con la linterna el suelo. Ahí estaba la autopista que había marcado cuando lo jalé y, obvio, lo llevó directo al cuartito. Se acomodó el fusil en la espalda y me jaló del brazo, sacó una escuadra estúpidamente grande de entre sus ropas y fuimos acercándonos, usándome a mí como escudo humano y con su pistola apuntando hacia delante.

Llegamos al umbral del cuarto, iluminó el interior.

Vio a Valérie y se agachó. Sin importarle que yo estuviera ahí y me diera la espalda, imagino que se sentía muy seguro de sus capacidades... y de las mías.

Le tomó el pulso en el cuello, se fijó en el escudo de su blusa, bordado en un hombro, que decía *Gendarmerie Nationale* y la bandera francesa, la vio con desprecio:

—*Chienne!* —y levantó el fusil, dirigiéndolo a la cara de Valérie.

Le desvié el cañón del fusil suavemente con la mano. Me miró como si yo fuera un bicho raro.

Extrañado, negó con la cabeza durante varios segundos. Se ve que en su entrenamiento como terrorista no habían contemplado la posibilidad de encontrarse con un mexicano.

La locura encuentra su fin

No podría decirse que estuviera aterrado, simplemente ya no estaba. Mi cansancio, deshidratación, *jet lag*, sueño, desorientación (no sabía si era de noche, mañana, tarde o en qué día estábamos; mi reloj estrellado creo que me lo había quitado, no me acordaba cuándo ni dónde). Extrañaba más mi iPhone que a mi propia familia. El miedo a morir era ya cosa del pasado. En el fondo, creo que lo deseaba.

Hice una inhalación profunda, que concluyó en un ataque de tos. Un polvito minúsculo seguía suspendido en el aire, aunado a una atmósfera asfixiante. No se veía la luz del exterior, ni se sentía que entrara aire de afuera. Además, hacía frío; debía ser la madrugada porque me sentía helado y húmedo. Me quedé pensando en que en vez de haberme alejado de los muertitos que me había encontrado en mi excursión, debí haberle quitado el reloj a alguno de ellos, aunque pensándolo dos veces no me apetecía buscar el brazo de alguien cuyo tronco me había topado, para tomarle prestado el reloj. Mi cerebro ya sólo pensaba en tarugadas. Estaba clarísimo que me estaba deshidratando; yo sólo había dado unos traguitos de la botella que le había conseguido a Valérie. Resultaba evidente que no había sido suficiente.

Me quedé apoyado en la pared con un dolor insoportable en la pierna. Había abusado de ella; para entonces mi tobillo era del tamaño de Hulk. Ahora cualquier minimovimiento se traducía en un dolor de chillar, cosa que me ahorraba, ya que no era cuestión de llamar la atención del terrorista altote.

Me vino a la mente, como un flash, un reportaje que vi en la tele hace muchos años, sobre cómo sacrificaban a los perros callejeros o perdidos en la Ciudad de México. Con un palo largo, al que estaba atada una cuerda de nailon en forma de horca, hábilmente los inmovilizaban; entonces jalaban el palo hasta tenerlos al alcance de la mano, les ponían en la cabeza un aparato de esos que dan descargas eléctricas, como los que usan para mover el ganado, *taser*, creo que así se llama; inmediatamente el perro caía muerto. Yo tendría quince años cuando vi ese programa y me impresionó muchísimo porque, mientras entrevistaban al encargado, en el fondo había un empleado sacrificando a los animales, muchos de ellos de raza pura; si sus dueños no aparecían en los tres días siguientes a su captura por la perrera de la ciudad, los mataban; así era en esa época y les parecía de lo más normal. Pero lo que más me impactó de ese programa fue que la mayoría de los perros los lazaban y se dejaban, se rendían, no ofrecían resistencia, quizá pensando en que el verdugo tendría piedad de ellos; éste los jalaba y algunos hasta caminaban dócilmente hacia él. Pero había uno, sólo uno que me llamó la atención, era un cocker spaniel, lindo, de color miel. Desde que lo lazaron se le puso súper agresivo al empleado, le mostraba, desafiante, los dientes. Una vez lazado, clavó sus patas en el suelo y tuvo que ser arrastrado con mucha dificultad, hasta que quedó a un metro del empleado. Yo no escuchaba nada de lo que pasaba en la entrevista, sólo estaba atento al fondo, quería ver qué sería de ese cocker. Se notaba que el verdugo de perros le tenía miedo, si se descuidaba ahí mismo dejaba unos dedos de su mano. A ese perro lo matarían, pero él lucharía hasta el final; se llevarían su vida, pero él no les iba a facilitar el trabajo, no se iba a rendir o esperar esa clemencia que sabía que nunca llegaría. Después de mucha maniobra, el verdugo consiguió ponerle el *taser* en la cabeza y ahí acabó la historia de aquel perro color miel. Aquellas imágenes, en colores chafas de los años noventa, se habían quedado cinceladas en mi cabeza. En ese momento me había propuesto hacer lo mismo. Si íbamos a morir Valérie y yo, no seríamos los únicos; no lo haría fácil al terrorista ni a nadie.

—Mira mi tobillo, lo tengo jodido —le dije al terrorista. Bien que me entendía: me apuntó al rostro con su linterna, luego a mi pie y se encogió de hombros. El tipo me pidió que me levantara, quizá no quería dispararle a alguien tirado en el suelo, quizá quería dispararle a Valérie primero y a mí después, o usarme como rehén por si a alguien en Francia se le ocurría salvar a los que estábamos viviendo aquella barbarie. Obedecí de mala gana, sosteniéndome en las paredes y, como pude, me encaramé para quedar de pie. Me sorprendió que tuviera fuerzas para ello, carecía de energía para rebelarme, las fuerzas ni siquiera me alcanzaban para quejarme.

Mi Tánatos había superado la línea de equilibrio, de forma que mi eros se escribía con letras minúsculas. Ya de pie, el terrorista apenas me dirigió la mirada; por mi parte, lo enfrenté con unos ojos desafiantes, como si yo fuera el que tenía el control, noté su sorpresa; a mí ya nada me importaba.

Sin apartarle la mirada, caminé hacia delante un par de pasos. Lo hice pesadamente, con un esfuerzo desgarrador; dos pasos que en absoluto amedrentaron al terrorista que me veía con curiosidad. Evidentemente yo no era una amenaza, vamos, para entonces ni se tomaba la molestia de apuntarme con arma alguna. Me detuve después de esos dos pasos y crucé mis piernas por encima del cuerpo de Valérie y me quedé parado tambaleante.

—*Je suis mexicain* —avisé en un francés espantoso, mientras me ponía la mano en el pecho y golpeaba con la más que escasa fuerza que me quedaba—. *Before killing her, you kill me first* —dije desafiante. Para entonces ya mezclaba francés, inglés y español de manera indistinta. El terrorista me seguía mirando intrigado. La escena, por lo demás, era surrealista. Aquel tipo era más alto y corpulento, estaba armado y entrenado para matar, y se enfrentaba con un vil viajero herido, agotado y más que confundido que, eso sí, quería imponerle sus condiciones, por no decir amenazarlo.

—*Why you protect that policewoman?* —dijo. Debo decir que el inglés del terrorista era peor que el mío, que ya era mucho decir. Su pregunta era sorpresivamente suave. Vamos, después de haberlo oído gritar a él y a sus compañeros, aquello era un susurro.

—*Because I love her* —contesté, mientras volteaba a verla dificultosamente, las caderas también me dolían. Para entonces era difícil encontrar una parte de mi cuerpo que no estuviera mal.

—*Love her? You knew her before the attack?* —dijo juntando sus dedos índices, extrañado. Era increíble que aquella máquina de matar tuviera la duda de que yo, o lo que quedaba de mí, pudiera ser un enigma.

—*I am in love with her. We were in love just seconds before the explosion.*

—*Not understand* —contestó con cierta ansiedad el terrorista, a quien claramente le gustaba tener todo controlado y ese episodio lo estaba volviendo medio loco. El tipo se pasó los dedos por su cabello negro y largo; no podía entenderlo, pero yo decía la verdad. Lo vi y me regresó la mirada. Yo estaba totalmente estúpido por Valérie, ¿qué le iba a hacer? Así es Pablo Sanmillán, incluso cuando no está agotado, herido ni hecho una piltrafa, como estaba yo ahí; ¿por qué iba a actuar diferente?

—*I have to kill her. She has to die, she is a police, and they support the imperialism!* —el terrorista abandonó los susurros para pasar sin escalas a los gritos.

—*Okay* —dije muy ecuánime—. *I understand, but before killing her you will have to kill me* —no lo dije en tono amenazante, más bien sonó como si fuera un trámite adicional que tendría que llevar a cabo aquel día.

—*Why? I will kill you anyway, but she first.*

—No, no, cabrón —ahora el que gritaba era yo. Me agaché de forma que cubría la cara y el vientre sangrado de Valérie.

—*What?*

Yo creo que nunca en su vida ese terrorista se había topado con un chiflado como yo; podía ver su gesto de sorpresa, de no entender lo que pasaba.

—*What is your name?* —disparé para ganar tiempo.

—*My name* —dijo entre risas el terrorista—. *You want my name?* —su confusión aumentaba. Contestó como uno de los perritos obedientes—: *My name is Wahid* —lo dijo bajito al principio, luego lo repitió con aplomo, casi gritando—: ¡Wahid!

—*Okay, my friend Wahid, I am Pablo* —le extendí la mano. El tipo no se la creía, acostumbrado a sus víctimas que suplicaban, rogaban por sus vidas y yo andaba de diplomático amistoso; sólo faltaba invitarlo a una carne asada cuando anduviera por México, obvio garantizándole que no habría cerdo en el menú.

—*Why, why?* —decía el terrorista atrapado en ese nudo ilógico de mi necedad.

—*Because I am Mexican and the Mexicans we are men, you know? Men!!!!* —le dije gritando. Estaba agotando lo poco que me quedaba de mi batería en elevar la voz. Toda esa sarta de imbecilidades en aquel momento me nació por rabia, por impotencia, por orgullo nacional, por amor o, lo más probable, por mi deshidratación—. *We are a peaceful country and we are friends of all the world!*

Le solté aquel minidiscurso patriótico tan convencido que hasta se me quebró la voz. Pensé que se iba a desternillar de risa y luego la plomería a ella y en seguida a mí, por lo estúpido de mis argumentos. Pero el tipo se quedó pensativo y no dijo nada.

De mi arranque de valor y del ordenamiento de ideas por parte de Wahid nos sacó una explosión muy cerca de nosotros. Empezaron a llover pedacitos de cascajo y de nuevo una ola de polvo. La lámpara intermitente ni se inmutó, seguía con su trabajo de sí, no, sí, no.

Era un comando del ejército o de la policía que había entrado en el lugar; lo deduje por el movimiento de la gente, no eran pocos. Se podían escuchar las órdenes secas y directas en francés y el sonido de muchos pasos rompiendo las piedritas del piso al pasar moviéndose por el lugar. El panorama cambió, ya no estábamos solos, se podía apreciar un aumento de la luminosidad que entraba por todos los resquicios de la muy maltratada puerta de aquel cuartito. Wahid aprovechó para parapetarse tras la pared, al ladito de la puerta.

Al fin, a la pinche policía se le había ocurrido ir a rescatarnos, tal vez después de todo saldríamos vivos de ahí. Quizá podría contar aquella macroaventura en México algún día, quizá Diosito o la Virgencita de Guadalupe por fin se habían apiadado de nosotros, quizás incluso acabaría siendo novio de Valérie, quizá la vida no era tan cruel como me lo parecía.

Me percaté de que no sólo eran las lámparas, sino que alcanzaba a entrar un halo de luz proveniente del exterior. Se percibía una claridad como si estuviera amaneciendo, una luz tímida quería presenciar lo que sucedía en el aeropuerto Charles de Gaulle.

Wahid no estaba nervioso, más bien estaba atento, empuñando su fusil, bien sostenido. Valérie y yo le habíamos valido madres, no existíamos. Estaba plenamente concentrado en escuchar y ver lo que pasaba afuera.

Alcanzamos a escuchar gritos, según yo o mi imaginación también llantos. Lo más probable es que fueran los rehenes que estaban en el otro lado. No se escuchó ningún disparo. ¿Cómo habrían sometido a los terroristas? Wahid escuchaba atento como una piedra. Se deslizó dentro del cuarto y me jaló para ponerme pegado a la puerta de entrada.

—*Mexican, you are my shield now* —dijo y se quedó agazapado en la esquina, sólo me sostenía con uno de sus brazos estirado. Dadas mis condiciones y su fuerza, con eso era suficiente.

Dijo unas palabras en árabe; no sé si rezaba, más bien parecía que daba un discurso en voz baja a sí mismo.

—*What are you saying?* —le pregunté y me ignoró por completo. Siguió con su automotivación o qué sé yo, el caso es que pesqué en su discurso un *Alá* y otro *Mohammed*—. *Allah is the God of the entire world, including me and Valérie* —dije, convencido. Recibí un culatazo en la espalda de premio por haber abierto el hocico.

—*Who you think you are to talk about the great Allah?*

—*Allah created me, stupid! Every time you kill people you kill your brothers and offend Mahoma. Mohammed* —repetí para que no le quedara duda.

—*My brothers?, you are not human, you are* —dudó un poco, se quedó pensando—: *You are only rubbish* —a lo largo de mi vida me han dicho de todo, pero nunca me habían llamado basura.

Se escucharon pisadas que se acercaban, estarían a sólo unos metros. Eso interrumpió todo. Wahid me hizo una señal con el dedo para que me callara. Mi mandíbula empezó a quejarse a la par que mi pómulo. Podía imaginar mi cara toda moreteada.

Se veían luces ahora muy intensas que entraban por debajo de la puerta, probablemente se trataba de linternas; era claro que el comando estaba por ahí muy cerca. Se les escuchaba caminar casi en silencio y el crujir de las múltiples piedritas reventando bajo su peso; podía imaginármelos armados al máximo con radios, casco y chaleco antibalas. Preparados para matar, preparados para acabar con aquello.

—*Qui est là?* —gritó alguien del comando.

Miré a Wahid, quien estaba concentrado escuchando, ni me volteó a ver. Me quedaba claro que su plan era volarnos a todos.

—*They are here* —le dije a Wahid en voz baja. Me ignoró por completo—. ¡Wahid! —insistí. Me sujetó por las solapas de mi saco roto a la mitad.

—*You talk, you die* —este tarado no sabía que yo era Pablo Sanmillán *Contreras*: no me prohíbas algo porque es justo lo que hago.

—*We are three people here!!* —grité como loco. Me salió del alma y agarró a todos por sorpresa, no sólo a Wahid, sino también a los de afuera; de inmediato se escuchó un movimiento frenético de gente. Me sorprendió lo clarito que se escuchó. Se ve que estaban muy cerca y se habían replegado, porque la siguiente voz la escuché más lejos.

—*Who are you?* —preguntó uno de los policías con fuerte acento francés y una voz que denotaba que no confiaba en lo que había dicho.

Wahid se me quedó mirando extrañado y me volvió a amenazar con el fusil.

—*Talk to them, make them get closer many of them to die everybody* —dijo, casi en secreto.

Volvieron a gritar. Se sentía que afuera estaban en movimiento; según yo, nos estaban rodeando.

—*Is there anyone armed there?*

—*Here we are a girl from the Gendarmerie, a terrorist, and me* —todo lo dije muy rápido, de manera que a Wahid no le dio tiempo de reaccionar. Enseguida se produjo un gran silencio, después cuchicheos, pisadas moviéndose en diferentes direcciones.

De premio, esperaba mi plomazo en la cabeza por pasado de lanza, pero qué más daba, estaban para rescatarnos y, si no abría el pico ahora, no sería nunca. Miré a Wahid, no me regresó la mirada. Estaba claro que yo ya no le importaba, o quizá lo que yo hacía le convenía.

De pronto se escucharon disparos a lo lejos, ráfagas cortas. Después una gran explosión, todo retumbó, el cuartito se sacudió como si fuera a caerse en pedacitos, y volvió a obsequiarnos una lluvia de piedritas.

Pasaron unos cinco minutos, calculo. Wahid miraba por la rendija de la puerta entrecerrando los ojos para afinar su visión a lo lejos. Yo me dejé caer de rodillas y le tomé las manos a Valérie, que seguía en otro mundo sin haberse muerto. Aspiré profundamente jalando todo el aire que pude y me quedé a su lado como pastor alemán malnutrido y madreado.

El comando vendría por nosotros. Ahora este güey debía enfrentarse a sus iguales, ya no a una policía inconsciente y un pasajero exhausto, golpeado y casi totalmente deshidratado. No que muchas armas y muy entrenado, ahora se la debía rifar con sus pares.

Aunque por otro lado, era consciente de que cuando le diera la gana a Wahid, sólo necesitaba gastar una bala en Valérie y en mí, y listo; no teníamos mucho futuro y poco podíamos hacer para defendernos o ayudar al comando.

Pero al menos me había comportado como el cocker spaniel, enseñándole los dientes antes de morir.

Por enésima vez en aquella situación, estaba esperando el plomazo final que apagara la luz de mi vida. Gritar dando nuestra localización y quiénes éramos había sido un acto heroico y muy, pero muy estúpido. Guardé silencio, la mirada de Wahid penetraba mi piel, mi cabeza, todo yo. Ya había hecho suficiente.

—*Mexicain, mexican* —repitió bajito en francés, mientras negaba con la cabeza. A cambio de todos los golpes que me había propinado, al menos me resultaba evidente que lo desquiciaba, ésa había sido mi única arma.

Se oyó un quejido muy leve. Los dos volteamos a ver a Valérie; ella seguía inmóvil, Wahid y yo cruzamos miradas.

Mal momento para recordarle al terrorista que estaba viva. Éste no hizo mayor caso y regresó a observar por la rendija de la puerta. Parecía que afuera estaba iluminado. Entraba la luz de la calle, se hacía de día porque la luminosidad aumentaba.

Valérie volvió a emitir una queja de dolor, escasamente audible; si los policías no nos rescataban rápido aquella pobre no podría disfrutar de su liberación. Alcanzó a mover sus piernas, cambió un poco de postura, se desplazó lentamente hasta colocarse de lado, en posición fetal, para quedarse dormida profundamente. Me dio mucha ternura verla encogida, sus puños cerraditos como los de un bebé. Ni siquiera intenté asistirla de alguna manera, lo que menos quería era atraer la atención de aquel fanático sobre la chica de la *Gendarmerie*.

Afuera se escuchaba cómo se desplazaban, unos de un lado, otros de otro; quién sabe qué tanto harían, pero se podía percibir que estábamos rodeados.

Wahid me impresionaba: no estaba siquiera nervioso, permanecía cuerdo, sin sobresaltarse, no se le percibía miedo, ni siquiera preocupación. Estábamos tan cerca de ser liberados como de ser sacrificados por el guerrero árabe alto y de barba de candado, quien creía que la gracia que estaba haciendo no era otra cosa que la voluntad de Alá y su profeta Mahoma.

—¿Qué vas a hacer? —pregunté en español. Ni cuenta me di; por lo visto mi agotado cerebro sólo lo soltó así nomás, en mi lengua materna. Wahid me miró extrañado.

—Voy a morir como un *warrior*, que para eso nací. Todos vamos a morir. Yo iré al paraíso y tú al hoyo negro a donde van los infieles sin alma.

Hijo de su pelona. El muy perro hablaba español, con un acento árabe muy marcado, pero bien que lo hablaba.

—¿Así que hablas español? —hice la pregunta más tonta de la historia moderna. Para variar el tipo ni me dirigió la mirada. Eso me molestó y me tiré a matar—. ¿Estás seguro de que iras al paraíso? ¿Qué tal que yo tengo razón y tú te vas al hoyo y yo al paraíso? Al fin y al cabo, el que ha matado inocentes has sido tú y no yo.

—No son inocentes —masticaba como podía el español—. Son los que se burlan a diario del gran Alá, los que violan las leyes sagradas, los que oprimen a mi pueblo. Son simples esclavos del mal y yo estoy aquí para limpiar toda esa mierda que son ustedes.

No me impresionó en absoluto su discurso populista y fanático y mejor decidí ignorar sus letanías. Me dejé caer al suelo al lado de Valérie. Le acaricié sus cabellos rubios y ensortijados que me habían cautivado; sin levantar la mirada, con el puro rabillo del ojo, pude apreciar que Wahid seguía vigilando por el resquicio de la puerta. Yo veía a Valérie como un bobo enamorado; me seguía gustando, su palidez, su cabello, su cuerpo, saber que ella era la que me había salvado la vida agrandó su figura de nuevo. Ella me atraía como la ley de la gravedad a cualquier objeto que osara volar por los aires.

Recibí una patada en la suela de mi zapato que me sacó de mi Nirvana particular.

—*Ce que vous faites?* —me preguntó, molesto. No le entendí, pero dejé de acariciar a Valérie.

Recordé que me estaba muriendo de sed, mi lengua era una masa estacionada en la parte baja de mi boca, mi saliva nunca había sido tan pastosa. Me dolían la espalda, el tobillo, la cara; me di cuenta de tenía una de mis manos firmemente sujeta al brazo de Valérie.

Wahid permanecía inmóvil, vigilante, pendiente de lo que pasaba afuera. De perdida éramos sus cartas a jugar, podía negociarnos a cambio de que lo dejaran salir, supuse.

—Mataron a mi gente estos idiotas —dijo en español.

—¿Cómo sabes? Yo no he oído nada.

—Lo puedo escuchar en mi corazón —dijo poniéndose la mano en el pecho.

—*Mexicain*, habla con ellos, quiero que se acerquen muchos, muchos, ¿entiendes? —dijo, mientras jalaba cables de su chaleco antibalas y los atornillaba entre sí, haciendo nudos con los cables pelones.

—*He is wrapped with explosives to kill everybody!* —grité. Afuera el anuncio provocó más movimiento. El terrorista se me quedó viendo con los ojos más redondos que he visto en mi vida. Me soltó un puñetazo en la cara. Para entonces, ya no sentía dolor, fue como si le hubieran pegado a mi *avatar*, a una copia de mí, a mi clon; paladeé un sabor salado en mi boca y sentí una piedra pequeña. Escupí sangre y un pedazo de muela o de diente, qué sé yo.

—Pendejo —le dije nada más pude sentarme y volver a mi posición. Le tomé de nuevo el brazo a Valérie—. Muy cabrón, muy cabrón, ya te quisiera ver en Tepito o en Neza de noche, a ver si eres tan macho. Pedazo de imbécil.

Me miró, negando con la cabeza mientras repetía:

—*Mexicain, mexicain* —sin dejar de conectar varios cables.

Metí la mano en la bolsa interior del saco, tomé mi cartera.

—¿Qué haces? —me preguntó Wahid.

Yo seguí en lo mío. Me miraba, curioso. Tenía en la mano la estampita de la Virgen de Guadalupe. La besé. Volteé a ver a Valérie, su rostro estaba pálido y permanecía inmóvil. Ya no tenía caso luchar.

—Es la Virgen mexicana. La madre de Dios, güey.

—Soy Wahid, no güey —casi suelto la carcajada. Me sentía mareado, semidrogado, pero aquel ignorante en verdad me había hecho reír—. ¿Para qué te sirve esa cosa?

—Ella me llevará al cielo cuando me mates. Y serás tú el que se irá al gran hoyo negro —se quedó pensando, hasta pareció perturbado. Quiso mostrarse *cool* y me hizo señas despectivas con la mano—. Sabes que a lo mejor digo la verdad —él seguía mirando por la puerta, pero yo sabía que en el interior algo le inquietaba.

Cuando aquello acabara, si salía vivo, pediría que me internaran en un manicomio, sólo un ser enfermo de mi nivel podría estar enamorado de una policía que le sonrió por unos segundos antes de un atentado terrorista y, además, su nuevo compañero de tertulia teológica era el terrorista que los iba a matar.

Me sacó de mi mundo el ruido del arma. Wahid soltó una ráfaga desde la rendija de la puerta, después se calzó el fusil en la espalda. Se desabotonó en friega la camisa. Pude ver que debajo del chaleco y los explosivos estaba totalmente vendado; así estaba todo su torso, rodeado con una venda muy delgada. Imaginé que estaría mal de la espalda o a lo mejor había sido operado, qué sé yo, pero a cada minuto el tipo me parecía más raro. Supongo que estábamos igual; yo seguramente no daba la impresión de ser un tipo muy normal que digamos.

—*Mexicain* —dijo de nuevo en voz baja haciendo la seña con la mano para que me acercara—, *crier à l'aide*.

—¿Qué? No te entiendo.

—¡Grita!

—*Monsieur, es-tu entouré laissez partir le touriste et la police blessée* —gritaron afuera. Wahid se carcajeó.

—¿Que te dijeron? —le pregunté, curioso. Si era un chiste, yo también quería participar.

—Que los deje salir a ti y a la escoria esa —dijo refiriéndose a Valérie—. Los muy idiotas, no sé cómo pueden creerse países civilizados si están rodeados de idiotas.

Serás muy listo, tarado, pensé. Mis insultos me los guardaba en mi cabeza, mi cuerpo rogaba que no me expresara más, ya que cada vez que abría la boca alguna parte de mi cuerpo, a base de golpes, pagaba la indiscreción.

Wahid respiró muy, muy hondo. Sé que suena raro y quizá no puedo explicármelo con claridad, pero se le veía concentrado y relajado a la vez. Procedió a anudar un cable rojo con otro azul por las puntas donde asomaba el cobre. De repente, se escuchó un sonidito. Hice el amago de gritar, pero de mi garganta no salió ruido alguno, quizá lo más que logré fue soltar un gemido, como en esos sueños angustiantes en que quieres gritar y no te sale la voz. Wahid puso su manota sobre mi boca por si me llegaban fuerzas para gritar algo.

—*No more talking, mexicain.*

—¿Tú crees que vas a agradar a tu Dios matando a sus hijos? —insistí a la desesperada.

—*Mexicain*, todos vamos a morir aquí…

Me puse de pie.

—Ojalá que Dios o Alá te perdonen por lo que vas a hacer —se quedó dubitativo y volteó a verme. En eso escuchamos a los soldados afuera correr hacia nosotros mientras disparaban hacia el cuartito donde estábamos. Me dejé caer encima de Valérie y la abracé; apoyé mi cara contra la suya. Las balas invadían el lugar, era evidente que, con tal de echarse al terrorista, nosotros seríamos el daño colateral. Aterrado, miré a Wahid, con la esperanza de que le hubieran enchufado unos cuantos plomazos. Estaba de pie, pegado a una de las paredes. Pude ver una mancha roja en una de sus piernas y su mano izquierda colgándole, llena de sangre; parecía un zombi. Cruzamos miradas, me sonrió envidiablemente sereno.

La oscuridad explotó por completo dentro de aquel cuarto.

Saben una cosa, yo debería estar muerto. O a lo mejor lo estoy. Lo único que sé es que no llegué a Barcelona ni a la junta ni a ver a mi cliente ni a Garrigues ni a nada. Tampoco regresé a México ni volví a ver mi celular.

Me quedé con Valérie. Su piel es tan blanca que me divierto presionándosela para ver cómo se pone rosa y, poco a poco, recupera su color blanco.

Aprendí lo banal que es el noventa y nueve por ciento de las cosas que hacemos en nuestras vidas y cómo descuidamos las verdaderamente valiosas.

Lo importante para mí es que la tengo a ella, y además ya no me duele la pierna ni la mandíbula y mi boca nunca más ha estado seca. Todo eso, amigos, ya es el cielo para mí.

Valérie se ríe todo el tiempo y le gusta decirme que estoy loco; yo le respondo que eso lo sabe todo el mundo.

Me gusta cuando me habla de corrido en francés. Créanme que es de lo más sensual; mientras mueve sus labios, yo me quedo mirando sus ojos verdes que, con el brillo que hay aquí, se ven megarradiantes. Su cara de niña traviesa me trae loco; se carga una energía que me deja agotado a media tarde o a media mañana o a media noche; la verdad, ya ni sé en qué día vivimos. Estamos juntos todo el tiempo, sólo se ausenta a ratitos cuando va a ver a su papá.

Yo creo que mi francés ha mejorado muchísimo o ella aprendió español, no sé. Si no fuera por su dificultad de pronunciar la erre, no dirías que es francesa.

Ojalá el pobre Wahid esté en su paraíso, que sea un reino sin balas ni explosivos ni odio, y que esté rodeado por las setenta y dos vírgenes que le tocaban, y que no haya sido absorbido por el hoyo negro al que tanto temía.

Lo único que puedo decirles es que, por aquí, no está.

FIN

Nana Berta

1

Berta se retiró a su habitación, se quitó el delantal mientras cruzaba la cocina y se desplomó en su catre, sollozando como pocas veces lo hacía una mujer indígena, tan acostumbrada al sufrimiento. Cargaba una losa que acabó por quebrarle el alma. No podía más, pensó que había llegado el castigo merecido, la reprimenda celestial. Dios no olvidaba, y ella había sido mala, muy mala, y sabía que tarde o temprano la alcanzarían los demonios que vivían en los pueblos de México. Ya que cuanto más alejado, pequeño y perdido es un lugar, más seres infernales habitan ahí, alimentados de la sangre e ignorancia de sus desdichados pobladores.

Algo malo, muy malo había hecho. Había tenido mucha suerte hasta ahora de que no la hubieran encontrado. La infantil ilusión, alimentada con el paso del tiempo, de que había logrado librarse de aquella pesadilla que se llamaba vida, había estallado en pedazos.

Finalmente, quien la hace la paga. La cuenta siempre es cobrada, aquí no hay impagos, ni cuentas incobrables: morosos sólo por un ratito, hasta que el diablo se aburre y les corta las esperanzas a aquellos que sueñan con ser personas normales.

Berta recordó una y otra vez aquella película de miedo que había sido su vida; pensaba que la había dejado atrás. La convocó todas las veces que fue necesario para flagelarse, se lo merecía, toda tortura sería insuficiente. Cuando su cuerpo ya no fue capaz de sostener su mente desbocada, cayó desfallecida, con la cara y su uniforme arrugados, los ojos espolvoreados de lágrimas para perderse en un sueño profundo, aunque muy lejos de ser reparador.

La cara amoratada de Berta contrastaba con el poderoso azul del cielo, interrumpido por unos cirros raídos que coloreaban de blanco las alturas en aquel invierno en Amatepec, pueblo campesino del rico, corrupto y atrasado Estado de México.

La espalda adolorida, demasiado tiempo trabajando agachada; las costillas, los brazos le dolían con ganas, nunca se habían acostumbrado al trato que les tocaba en esta vida. Los golpes salvajes e inclementes se los había propinado el alcohol, junto con su marido, aquella mancuerna inseparable.

El sol comenzaba a elevarse. En ese momento lo agradecía, calentaba su cuerpo magullado y ayudaba a deshacer la escarcha que había crecido durante la noche sin que nadie la hubiera sembrado. En menos de tres horas, el sol la traicionaría y se volvería su enemigo, uno más, para golpearla como lo hace con aquellos que insisten en vivir arriba de los 2,300 metros de altura. Entonces quemaría su piel morena, que a pesar de su color poco le servía para protegerse de aquellos rayos en forma de espadas. Así eran los inviernos en Amatepec: helados a la sombra, calcinantes bajo el sol, el término medio no existía ahí.

Sus ojos eran unos cristales oscuros que no revelaban sentimientos. De vez en cuando tenían la osadía de otear el terreno, de lanzar una mirada fugaz sobre Francisco, su marido, quien había logrado embriagar hasta a su propia alma. Un tipo encorvado, que lucía muchos más años de los que tenía, labraba la tierra a unos metros de distancia; eran dos desconocidos, separados por miles de kilómetros. Pero soñar con la lejanía era, simplemente, un deseo inalcanzable. Un mundo demasiado real y extremadamente cruel, en el que cayó aquella vida que respondía al nombre de Berta.

Las grietas marcadas en sus manos eran la venganza de la tierra, la represalia por hacerle lo mismo a ella. Surcos que la partían en dos, tres y en miles de Bertas. Hoyos hechos en el suelo con azadones de pico, con tractores tan viejos que resultaba inexplicable que no estuvieran en un museo. Ojo por ojo, la tierra sufría y no conocía otra forma de reclamar.

La tierra, helada y dura, era la que mandaba sobre los pies de Berta; sus zapatos eran de plástico, no eran Crocs, de moda entre los ricos. Los suyos eran corrientes, lo más barato, punto. Nada de huaraches de piel como los que se ven en los cuadros románticos en los que se idealizaba a los indígenas como los herederos de la grandeza mexicana. El zapato no se amolda al pie, es al revés.

Se tocó la cara rugosa y adolorida, con sus manos rugosas y adoloridas, las que cada noche trataban inútilmente de amortiguar los golpes de siempre del hombre de siempre.

Se irguió y lo vio fijamente, estaba de espaldas, no había peligro. Ese ser maldito que la ley y la Iglesia decían que era su marido, que alguna vez había querido y respetado; con quien, como campesina, había sembrado tantas ilusiones y fantasías al casarse con él a sus dieciséis años. La cosecha había sido desdichada: golpizas todas las noches, no había tregua. La cara era la primera en recibir la ira del alcohólico, los brazos, el torso y las costillas estaban cansadas de romperse, el estómago ya no tenía más aire que perder. El chiste era no caerse, aunque era cuestión de tiempo; entonces llegaba el turno de un enemigo más poderoso: las patadas, que Francisco Delgado lanzaba con furia contra la víctima de siempre.

¿Por qué debía sufrir todo eso, si ella no había hecho nada? ¿Por qué Jesucristo, a quien ella rezaba todo el tiempo, no hacía nada? ¿Por qué no la defendía? ¿Por qué con su poder infinito no le mandaba un rayo que fulminara a aquel ser temible para desaparecerlo para siempre? Quizá Jesucristo la amaba tanto que la hacía sufrir, igualito a como él lo había hecho en su calvario. La corona de espinas de Berta dolía en serio, en cuerpo y alma a partes iguales. En su cabeza aparecían nuevas canas cada día, a pesar de no tener la edad para ello; eran como las marcas de un presidiario en la cárcel, para recordarle que seguía viva y el sufrimiento estaba lejos de acabarse. Era como si la vida quisiera apurarse haciéndola lo suficientemente vieja para que la muerte le echara un ojo y un buen día se la llevara.

Francisco Delgado era lo que quedaba de un hombre. Era una figura huesuda, no era alto, nadie lo era en aquel pueblo de niños malnutridos, pero aparentaba ser espigado por la extrema delgadez. Aguardiente de sotol era lo que circulaba en sus venas. Seguía la tradición familiar, su padre falleció aplastado por un tractor que se negaba a ser domado por un briago; aquella máquina le hizo un favor a la cirrosis, ahorrándole algo de trabajo. En aquellos pueblos tenía que trabajar horas extra.

Su boca estaba permanentemente seca, era inútil el esfuerzo de tomar agua de una gastada botella de plástico de Coca-Cola; era demasiado el alcohol ingerido en una sola vida, y su cabeza estallaba. En ella, no habitaban pensamientos, sólo amargura; sus ojos estaban tan secos como el resto del cuerpo; no notaba el dolor en los puños ni en los pies, aunque éstos estuvieran hinchados. El golpeo torpe dañaba también al agresor. A pesar de que ocurría cada noche, su cuerpo no se acostumbraba al odio que él dejaba caer sobre la persona que alguna vez quiso por esposa.

Sólo había una persona más temible que Francisco Delgado: Eufemio, el hermano mayor, al cual todo Amatepec le tenía pavor. Se decía que cargaba ya varios muertos en su haber; no obstante, era intocable por su cargo como dirigente del PRI en el pueblo. El Partido Revolucionario Institucional, aquella formación que distaba mucho de ser revolucionaria, cuya principal misión era la de mantener a un país en la ignorancia y miseria mientras sus dirigentes lo saqueaban descaradamente. Generaciones de millones de pobres a cambio de millones de pesos en los bolsillos de sus dirigentes, así había sido por décadas. Negocio redondo el tener un país por botín. Votos comprados en el mejor de los casos con láminas de asbesto, dos sacos de cemento y una despensa; a la mala, con ejecuciones o desapariciones tan comunes que habían dejado de ser noticia de primera plana en los periódicos. A este grupo pertenecía Eufemio, hecho a la medida para el PRI y viceversa; simbiosis maldita, repetida infinidad de veces a lo largo del territorio nacional.

Amatepec se ubica en el Estado de México, entidad federativa de la República en la que orgullosamente el PRI nunca había perdido unas elecciones, la mayor fábrica de gánsters del país, ahí los amamantaban para llevar a cabo la "revolucionaria" tarea de mantener al pueblo idiotizado y a raya; aquella fórmula había funcionado los últimos ochenta años.

El alcalde de Amatepec no podía ser de otro partido que no fuera el PRI. Ése era el principal trabajo de Eufemio: en ese diminuto universo tener por incondicional al presidente municipal, quien en buena medida le debería su puesto a Eufemio; no era poca cosa. A éste el dinero no lo movía, lo que verdaderamente le importaba era el poder.

De esta manera, Eufemio no podía estar en mejor lugar: tenía un muerto aquí, un golpeado semimoribundo allá; una niña de catorce años violada cuya familia se había atrevido a denunciarlo ante el ministerio público, que tan pronto recibió la denuncia, en lugar de cumplir su deber y centrarse en la investigación, tomó el teléfono para reportarse con Eufemio. Antes de una semana, el funcionario tendría al propio Eufemio presenciando la escena, con su sonrisa etílica, sus dientes amarillos y un cigarro encajado en la boca, ahí parado, escuchando cómo la niña desmentía todo lo que había dicho, llorando aterrada; era una broma, quería asustarlo, no fue él sino otro hombre, quizá fuera una pesadilla y se había confundido acusando al señor Eufemio Delgado. Todos podían ser culpables menos Eufemio, eso nunca.

En aquel penoso lugar le había tocado vivir a Berta, en esos territorios parcialmente civilizados. Las autopistas pasaban a unos cuantos kilómetros; los BMW, Audi, Porsche y Mercedes las cruzaban a toda velocidad desde la Ciudad de México hacia Valle de Bravo, donde un hermoso lago espera a la gente *bien*, los nuevos criollos, con más dinero que tiempo para gastarlo, que iban a relajarse del estrés provocado por el trabajo de la semana. Lo que pasaba a pocos metros del camino no iba con ellos, si no lo veían, no existía y ya la vida era muy pesada como para amargársela viendo lo que pasaba en la otra cara del país. Lo mejor era moverse de su burbuja en Santa Fe a la burbuja de su casa de descanso; era fantástico vivir en el México rico, el que se trata de tú a tú con el primer mundo.

Su calvario se repetía cada día, inflexiblemente aquella rutina se había convertido para Berta en eso que llaman vida. Cuando la agotadora jornada había concluido, Francisco, después de cenar se marchaba a la cantina del pueblo, la de piso de tierra y vasos mal lavados, donde la cirrosis saltaba de un hígado a otro. Francisco se perdía en el licor, rápido, con prisa, platicando para dejar paso a la verdad impoluta de sus incoherencias. Cualquier bulto a su lado era buen compañero de penas. Charanda, sotol, tequila adulterado, cualquier bebida era aceptable mientras el líquido quemara. La historia de cada noche era la misma: Francisco Delgado permanecía adherido a la barra, se le podía ver con sus movimientos descoordinados que le daban un aire aún más grotesco, su lengua reseca desaparecía a ratitos, atrapada en el paladar, tropezándose constantemente al tratar de hablar; entonces y sólo entonces, volvía a casa.

Lo que seguía era la descarga de sus frustraciones, pues el alcohol no había servido para acallar la herida, por el contrario, ayudaba a abrirla; le urgía sacar los complejos, las afrentas, las burlas, los chismes y habladurías… la peor de todas: que se dijera que Francisco era poco hombre. A Francisco Delgado le faltaban huevos. No podía tener hijos como los demás que mostraban su hombría con un buen número de chilpayates, malnutridos y estorbosos; prueba irrefutable de que los hombres del pueblo eran muy machos.

Francisco llegaba a la casa, eufemismo para designar una obra siempre inacabada de autoconstrucción, en donde se fundían el baño, la cocina y la única estancia, entre paredes de cemento, techo de lámina y ventanas de mentiras. Ahí, donde una Berta abnegada abría la puerta del infierno a aquel Lucifer tambaleante, cuyos gritos hacían las veces de llaves.

La puerta metálica se abría chirriando y el marido se asía del cuello de Berta, quien, como animal en matadero, bajaba la cabeza y rezaba para que aquello no durara mucho, que Satanás se cansara rápido de divertirse a costa de ella.

—Cabrona, hija de la chingada… te voy a partir tu madre —gritos escupidos por una boca de trapo. Seguían los golpes que, aunque lanzados torpemente, hacían blanco fácil en una mujer que no se defendía, no se movía y sólo se ocultaba entre sus brazos. La fuerza de un hombre contra la impotencia de una víctima. Los brazos acababan cediendo hasta que la cara se llevaba la peor parte.

Esto ocurría todos los días. No había vacaciones, ni descansos; la rutina era la rutina, implacable y cruel. La Virgen de Guadalupe se escondía y Jesucristo no la escuchaba, lo mismo que los santos a los que ella se encomendaba rezándoles con murmullos emanados de las costras en los labios, con la sangre ligeramente salada, los moretones dolorosos y el cuerpo que lloraba, mientras el alma se tendía al rayo del sol, incapaz de sublevarse. Ella labraba un campo ingrato al lado de su verdugo, sin hablarse, no había palabras, ni siquiera miradas, pues cada uno sabía de sobra lo que le tocaba hacer. El sol los golpeaba por más que lo quisieran distraer con sombreros y paliacates, se colaba por donde fuera, obligándolo a él a tomar agua constantemente; ella prefería no beber, no fuera a ser que se le salieran las lágrimas que le recordarían que aquella pesadilla era real. El marido manda, es el hombre y la mujer se calla, pase lo que pase; es lo que toca, es lo que Dios manda.

Berta estaba sola, sin nadie a quién pedir ayuda, nadie a quién contarle; su madre, aunque viva, ya no estaba en este mundo, succionada por una enfermedad que la mantenía aislada de la realidad. De nada servía contar con un padre cuya comunicación no sobrepasaba de un par de gruñidos y alguna frase ininteligiblemente masticada. Las amigas de Berta, antes joviales y entusiastas quinceañeras, soñadoras con su hombre ideal, estaban más o menos como ella. Todas casadas con sapos verdes, babosos y gordos, enamorados del aguardiente, irreverentes y desconsiderados. A diferencia de Berta, al menos ellas tenían tres o cuatro escuincles que, si bien eran demasiados para mantenerlos, servían para tener con quién entretenerse, o con quién desquitarse.

La única persona que se asomaba de vez en cuando en la más que modesta vivienda a las afueras del pueblo era la madre de Francisco. Se aparecía y les dejaba tortillas recién hechas y una olla de frijoles. La señora se deslizaba casi sin pisar suelo, sin saludar a nadie, sin levantar la vista.

—¿Otra vez frijoles? ¿Qué? ¿Es lo único que sabes hacer? ¡Tráete algo de carne, que alimente! ¡Ya que no está el viejo te mandas sola y haces lo que te da la gana! —esa era la forma en que Francisco agradecía las atenciones de su madre.

Así, Berta era una intrusa permanente en su casa, cualquiera que pasara por la puerta tenía más derechos que ella, ya que Berta no tenía ninguno. Pareciera que todo el mundo se había olvidado de ella, todos, menos el mismísimo demonio, que aparecía siempre subyugado en las pinturas de la iglesia, en las que había un arcángel blandiendo una gran espada y poniéndole el pie en el cuello; pero en la vida real, en el pueblo de Amatepec, aquello no ocurría.

2

Por su cabeza volvieron a desfilar los recuerdos de aquella noche que tanto se había esforzado en borrar, cuando después de la enésima paliza que le había dado Francisco, Berta no había dormido pensando cosas malas, muy malas; ella misma se encargaría de enviarlo directamente a donde le correspondía estar por los pecados que había cometido sobre ella. ¡A los infiernos!

Aquella noche fue diferente, Berta por una vez no se sentía muerta, no sabía si se estaba volviendo loca después de tanto maltrato, pero tenía la idea morbosa de probar el bocado de la maldad, de herir a alguien, de sentir lo que sentía su marido al golpearla. Aquella noche sería diferente, Berta se quería vestir de verdugo, ser ella quien levantara la guadaña esta vez. Llevaban años casados, quién sabe cuántos, y ya no había espacio en el alma ni en el cuerpo de Berta para más golpes, para más humillación.

Al llegar aquella noche, Francisco Delgado, un poco más borracho que de costumbre, sólo había alcanzado a proferir algunas maldiciones sobre ella; esta vez, para sorpresa y distorsión del plan, no la golpeó, le sonrió con una mueca burlona. Se había desplomado alcoholizado, así como venía, sólo dando signos de vida por sus bufidos que esparcían por la habitación los vapores etílicos que lo habían acompañado desde la cantina. Había comenzado a roncar, el estruendo era desproporcionado para el tamaño de Francisco Delgado. Ella, acuclillada, lo miraba sin verlo, con la mirada en ningún lado y la mente vacía.

Berta había planeado todo, lo ensayó varias veces, al principio como una forma de exorcizar su frustración ante las palizas recibidas. De cuclillas al lado de su marido, se permitió el lujo de probar su macabro plan, levantaba el molcajete de piedra volcánica haciendo el ademán de dejarlo caer y detenerlo a milímetros de su marido, regodeándose porque tenía en sus manos la vida de su captor, eso la había sentir libre por unos minutos. En esos momentos ella era Dios, el Dios que era sordo y no entendía lo que le estaba pasando a ella, un Dios ciego, que no veía las golpizas que recibía, insensible al maltrato, al que no le importaba la prisión en la que estaba encerrada ni los trabajos forzados diarios, al que Berta había llegado a pensar que estaba más del lado de Francisco que del de ella.

Ideas entraban y salían de su cabeza, pero nunca las compartía con nadie, menos con el padre en la iglesia; con seguridad le diría a Francisco o, peor aún, al desgraciado de su hermano Eufemio, que la odiaba todavía más que su marido. A pesar de ello, Berta era muy devota, como todas en Amatepec. Cada vez que podía, se escapaba a la iglesia y prendía una veladora abajo de una imagen de algún santo. En la casa hacía lo mismo, en la imagen de un Jesucristo sufriendo en el calendario de la tlapalería del pueblo, cuyas hojas arrancadas habían dejado a la vista el puro cartón ya muerto después de haber resistido doce pesados meses.

—¿Por qué no te importo nadita? —era su reclamo de cada noche, mientras Francisco tirado en aquello que llamaban cama yacía completamente ido. Rezos interrumpidos por pedos de Francisco, grotescos como él mismo, eructos que hacían retumbar aquella miserable choza de una sola habitación, como burlándose de sus rezos, como si supiese que sus puños, encendidos por el alcohol, eran más fuertes que aquel ser divino estampado en tonos chillantes, en una impresión corriente en la que los colores se salían de los contornos de la figura. Pero Berta se había dado cuenta de que tanta devoción era estéril, quizás en el cielo, nomás no quería saber nada de ella.

Soñó que Francisco volvía como cuando eran novios. Pícaro pero amable, simpático y platicador. Galante, que se adelantaba y le abría la puerta para que ella pasara. Berta soñó que un ángel tocaba a Francisco aquella noche y éste se curaba de aquella enfermedad que hacía que lastimara a su esposa, que le dejara el cuerpo dolorido, con los ojos semicerrados y moretones por todo el cuerpo; los coscorrones que hacían saltar las lágrimas, golpes infames para una mujer menuda como ella. Esa enfermedad que, según le habían explicado en el centro de salud, era justo eso: una enfermedad y no un vicio. Francisco Delgado, su marido, por la ley del hombre y la de Dios; doble condena a la que no tenía derecho de apelar.

Ella tomó el molcajete de enormes dimensiones para las dos personas que vivían en aquella pobre casa. Era el que se había utilizado en su boda para hacer litros de salsa, una mole de piedra, que pesaba más de lo que ella podía sostener en el aire por más de unos segundos. El tamaño y el peso suficiente para liberar a cualquiera del inframundo en que vivía. Berta ya se había acostumbrado a suspenderlo en el aire y amagaba con dejarlo caer sobre el cráneo, de por sí aplastado de nacimiento, de Francisco. De un ser nauseabundo que se había devorado a su Francisco, el galán, el cortés, aquél de cuya boca no salía una grosería en su presencia y le había dejado aquella cosa maloliente y pedorra, cuya misión en este mundo era la de hacerle la vida peor que miserable.

Lo levantaba e intentaba dejar caer una y lo que le pareció cientos de veces: el objeto pesado, contundente, que garantizaba que no fallaría. Aquélla era la hora de la verdad, alzó varias veces el molcajete, pero no se atrevía. ¿Y si las cosas cambiaban de pronto? ¿Y si dejaba de tomar, si ya no la golpeaba, si la vida se convertía de repente en algo hermoso? ¿Y si Dios nunca la perdonaba por tratar de escapar del infierno que le tocaba vivir todas las noches? ¿O si Diosito se la llevaba aquella misma noche, deteniendo su corazoncito para que se durmiera para siempre, y aquel monstruo con el que se había casado no podría tocarla más, no podría maltratarla porque ella se pudriría día con día, hasta quedar invadida de gusanos? A Francisco le daría mucho asco golpear a una mujer agusanada, y cuando éstos acabaran muriéndose tras haber deglutido su carne, ella se convertiría en huesos, en una calaca como las momias que tanto miedo le daban; luego pasaría a ser polvo. Todo el mundo sabe que nadie puede golpear el polvo, éste se esparce y vuela por todos lados, nada más esquivo que eso. La mente de Berta volaba por toda la habitación buscando un escape imposible, revertir una decisión que había sido tomada hacía muchos años. Era ahora o nunca, y nunca sería continuar con aquello, y aquello ya no era soportable, ni siquiera para una campesina curtida en el campo como ella.

Se encontraba absorta en sus reflexiones y dudas de última hora. Eran las 11:53 de la noche más oscura que podía caber en aquel pueblo.

De pronto, sin pensarlo y sintiendo una fuerza descomunal fuera de control, como un impulso eléctrico, dejó de practicar, esta vez no apartó la dirección del molcajete ni detuvo su caída; por el contrario, lo centró en la cabeza de su marido y lo arrojó con todas sus fuerzas, con toda la rabia que cargaba con ella. Con una energía desconocida, como quien recibe un rayo con agrado. Así la mole de piedra, decidida, cayó sobre la cabeza del infortunado ebrio con una brutalidad tal que se escuchó un sonido ronco del cráneo al crujir.

Francisco se retorció, quizás hasta se convulsionó, en la plenitud de una noche sin una pizca de luz. El cuerpo temblaba y emitía un quejido ahogado. Berta tuvo miedo; si se levantaba la iba a matar, no había camino de regreso, ahora lo terminaba. Levantó el molcajete de nuevo y ahora sí, teniendo su fuerza bajo control, lanzó una vez más la piedra de moler chiles contra el cráneo de su torturador, lo hizo hasta que fue salpicada por quién sabe qué cosa caliente salía de la cabeza del marido golpeador.

El cuerpo inerte yacía frente a ella, un fardo, un bulto de cemento, una larga bolsa de plástico ponchada de la que escurría un riachuelo de sangre que escapaba de la muerte que se había apoderado de aquello que alguna vez se llamó Francisco y ahora era comida para las moscas verdes, trabajo para el doctor que le tocara practicarle la autopsia, esquela que nunca se publicaría en ninguno de los periódicos que llegaban a ese pueblo. Francisco se había quedado sin alma que le diera el halo de vida.

El pueblo se había paralizado, sólo unos coyotes a lo lejos aullaban como si se lamentaran por lo que había pasado. Dentro del cuarto sólo sonaba el tictac de un reloj de plástico con el vidrio roto, colgado en la pared por un clavo; aunque a nadie ahí, vivos o muertos, les importaba qué hora era.

Berta se había quedado arrodillada, después se sentó. Sus ojos escudriñaban de nuevo a todo el cuarto tal como había ocurrido en su noche de bodas, reconociendo rincones y recovecos, telarañas y suciedades, filas de hormigas y alguna cuija moviéndose rítmicamente de arriba abajo; la diferencia es que ya no emitía ese sonido extraño y fuerte para tan pequeño animalito, ahora también ella se adhería al sigilo imperante.

Su mente divagó, de pronto recordaba la boda en la iglesia y luego la fiesta, el baile, sus labios esbozaban una tímida sonrisa al recordar esos tiempos buenos y hasta felices, extraña y lejana palabra, luego se trasladaba a su niñez riendo con sus amigas, corriendo por las calles del pueblo empujándose unas a otras o jugando con las muñecas de plástico gastadas.

Pasadas tres horas, como si le hubieran echado una jarra de agua del pozo, empezó a ser consciente de lo que había pasado o, mejor dicho, de lo que había hecho.

Entonces los recuerdos eran dolorosos, lo vivido recientemente y todos esos años que concluían en ese mismo día. Francisco bien muerto y ella sentada, acabada en vida; no sentía nada por sí misma, y mucho menos por la masa deforme que alguna vez había sido su esposo. Berta pensó en lo que le esperaba: la policía, la vergüenza de su familia, los parientes de Francisco, Eufemio el hermano. Pensaba en qué sería de ella y qué había hecho mal para merecer acabar su vida así tan pronto. Muchas preguntas se agitaban en su cabeza, golpeándola, como dignas herederas de su difunto marido.

A eso de las cuatro de la mañana, Berta se paró, se bañó tallándose todo el cuerpo con furia, quitándose no sólo la sangre salpicada de Francisco, sino también los años de maltrato.

Se vistió, agarró un libro vaquero que guardaba entre sus ropas. Arrancó la portada y la utilizó para enrollar los pocos billetes de cien pesos que tenía escondidos para que su marido no los pulverizara en alcohol; hizo un rollito delgado, apretado por una liga a la que le había dado doble vuelta y salió de su casa para encontrase con la oscuridad de Amatepec. Jaló todo el aire que pudo para sentirse viva y se fue caminando en dirección a la carretera que pasaba por en medio del pueblo.

Le hizo la parada a un colectivo de esos destartalados que pasan a horas impensables por aquellos lugares. En la radio sonaban canciones viejas de Javier Solís; se sentó hasta atrás, para que no la viera nadie, aunque no era necesario esconderse, los pasajeros iban bien dormidos o con los ojos cerrados en un intento por prolongar el sueño. Se bajó en la estación de autobuses de Toluca. La noche se puso más oscura que nunca, el frío arreció aún más. Compró un boleto para la capital del país en la primera taquilla, sin fijarse en la línea ni en nada, la atendió una señora, enojada con la vida por tener que trabajar a esas horas de la madrugada. Abordó su autobús hacia el lugar más solitario y aislado en el mundo: la Ciudad de México, con sus más de nueve millones de neuróticos habitantes.

En el autobús iba con los ojos muy abiertos, sobándose sus manitas callosas y duras, pegada a la ventana. Contaba varias veces las monedas que traía en la bolsa, y palpaba el morralito escondido dentro de su falda donde había guardado los pocos billetes con los que había huido.

El autobús llegó a la Ciudad de México. Ya había amanecido, hacía menos frío que en Toluca, pero se sentía el fresco. Los pasajeros bajaban y se dirigían al compartimiento de equipaje a recoger sus cosas; ahí se dio cuenta que ella no traía nada, que venía tal y como había salido, sólo con un sarape que envolvía su menudo cuerpo.

Había un reloj enorme en la estación, casi eran las ocho de la mañana. La recién viuda abandonó la estación y en menos de cinco minutos estaba perdiéndose en las calles de la megaurbe, envuelta en un manto de gente que pululaba de un lado a otro, como hormigas amontonándose unas sobre otras.

3

Eran las seis y media de la mañana, los gallos cantaban por todo el pueblo, el alba se despertaba y el frío se desquitaba con todos los habitantes. Justo cuando va a amanecer, éste arrecia ante la entrada de sol, su venganza hasta la llegada de la próxima noche.

Llegó la madre de Francisco a casa de él. Aquel día se había despertado con ganas de hacer desayunos de más y les llevaba huevos revueltos con chile, los había guardado cubiertos con tortillas en una cazuela de barro con tapa. Giró la llave en la cerradura oxidada mientras jalaba la puerta hacia ella, había que levantarla un poco y empujar con fuerza. En el cuarto que servía de recámara, cocina, sala y comedor sólo había una pequeña ventana corrediza. Decir que la pieza era fría es quedarse corto, el aire se colaba por todas las rendijas existentes, que no eran pocas.

La señora entró con la mirada gacha, como lo hacía siempre.

—¡Francisco!

Se dirigió a la cocina, aunque llamarla así era todo un piropo; separada del resto de la pieza por una cortina de plástico, era un cuarto con una repisa de cemento de autoconstrucción donde descansaba una parrilla eléctrica. Apoyó la vasija de barro en la hornilla, luego dejó una bolsa de plástico negra de donde asomaba un manojo de cilantro y una cebolla.

Se extrañó de no escuchar nada y pensó que los dos estarían dormidos, aunque por la hora le resultaba muy raro, volteó a ver la cama y no vio nada, se acercó un poco más. ¿Sería que se habían ido al campo antes de tiempo? Prendió la luz con el único foco que colgaba, pelón, que iluminó tímidamente la habitación. Se encontró con una masa retorcida rodeada de un líquido negruzco, pensó que un perro se había metido. No, no era un perro. ¿Qué era aquello que yacía ahí? Aquello era su hijo Francisco, en el suelo, con el cráneo aplastado, de forma que se le veía en sólo dos dimensiones; la sangre absorbida, coagulada, dejó de ser roja, para adquirir un tono oscuro. La mujer se tambaleó, trató de acercarse a ver si respiraba, pensaba en un robo, sí, un atraco, lo habían atacado a él y quizá se habían llevado a la nuera, o habrá huido despavorida. Su corazón perdió el control, quiso gritar, pero, como en las pesadillas, no salió sonido alguno, quiso correr y sólo pudo desplazarse despacito, o quizá sí corrió, aunque no fue consciente. Llegó a su casa y con el aliento que le quedaba emitió un grito pavoroso:

—¡Eufemio!

Éste saltó de la cama, a pesar de la cantidad de ron que había ingerido la noche anterior, aquel grito fue lo suficientemente angustiante para despertar a quien fuera.

En menos de treinta minutos, pasaditas las siete de la mañana, estaban él y su gran amigo de juergas, el jefe de la policía municipal, enfrente de lo que quedaba de Francisco Delgado. Las moscas verdes y gordas empezaban a participar del festín de descomposición que alguna vez pretendió ser un ser humano.

Salió de la estación con mucha prisa en dirección a ninguna parte, siguiendo el flujo de personas que se introducían en una gran boca que las devoraba: el metro. Quiso pasar por el torniquete, pero no se movía, ella empujaba más fuerte, la fila se formó en segundos, el murmullo de disgusto se hizo sentir. El policía llegó.

—¡El boleto!, páselo por la ranura —Berta Maldonado lo miraba con su cara de que no sabía qué diablos era una ranura.

—¡Si no trae boleto, sálgase de la fila! —gritó el policía ante el amontonamiento de gente que ya era considerable. Se apartó torpemente de la fila y le preguntó a un señor.

—¿Dónde se compra el boleto?

—Ahí —le contestó de mal modo.

Se dirigió hacia donde estaba la máquina. En su vida había visto algo así. Aunque ella sabía leer, aquello se veía muy, pero muy complicado. Las personas que estaban detrás de ella empezaron a presionarla, iban tarde, tenían prisa.

Mejor se salió de la fila. Estaba sudada y asustada, quería salir y empezar a caminar, pero estaba tan desorientada que ni siquiera ubicaba por dónde había entrado. Llegó una chica de veintitantos años vestida como para ir a trabajar en una oficina.

—¿Adónde va, señora?

—Yo, yo… no sé —contestó Berta.

—¿Va usted con dirección a Pantitlán? —Berta, que quería escapar, le dijo casi gritando:

—¡Sí, sí! ¡A Pantitlán!

La chica la tomó del brazo e introdujo un boleto para que pasara Berta.

—Mire, es por allá. No la puedo llevar más porque yo voy para el otro lado y se me hace tarde.

—Sí, sí, muchas gracias —masculló Berta, mientras se dirigía hacia donde le habían indicado. Volteó a ver a la muchacha. Ésta instintivamente también se giró y le sonrió, diciéndole adiós. Berta sonrió también. Y… se dirigió a Pantitlán. Quién sabe dónde era eso, qué había ahí y por dónde estaba, pero como aquella muchacha tan dulce lo había mencionado, entonces ella iría a Pantitlán. Se paró en el andén. Cuando el metro se detuvo quiso abordarlo, sin contar con la marabunta que desalojaba el vagón justo en esa parada. A pesar de que salían en tromba, Berta no se apartó, por el contrario, luchó con los brazos y los codos haciéndose un lugar hasta ingresar en el vagón. Ya dentro se aferró al tubo, no fuera a ser que volviera a intentar llevársela una turba. Una vez que pasaron dos estaciones, se sentó en uno de los asientos color verde; sus piernitas le colgaban como si fueran las de una niña. Ella sentía que todos se le quedaban mirando como si fuera un bicho raro, y ella sabía que era un bicho raro, rodeado de gente extraña que corría todo el tiempo, que se empujaba y apretujaba casi igual que en las fiestas de la patrona del pueblo, justo cuando lanzaban los fuegos artificiales.

Pasaron tres, cuatro estaciones, no importaba, ella no iba a ningún lado, sólo se había dejado llevar por la única persona que no corría como los demás locos en el metro. El movimiento del vagón le proporcionó la relajación que reclamaba su cuerpo después de aquella noche insomne, un sopor la invadió, el sueño la atacó hasta dejarla dormida profunda, muy, muy profunda.

4

Eufemio Delgado estaba borracho de rabia; no podía ser menos, su hermano se hallaba hecho una piltrafa en el suelo, cubierto bajo una gran bolsa para ser llevado con el médico forense. Francisco y Eufemio no eran muy unidos precisamente, pero tenían en común el odio mutuo contra Berta, cada quien a su manera. La ambulancia estaba estacionada afuera de la casa; la madre de Francisco estaba sentada en el escalón de entrada, observando, no lloraba ni se lamentaba. Muchos curiosos del pueblo se aglomeraban alrededor de la casa; había una patrulla de la policía municipal, cuyas puertas abiertas y carcomidas bloqueaban el paso, y dos policías impedían a los pobladores acercarse más a la casa.

—Esa puta de Berta —bramó Eufemio—, mató a Francisco como si fuera un animal, lo hizo cagada, lo trató como basura. Esa perra me las va a pagar, yo mismo la voy a degollar.

—Tranquilo, Eufemio —decía el jefe de la policía municipal—. La vamos a encontrar, ya verás.

—¿Quiénes? ¿Ustedes? —soltó una risa forzada.

—Pos aunque te rías, ya sabemos que tomó el pesero que sale cada dos horas hacia Toluca. Y el chavo que manejó en la mañana dice que se acuerda de ella porque era la única mujer que iba ahí, todos los demás eran machines, y se bajó en la estación de camiones. Esa vieja ya se largó para México —dijo, seguro de sí.

—¿Para México?

—Sí. ¿Tiene parientes allá?

—Esa pinche india qué va a tener parientes en la capital. Sólo tiene aquí en el pueblo a sus papás que son un par de viejos más jodidos que nada.

—¿Amigos? —seguía preguntando el director de la policía municipal de Amatepec.

—¿En el D. F., esa gata? Claro que no, si es una indígena que apenas le alcanza para hablar el español —continuaba Eufemio furioso.

—Pos mira, yo conozco un abogado amigo mío allá, pero más amigo de la lana, si quieres te lo presento. Él la puede localizar y así detenerla y entregarla al Ministerio Público.

—Le pago lo que quiera si me la encuentra, pero no para que la presente ante la policía —dijo Eufemio—, sino para traerla aquí mismo a donde se chingó a mi hermano, para estrangularla aquí merito.

—Lo que hagas con ella es tu pedo. Yo te pongo en contacto y ustedes ya se arreglan —dijo el que fungía como jefe de la policía municipal.

Guadalupe Sánchez recibió a Eufemio Delgado en su despacho en un edificio que se mantenía en pie de milagro en la colonia Doctores en la Ciudad de México; justo arriba de la entrada había un letrero con letras opacas, quemadas por el sol:

Divorcios rápidos, Amparos el mismo día
Despacho Jurídico del Lic. Guadalupe Sánchez

Eufemio caminó por la oficina, en la que las paredes suspiraban por su pasado blanco, en contraste con el ocre actual, producto de los años y la nicotina que flotaba todo el tiempo ahí. Mobiliario de los años cincuenta y cuadros con motivos estereotipados, mismos que sobrepasaban el medio siglo.

—Sí, me dijo Javier, quiero decir el comandante jefe de la policía municipal, que usted requería de mis servicios jurídicos para la localización de una persona.

—Señor Sánchez, ¿dígame cómo va usted a…?

—¡Licenciado!… Licenciado Sánchez —interrumpió Guadalupe, mientras entrecerraba los ojos para darse mayor importancia, sin que pudiera apreciarse título alguno colgado en aquel despacho de apenas dos piezas en el que afuera estaba una secretaria cincuentona, pintada como guerrera sioux: todo el arcoíris cabía en su sombra de ojos, sin despreciar color alguno.

—Sí, sí, licenciado Sánchez —volvió a empezar Eufemio. Un rubor lo traicionó, se sintió un pueblerino viniendo a la capital a tratar asuntos importantes. No había muchos licenciados en Amatepec. El del banco, el notario transa, amigo suyo que venía dos veces por semana, y alguno que otro funcionario del gobierno municipal; ahí sí era claro que todo aquel que tuviera un escritorio en el municipio esperaba ser llamado licenciado—. Necesito que encuentre a la persona que asesinó a mi hermano.

—¿Y por qué no acude a la policía?

—Ya sabe cómo son, seguro ni hacen nada, nosotros somos gente humilde, del campo, y ellos sólo se mueven con dinero. No les interesa lo que nos pase a nosotros los provincianos —dijo Eufemio con un tonito cantado de pueblo haciéndose la víctima. Se había vestido con ropa muy vieja y un sombrero ya todo deshilachado; era cuestión de verse humilde para evitar que aquel coyote pretendiera cobrarle una fortuna.

—Sí, caray, no puedo más que darle la razón, señor Delgado. Adónde va a parar nuestro país con tanta corrupción —dijo mirando con pose melodramática al cielo, y permaneciendo unos segundos así. Eufemio pudo apreciar que aquella habitación estaba poblada por búhos de todas formas, tamaños y colores, compitiendo con Quijotes y diosas Themis con sus ojos vendados, objetos amontonados en las repisas junto con algunos libros de pasta vieja de un mismo color, de esos que se compran en librerías de remate, cuyo contenido no importa sino el color del lomo—. Pero no se preocupe, para eso estamos los licenciados y yo a su servicio para encontrar a esa persona.

—Es una perra, ni siquiera se le puede llamar persona.

—Le voy a rogar que modere su lenguaje, por favor —dijo el *licenciado*, mientras hacía una seña dirigiendo su mirada hacia fuera. Eufemio en ese momento se percató de que, aunque había marco y bisagras, no existía puerta que separara la oficina del licenciado con la estancia donde se ubicaba la secretaria escondida detrás de su maquillaje—, hay damas que nos oyen —dijo, sin preocuparle la privacidad de su cliente y pensando más en agradar a la secretaria, con quien de tanto en tanto y después de unas copas acababa en alguno de los abundantes hoteles baratos que había por el vecindario.

—¿Cuánto me va a costar que la encuentre? —disparó Eufemio, quien ya había pasado el trago de la pena y los nervios de estar en la capital *tratando negocios*. Bajó la mirada y mantuvo su sombrero en la mano, para infundir la mayor lástima posible.

—Bueeeno, no es fácil —dijo Guadalupe Sánchez arrastrando las palabras—. Uno debe mover contactos, gestiones, usar agentes especializados, apoyo de amigos en las corporaciones policiacas. Quince mil pesos para tomar el caso. Cuando le proporcione su paradero, un honorario adicional de veinticinco mil pesos más.

—Pero… eso es mucho dinero, yo… —tartamudeó y el enrojecimiento de su cara lo volvió a traicionar regresándolo a sus orígenes del pueblo—. No creo tener esa cantidad.

—Señor Delgado, no se preocupe, si usted gusta, déjeme ver. ¿Cuánto trae? ¿Cinco mil? Y me firma unos pagarés que ahorita hacemos. A pagar a un mes. ¿Qué le parece? ¿O a dos meses? A los cuales... bueno... les tenemos que poner algún interés, ya sabe usted, lo establece el Código de Comercio y la Ley de Títulos y Operaciones de Crédito. Por mí, no le ponía nada, pero la ley es la ley. No sé, ¿qué le parece un cinco por ciento semanal? Es justo, ¿no?

El día pintaba para una fiesta, una primavera especialmente calurosa. Amatepec, pueblo predominantemente agrícola de unos pocos miles de habitantes, iba a festejar varios casamientos. Era la estación preferida del año por las novias para organizar el día de su vida. En la iglesia principal se celebrarían tres al hilo.

A las doce del día se casarían Berta Maldonado y Francisco Delgado, ella con sus flamantes dieciséis años y él con sus recién cumplidos veinte.

El sol presidía en su trono arriba, sentado muy cómodo en una enorme cama de cielo azul, quizás había un par de nubes tan sólo decorando y ayudando a la composición de aquel bello cuadro. No había en ellas intención alguna de echar a perder o siquiera ensombrecer las diversas fiestas que tendrían lugar en el pueblo. El termómetro corría para ver si batía el récord del año aquel día, por lo pronto ya iba en 27 grados y todavía no llegaba el mediodía.

Las damas —cinco jovencitas vestidas de un verde como el de los cipreses, de tela satinada, casi niñas, con sus caritas maquilladas con cuidado y por supuesto en exceso— trataban de verse más grandes para atraer a algún apuesto joven que asistiera a la boda o quizás animar a algún novio indeciso. En las zonas rurales de México se era una *quedada* si a los veinticuatro años no había contraído matrimonio, por eso había prisa, cuanto antes mejor. Para qué arriesgarle, la vida se debía vivir rápido, sobre todo en los pueblos donde los días pasaban tan lentamente.

Todas deseaban casarse y ser inmensamente felices al lado de su hombre soñado y tener hermosos chiquitines que aumenten, si cabe, la felicidad que les esperaba.

—¡Órale, Berta, ya ponte tu vestido! ¡Ya queremos verte, qué emoción! —gritaba una de ellas, mientras todas, en círculo, abrazaban a Berta, quien sólo llevaba puesto el fondo. Saltaban y reían como lo que eran, unas niñas jugando a ser adultas.

Berta cerró los ojos, su momento tanto tiempo deseado se acercaba velozmente. Sus damas eran sus mejores amigas desde que eran chiquitas. Cuando regresaban de la parcela, los sábados, no importaba que hubieran trabajado todo el día, se reunían en la calle, las energías les sobraban, reían y saltaban, inventaban juegos. Veían a los muchachos jugar futbol en las afueras del pueblo, en el primer rellano que se encontraban con una pelota remendada y que luchaba por mantenerse esférica. A donde fuera el balón, una marabunta de jóvenes lo perseguía hasta que alguien lo pateaba hacia el otro lado, y de nuevo todos sobre el preciado tesoro redondo, todos sudorosos corriendo con la esperanza de darle siquiera una buena patada, cuanto más fuerte mejor, de esas que te dejan contento, que al sentir el contacto con el cuero te dejan satisfecho viendo cómo se eleva.

En algún momento, una de las niñas señalaba a algún chico de los que jadeaban en pos de la pelota, y les decía a sus amigas:

—Mira, ése es Raúl, es mi novio.

—¿Son novios?

—Bueno, no todavía, pero vas a ver cómo pronto sí; es más, te aseguro que nos casamos.

Todas reían de la ocurrencia, se empujaban, se daban codazos de complicidad.

Los sábados se valía salir después de cenar, se quedaban de ver afuera de la casa de alguna de ellas para jugar a las muñecas, Barbies güeras bien güeras, heredadas de la hermana mayor, ya con alguna pierna doblada o quizá con problemas de calvicie originados por el paso de tantas manos, con la línea de los ojos azules, resaltada con pluma del mismo color, las menos con alguna ropita, las demás, encueradas. Así jugaban las amigas dejando ir su imaginación, que inequívocamente pasaba por un amor con un galán y acababa inevitablemente en el altar. Como no había ningún Ken, a alguna muñeca le tocaba hacerla de hombre.

—Tu Barbie era el novio, ¿va?

—¡Ay, no, mejor la tuya, yo quiero que la mía se case!

Entre semana iban a la escuela, ayudaban a hacer la cena o en el campo, luego hacían la tarea. Tampoco la escuela era tan importante, como mucho terminaban la primaria. Seis años y ya, a ayudar a los papás a trabajar la tierra. Alguna que otra quizás estudiaba la secundaria, aunque no tenía mucho sentido si el futuro estaba claro: casarse, sembrar las tierras que les cedieran sus papás y tener hijos, probablemente muchos y así continuar el ciclo que habían labrado sus antepasados.

—¡Ayúdenme a ponerme el vestido de una vez, ya no aguanto!

—Ten cuidado con el maquillaje, manita, porque si lo ensucias ya te *chingastes*.

Entre todas ayudaban para que la maniobra saliera perfecta. El moño impecable, el velo, y todo listo para salir hacia la iglesia.

—¡El coche ya está afuera! —gritaba llena de emoción una de las damas. Se trataba de uno de los taxis del pueblo, un Nissan Tsuru rojo que tendría unos quince años, casi tantos como la niña que iba a casarse, adornado con un gran moño blanco en el cofre y listones en los costados. Era del hijo de un amigo de su papá, les iba a dar un precio especial, porque ahí nadie tenía coche como para una boda.

A la iglesia, por diferentes calles que tenían en común ser polvosas, iban llegando los parientes y amigos de los novios. Desde ancianos encorvados, apoyados en un bastón rústico como una rama tallada por el tiempo, y jóvenes flacos, morenos, con camisas blancas, algunos con saco y zapatos maltratados, corbatas del papá o del abuelo, modestas, pasadas de moda. Todos felices, se dirigían al lugar sagrado que presagiaba una fiesta posterior. Familias enteras formaban aquella gran masa coral de invitados.

En la misa, un padre gruñón forzando el acento hispano, el de un país en el que seguramente no sólo no había nacido, sino que ni siquiera conocía, envuelto en una pesada sotana blanca con una funda verde con una pechera dorada, daba su homilía entre malas caras por los lloriqueos de un niño aquí o de alguien con tos en el otro lado. Un sermón pleno de regaños a los novios por lo que quizá pudieran hacer mal.

—Tú debes honrar a tu marido, aguantarlo y atenderlo como el hombre de la casa, obedecerlo a él es obedecer a Dios. Y tú también debes respetarla y proveer lo que haga falta en la casa y, sobre todo no serle infiel, ya que eso lo hacen los hijos del diablo, no los hijos de Dios —Berta y Francisco asentían con la cabeza todo lo que decía el padre, no se fuera a molestar. Se apretaban las manos sudorosas por la tensión del evento. Estaban más que atentos, absortos, ya que el sacerdote lanzaba preguntas de cuando en cuando para ver si estaban comprendiendo.

Los novios, empapados por los nervios, caminaron por el pasillo de la iglesia, desde donde se divisaba la luz que entraba por la puerta y se podía ver a otra novia asomándose impaciente. Aquélla era la época de los casamientos y en el pueblo no había gran cosa que hacer, salvo casarse y tener hijos, según los fuera dando Dios, de acuerdo con el sacerdote; o los que quisieran tener, de acuerdo con el doctor del centro de salud. De eso se trataba la vida.

El convivio fue al aire libre. Había un quiosco donde tocaban los músicos y abajito estaba la mesa de los novios y sus padres. Los de Berta, unos señores ya grandes, la mamá diminuta inmóvil y delgada, sentada en una silla de ruedas, y el papá casi del mismo tamaño con las manos callosas y la piel morena y dura por muchos días de sol y carencias. Berta había sido la única hija que tuvieron. Así lo quiso Dios, decía la mamá sonriendo, con pena, como si fuera culpable. Los padres del novio más jóvenes: él alto y espigado, al igual que el hijo; ella, chaparrita, con cara de ratoncito.

Las mesas estaban forradas con un mantel tosco, que se levantaba con el aire, que le dio por soplar nomás se hubieron sentado los comensales; la polvareda, que no había sido invitada, también entraba, los vasos de plástico rojo en las mesas y los platos blancos atrapaban esa tierra que volaba y rodaban por la mesa junto con ella. Los niños se perseguían unos a otros y las muchachas se reían al ver a los jóvenes que antes de comer con sus familias se habían agrupado en un corrillo.

Llegaron los novios y el maestro de ceremonias, sudoroso y con un hablar muy cantadito, pedía un gran aplauso para Berta y Francisco, en aquel día memorable.

Los invitados hicieron dos largas filas para recibir a los novios, mientras los padres permanecían sentados; ocasionalmente si alguien después de saludar a los novios se dirigía a ellos, aquéllos correspondían sin levantarse.

La novia era una mezcla de maquillaje y sudor; el novio, envuelto en el cuello de una camisa que notoriamente le quedaba grande, sonreía y transpiraba profusamente dentro de aquel traje prestado que le parecía tan incómodo.

—¡Muchas felicidades! —le decía la mejor amiga de Berta mientras la abrazaba—. ¡Que te vaya requetebién! —en eso se acercó el grupo de amigas y todas abrazaron a Berta mientras gritaban a coro—: ¡Qué envidia!

Los abrazos y besos cesaron y la música empezó a retumbar mientras unos meseros servían la comida. Un plato hondo para el mole de olla. Un niño iba depositando tortilleros humeantes, otro dejaba botellas de refresco de dos litros, calientes, y una botella de ron blanco. Un mesero joven cargaba con una caja de cervezas e iba preguntando, de mesa en mesa, si dejaba alguna.

—¡Están calientes, mano! —se quejaba un joven.

—¿Qué quieres? Hace un chingo de calor —se excusaba el mesero, quien se dirigió después a la mesa del papá del novio—. No ha llegado el hielo, mi jefe…

—¡Órales, lánzate a la tienda y cómprate unas bolsas! —dijo el papá a su hijo Eufemio—. No le hace que estén más caras, ya luego vendrán las que pedimos, ¡ándele!

Éste obedeció, más que por buen hijo, porque deseaba vaciar la botella de licor, y con refresco caliente aquello no iba a saber bien.

La comida acabó rápido y el maestro de ceremonias, que hablaba todo corrido como si de una sola palabra se tratara, pidió un aplauso para los novios mientras la banda empezaba a tocar un vals.

Los músicos eran un hermoso poema campestre. Todos de traje, aunque no había dos del mismo diseño o color; como sus ropas, tocaban igual de disparejo.

El baile de los novios provocó los gritos de las amigas de Berta, que despertaron al papá de la novia justo cuando comenzaba a cabecear. La mamá del novio no paraba de asomarse a ver a sus consuegros para luego comentarle algo a su marido al oído.

En cosa de una hora u hora y media el baile estaba a todo lo que daba, el alcohol corría, algunos traían una anforita de brandy barato, los que no, tomaban ron. Ya había hielo en abundancia: cuando Eufemio llegó con varias bolsas, en ese momento estaban descargando más de un camión de redilas.

—Una disculpa, es que se nos ponchó una llanta y pos no traíamos de refacción.

Y aparecieron los primeros borrachos; una pelea. Las mesas de metal con el logo de Corona rodaron por el suelo y dos individuos se engancharon a golpes, aunque ya estaban lo suficientemente servidos, aquello que pretendía ser una pelea parecía más el baile de apareamiento de dos manatíes.

Ahora era un trío norteño el que tocaba y media fiesta bailaba. Con ritmo o sin él, pero con muchas ganas, las mejores galas eran para lucirse y qué mejor momento que durante el baile cuando todo el mundo está al pendiente. Al principio, los señores, con sus bigotes recién arreglados, y las esposas con sus vestidos color pastel.

Las amigas de Berta seguían con el ritual de reírse cada vez que veían a algunos de los muchachos, y éstos, ignorándolas, lo suyo era vaciar botellas, lo primero era demostrar su hombría entre los cuates y sólo había dos formas de hacerlo: ingiriendo más alcohol que el de al lado. Sacar a bailar a alguna de las muchachas del pueblo sería una mariconada, que se castigaría con la burla de todos, por lo que, aunque algunos se murieran de ganas, no pasaban más allá de dirigir unas miradas coquetas a las impacientes chicas, deseosas de bailar.

—Se me hace que no me saca a bailar.

Y el aludido, sin voltear a verla, estaba más pendiente de la reacción de su grupo de amigos. Ellos empezaban a silbar y a gritar: "Órale, no sea puto, sáquela", empujándolo para que se animara. Aunque se moría de ganas de bailar con la chica a la que había venido cortejando, sabía que si lo hacía sería objeto de burla, por lo que permanecía en su papel.

—Ay, pues qué aburrido. Iré a sacar a alguien más, a ver qué te parece.

—Vete con quien quieras… —contestó éste sin dirigirle la mirada—. Nomás te saca alguien y le parto enterita toda su madre —concluía entre dientes, aplaudido por las carcajadas de aprobación de sus amigos.

A las seis y media, el sol estaba ya con ganas de irse a dormir y tan pronto como se hizo de noche, algunos los más viejos se marcharon hacia sus casas; se escuchaban los ladridos de perros, estresados por el ruido de la fiesta.

El novio apenas se mantenía sentado y echaba un pulso con uno de sus amigos.

—Francisco, ya no tomes, ya has bebido mucho —suplicaba Berta.

—Déjame, ni que fueras mi mamá y además estoy bien

—contestaba su ahora esposo, moviendo violentamente el brazo que ella quería asir.

—Por favor, Francisco, ya no tomes… —insistía Berta con sus ruegos.

Acompañaban a Francisco su hermano, Eufemio, su tío, un par de primos y sus amigos, dos de los cuales ya estaban dormidos: uno con la cabeza sobre la mesa y la mano sin soltar un enorme vaso de plástico rojo, y otro desparramado en la silla con la cabeza colgando hacia atrás.

Berta, ante la indiferencia de su flamante marido, vio a los hombres con cara suplicante. Éstos devolvieron el contacto con risas y burlas.

—Órales, Francisco, ya váyase, cabrón, no ve que se lo ordena su vieja —silbidos acompañaban los comentarios. Éste la volteó a ver, con el rostro descompuesto y rojo, a causa compartida del alcohol y las burlas de sus amigos y familiares, y los ojos vidriosos, y alcanzó a mascullar:

—Lárgate.

—Pero, mi amor, ya tomaste mucho, mañana te vas a sentir *remal*. Anda, ya vámonos.

Francisco tomó a Berta del brazo, la jaloneó mientras le decía:

—¡No me estés chingando delante de mi familia!

—Me lastimas —se quejó ella. Los acompañantes del nuevo consorte continuaban la burla imitando el grito "me lastimas". Qué lejos estaba aquello de la fiesta idealizada con la que Berta había soñado por años.

Francisco se volteó de regreso a su grupo.

—Pinches viejas —dijo. Las palabras le saltaban a causa de la embriaguez y hacía cara de falso compungido—. Llevo diez minutos casado y ya está chingando —los demás celebraron la broma a carcajadas, casi a gritos.

Entretanto alguien gritaba: "salud, cabrones" y todos chocaban sus vasos, derramando en el golpe una parte del contenido. El borracho que estaba tendido sobre la mesa alcanzó a decir algo incomprensible, que los demás festejaron con sonora carcajada. Berta se quedó ahí, detrás de su nuevo marido, esperando infantilmente a que cambiara de parecer.

—¿Qué no *oístes*? Orales, sáquese mucho a la chingada de aquí —dijo Francisco Delgado, mientras tronaba con dificultad los dedos.

5

Berta sólo caminaba, se dejaba ir, no llevaba la cuenta de los días que habían pasado desde que había llegado a la Ciudad de México. No tenía un plan más allá de una vaga idea de encontrar a los patrones de su difunta tía y pedirles trabajo; limpiaría la casa a cambio de una cama, que le dieran de comer y que no le pegaran.

Se sentía miserable de alma y de cuerpo. Era una persona limpia y nunca había pasado tanto tiempo sin bañarse. Incluso se duchaba en aquellos días helados de invierno en el altiplano, en el baño de cemento rugoso, en el que la diminuta y descuadrada ventana, que servía para dejar escapar el vapor, permitía la entrada de chiflones del aire helado de la montaña; hacerlo en un baño solamente caldeado por el calentador de leña que otorgaba escasos diez minutos de agua caliente era una proeza. Ducharse a ocho grados de temperatura era un reto, pero Berta se bañaba a diario, el ritual de salir de la cama atestada de cobijas de pesada lana y dirigirse al baño tenía mérito, pero desnudarse en aquel baño, era otra cosa.

Pero ahora era diferente, en la gran ciudad llevaba casi una semana acumulando mugre y sudor, sin poder darse un baño. Dos veces se había acercado a una fuente y había empezado a enjuagarse, mojar los adoloridos pies, tirarse agua en la nuca, con calma; en las dos ocasiones habían llegado policías a correrla a grito pelado, con amenazas y empujones, una autoridad que rápidamente se doblega a los poderosos y pronto abusa de los pobres.

Berta se sentía extraña en aquel mundo de cristal, cemento y mucho humo; aunque no había el polvo del pueblo, la gente era insensible, se cruzaba sin saludarse, eran muchísimos y no le quedaba duda de que no estaban bien de la cabeza, que no eran normales, que ni mexicanos parecían, eran personas de otro mundo.

Desde el primer momento de su llegada a la Ciudad de México, se había acordado de que su tía Berta, por la que a ella le habían puesto su nombre, trabajaba en una casa. Llevaba años al servicio de esa familia y cuando iba al pueblo contaba las historias de ellos. Historias tristes de cómo habían perdido al primer hijo en el embarazo, y cómo la segunda había sido niña, se llamaba Anna con doble n y había salido una chica bien abusada, que trabajaba en una empresa gringa muy grande y muy importante; incluso recordó que la habían secuestrado, porque en aquella ciudad en la que no se podía fiar uno de nadie, ningún habitante estaba seguro ni por un segundo.

Pasaron varios días, pudieron ser años; de día nadie le hacía caso, de noche le huían. Cuando no podía más, caía rendida en un portal, y dormitaba, una hora, quizá dos, no más. A levantarse y a moverse a otro lugar.

Aquella mañana había amanecido muy húmedo y frío, pero nada comparable con su pueblo; lo de la ciudad se podía aguantar, lo de su pueblo, no. Berta pensaba que con tantísima gente viviendo apretujada, con tantas bocas respirando y exhalando aire caliente hacían de la Ciudad de México un lugar templado.

Berta se rindió, ya no podía más. Decidió que se iba a entregar a la policía y que la metieran a la cárcel, pero seguir así era insoportable.

—Señor, señor —se acercó a una patrulla—, lléveme ya que no aguanto más —los patrulleros la miraban y se reían; por su acento pueblerino y su aspecto deplorable no le prestaban atención—. Es que me lo merezco, ya llévenme.

—Ya vete, que has de andar bien peda.

—¿Que te llevemos a dónde? ¡Si esto no es un Uber! —replicaba el *pareja* que venía conduciendo y ambos soltaron estrepitosamente una risa hiriente, mientras arrancaban el coche.

No le dieron el derecho a confesar sus maldades, no la quisieron escuchar. Berta deseaba lavar su alma con los barrotes de una mugrienta prisión, pero hasta su ángel de la guarda, avergonzado, había huido también, ni castigo alcanzaba. Ella tenía mucho menos que nada.

Berta recordaba poco de su mamá, lo que guardaba de ella en su mente probablemente era producto de su fantasía; todos necesitamos una madre, quien no la tuvo, se la inventa.

Recordaba las conversaciones de su mamá y su tía Berta, hermana de su papá. Cuando era niña, sentarse a los pies de ellas y escuchar todo lo que decían era su forma de aprender del mundo. Su tía cada vez que la veía le recordaba que el nombre se lo habían puesto sus papás en honor a ella.

Así supo que la tía Berta trabajaba en México para una familia de ricos que tenían una hija que se llamaba Anna, con doble n; la tía se encargaba de hacer ese énfasis cada vez que se refería a ella, como si de un título nobiliario se tratara, o para que les quedara claro que no era una Ana cualquiera, sino una Anna de la Ciudad de México.

Un día Berta le contó lo del secuestro de la niña de la casa, Anna con doble n; se la habían llevado y la tuvieron presa muchos días hasta que la policía capturó a los malos y a ella la trajeron de regreso. La tía Berta le contó cómo había sufrido por aquel percance.

—Pero si ella no es tu hija, ¿por qué sufriste tanto?

—¿Por qué? Porque la quiero mucho, ella es una niña muy buena y es la que yo cuido.

—¿También por mí sufres, aunque casi no me veas?

—Ja, ja, ja. Ay, chamaca, qué ocurrencias tienes —la mamá y la tía se quedaron riendo un rato. Y Berta con las ganas de que le hubieran respondido su pregunta.

Un buen día, la tía regresó al pueblo por última vez, con un coche de esos nuevos, no como los que había en el pueblo, seguido por otro, negro con cortinitas grises en la ventana. Eran los patrones de la tía Berta, ella venía en el coche de atrás, acostada y con el corazón sin funcionar desde hacía días. Venía lista para ser enterrada en el pueblo. Berta lamentó saber que su tía había muerto, pero había lamentado más que no hubiera venido la niña Anna con doble n.

Los patrones platicaron con su mamá, su papá sólo se asomó a ver qué querían esos fuereños; a una buena cantidad de gente de Amatepec se le había dado la excusa para salir de sus casas a enterarse de la noticia. Berta Maldonado se había muerto en México. Había sido repentino. No necesitaban saber más, sólo que Dios se la había llevado. La mamá de Anna con doble n era una señora muy elegante; la mamá de Berta se encargó de presentarla muchas veces y de repetirle a Berta que era la mamá de Anna. La señora le dio la bendición a la mamá de Berta y le dejó un sobre al papá, quien convenientemente había vuelto a salir de su escondrijo. Se asomaban algunos billetes. El papá obsequió unos gruñidos, a título de agradecimiento, dándose la vuelta para desaparecer de nuevo.

Berta se quedó en la calle viendo cómo se alejaban el coche y la carroza negra con las cortinitas grises. El cuerpo de la tía Berta estaba un ataúd muy lujoso para el pueblo y la habían depositado en una capilla de la única funeraria del lugar. Al día siguiente la enterrarían, en un sepelio como todos los de Amatepec, con un sol a plomo aderezado por buena cantidad de polvo producto de los torbellinos que se formaban regularmente en el camposanto.

Aquél no había sido un buen año, la tía se había muerto y su mamá se había marchitado; su cerebro la fue abandonando, poco a poco. Al principio olvidaba cosas, decía una cosa y al minuto volvía a decir lo mismo, resultaba gracioso; todos reían la ocurrencia, pero con el tiempo dejó de ser divertido. Entonces la llevaron con el yerbero del pueblo quien le recetó unas friegas en las piernas. Al ver que no funcionaba llamaron a la curandera, quien les explicó que a su mamá le habían aventado un hechizo que la tenía hipnotizada. Degollaron a una gallina y le pasaron un huevo por todo el cuerpo, enfocándose en la cabeza donde se había quedado la mayoría de la maldad que le habían provocado a la mamá. Pasaron meses y no había funcionado nada, hasta que Berta le rogó a su padre que la llevaran al doctor en Toluca, viaje largo y caro para sus mermados bolsillos. En el hospital les dijeron que no había nada que hacer y que se prepararan porque cada día estaría peor, hasta que un buen día la perderían.

Al cabo de pocos meses, la mamá se fue muriendo viva: empezó por no hablar, no saludar, no reconocer. El robachicos se la había llevado dejando sólo su cuerpo sentado con los cabellos blancos y la mirada perdida. El silencio en la casa se volvió estridente, interrumpido por los pasos arrastrados y algún gruñido esporádico del papá.

Berta pensó que se pasaría el resto de su existencia dando vueltas por aquella inacabable ciudad, a lo mejor México era el infierno que le tocaba por haber matado a su esposo, y pasaría el resto de sus días así, hasta caer agotada, rodeada de aquella manada de locos que habitaba aquel extraño lugar.

Un lapso de calma la invadió y se recordó que lo que había usado para envolver los pocos billetes que le quedaban era la portada de un libro vaquero y en la parte de atrás venía una dirección. Ella se acordaba muy bien de la ilustración de la portada, porque un día había visto a su mamá apuntar algo que le dictaba su tía Berta. Ella sabía dónde guardaba su mamá el libro y lo había abierto miles de veces. Aparecía, con mala letra, una dirección, debía ser de su tía. Nunca se atrevió a preguntarle y cuando tuvo el valor su mamá ya se había ido, por lo que guardó aquel libro, de hojas amarillas, como un bien preciado de su madre.

Berta sabía que aquélla era la casa de la patrona de su tía, la patrona la salvaría. Sólo tenía una ficha y era la que estaba jugando en aquella ruleta de la supervivencia. Calle Genaro García número 128, departamento 201, colonia Jardín Balbuena. Berta caminó una eternidad tras haber preguntado miles de veces, hasta que dos días después dio con la calle.

Se topó con un edificio idéntico al de un lado, a los de enfrente, a los del otro lado, como si fuera un reflejo en un charco. Los colores de las fachadas —cafés, crema, hueso—, todos se veían tristes, todos agachones.

Por su mente pasó la idea de que por dentro aquellos edificios debían ser inmensos, si los señores vivían en el 201 es que habría más, quizá trescientos o cuatrocientos departamentos ahí dentro. No alcanzaba a comprender cómo podría caber tanta gente allá dentro.

Berta se paró en el portal del número 128; unos números en relieve, pintados de rojo cumplían por lo menos su octava capa de pintura. No sabía el nombre de la patrona de su tía Berta, sólo que tenía una hija que se llamaba Anna con doble n, eso era algo que no se le olvidaba.

Tocó el timbre en el desgastado interfono; una calcomanía pegada ofrecía el servicio de mantenimiento y reparación junto a número de teléfono. Departamento 201, sus dedos temblorosos, culpables, volvieron a presionar el timbre; del interfono se escuchaba un ruido como de fondo, como de un teléfono descolgado en el que se puede oír todo lo que pasa dentro, voces, sillas, aquello era muy extraño.

Berta se rindió, caminó de regresó a la calle, miró a ambos lados, puro asfalto, nada de esperanza, se sentó en el portal, sin saber qué hacer, sin fuerzas y sin ganas de nada, deseaba morir o, mejor, que la mataran, ya le empezaba a urgir expiar aquella culpa. La penitencia que le estaban mandando del cielo era demasiado dura, estaba sola, perdida en medio de tantos seres extraños. Poco a poco, la paz fue llegando a su cuerpo, sus ojos empezaron a rendirse y el sueño la invadió de manera imperceptible, pero sin freno.

Se despertó sobresaltada al cerrarse de golpe la puerta.

—Órale, párese, que esto no es hotel para venirse a dormir —le gritó un portero mal encarado.

—Don Ramiro, no sea malo, no le grite a la señora —dijo una joven que traía un niño güerito, como de dos años, aferrado a ella como un changuito.

Berta la miró embobada. La joven se fue hacia el coche estacionado, el portero le ayudó mientras la joven mamá depositaba al niño en la sillita y le amarraba el cinturón de seguridad.

—Que le vaya bien, Anita, yo aquí le echo un ojo al departamento de sus papás y, cuando los vea, me los saluda mucho. Adiós, güero —le dijo al rubio niño mientras éste movía las manitas. Berta se levantó, simplemente sus piernas se movieron al escuchar la palabra *Anita*. Se acercó al coche y en lo que el portero se daba la vuelta, fue hacia la ventana abierta.

—¿Eres tú Anna, con doble n?

Anna se quedó pasmada tratando de entender lo que le decía Berta, hasta que le hizo sentido y sonrió.

—Sí, me llamo Anna y se escribe con doble n. ¿Cómo lo sabe?

El portero iba a hacer el amago de alejarla, pero ni lo intentó, sabía que le volvería a rogar que la dejara. Anna se le quedó mirando intrigada:

—Usted me recuerda a alguien.

—Yo vine del pueblo —se quedó un rato pensativa para continuar— a buscar a alguien.

—¿Y quién ese alguien que busca usted? —preguntó el portero.

—A la señora del 201, pero no contestan.

Ramiro, el portero, volteó a ver como rayo a Anna, quien no quitaba la mirada de los ojos de Berta.

—¿Quién es usted, señora? —preguntó Anna.

—Me llamo Berta —dijo en voz tan queda que apenas se escuchó. Anna entendió todo en un segundo, aquellas facciones, la cara y los ojos, sobre todo los ojos.

—¿Es usted algo de Berta Maldonado?

—Sí, es mi tía. Era mi tía —corrigió.

Anna se puso roja, saltó fuera del coche, la tomó de las dos manos mientras la escrudiñaba con la boca abierta. Berta se asustó, acostumbrada a que nunca era para algo bueno que las personas se le acercaran, e instintivamente intentó apartarse, pero se quedó tiesa, quietecita, mansa.

—¡Tú eres la sobrina de mi nana! —Anna casi saltaba de alegría—. ¡Me platicaba de ti y decía que serías una abogada famosa porque de todo alegabas!

Anna desconocía la ironía de su comentario ya que nada más lejos de la realidad: ni el derecho ni la justicia habían pasado ni de cerca por la vida de Berta.

—Qué suerte que de casualidad vine hoy a este departamento, Berta. Aquí viví con mis papás hasta que me casé, ellos se retiraron a San Miguel de Allende, por eso de vez en cuando me vengo a dar mis vueltas para ver que todo esté en orden.

Berta, sentada en el asiento del copiloto, veía maravillada el paso de los coches, las luces, los semáforos, la gente, mucha gente, mucha, mucha gente y letreros, colores, humo, claxonazos. Anna dividía su atención entre mirar por donde conducía y voltear a ver una y un millón de veces a Berta. El pequeño Jaime dormía como un bendito, atrás, bien amarradito a su silla.

Anna vivía en un departamento en la colonia Del Valle. El piso veintiuno de un enorme edificio con dos departamentos por planta, con unas vistas relajantemente verdes al parque Hundido; no había lugar para la oscuridad en aquella vivienda, la cocina, la más grande que Berta hubiera visto en su vida, daba a una zona de pequeñas calles.

—Cómo es increíble la vida ¿no, Berta? Este año llevaba una rachita de muchachas que para qué te cuento, no me duraban ni dos semanas, con la excusa de que no se "hallaban", y yo con Jaimito, sin ayuda, y mi marido que se la pasa viajando. El lunes mismo, este hombre se acaba de ir de nuevo y regresa en tres semanas y en eso, que del cielo me llegas tú. Me acuerdo que tu tía Berta estuvo en este mismo departamento. Venía dos veces por semana a cuidar a una señora bien viejita, hasta que se murió. Tenía un hijo que vivía en Canadá. Acabó haciéndose amigo de mi marido y nos vendió este departamento, años después que su mamá había fallecido y tu pobre tía también.

Berta se quedó con aquella frase en la cabeza mientras sonreía y limpiaba afanosamente un sofá. Llevaba una semana en la casa y aquello era un paraíso. No importaba que aquel lugar fuera varias veces más grande que cualquier vivienda que ella hubiera visto en su vida; mejor, tendría más trabajo, estaría más ocupada, el tiempo libre es el oxígeno que respiran los malos pensamientos de sus víctimas. La vida que empezó a llevar Berta era la herencia de su tía. Había dado un salto cuántico, volvió a sentirse un ser humano otra vez.

La rutina diaria abrazó a Berta y ella se dejó querer. La vida se mostraba con otra cara. Aquello resultaba tan hermoso que, en las noches, Berta se negaba a irse a dormir.

—Berta, ya te puedes ir, Jaime está dormido y ya dejaste todo más limpio que cuando lo compré —era la perorata de todas las noches de Anna.

—Todavía me falta un poco, señora.

—Por favor, dime Anna, no me digas señora. Si hemos de tener la misma edad —Anna no sabía que los años habían sido crueles con Berta y se los habían cobrado al triple.

—Ya casi acabo y me voy —se defendía Berta, sabiendo que nunca acabaría, porque ella quería seguir viviendo aquella maravilla, e irse a dormir podría significar nunca levantarse y quedarse atrapada en las telarañas negras de sus sueños espantosos o, peor aún, que se despertara en su realidad caminando incansablemente por las calles de la Ciudad de México, buscando lo imposible. O quizá despertarse de madrugada y tener a Francisco, su captor y torturador reconocido por ley en el acta de matrimonio, apestando a alcohol y a vómito, listo para asestarle los golpes de siempre, dirigidos a su alma.

El día se pasaba entre limpiar la casa y cuidar al pequeño Jaime, un niño siempre de buenas, listo para comer lo que se le diera y presto para quedarse dormido a la primera. Berta le envidiaba su paz.

—Voy a ver si Jaimito está bien dormido.

—Berta, ya sabes que ese bodoque come, cierra los ojos y se duerme sin problemas, no te apures.

—Mejor darle sus vueltas, señora Anna.

—Dale *sus* vueltas, pues.

Berta no contestaba, salía disparada a la habitación de Jaime, sabía que no requería nada, ya que el pequeño era robusto y sano. Quien necesitaba algo era ella, quería verlo dormir, quería la tranquilidad que emanaba al respirar de manera rítmica. Berta absorbía esas dosis de relax. A ese hermoso ser le podía llamar Jaime o como quisieran, pero realmente era un ejemplo para mostrarle a Berta que la vida no siempre se trataba de una pesadilla.

Anna realmente disfrutaba de tener a Berta con ella, le recordaba los mejores momentos que había pasado con su nana.

—Cómo te pareces a ella, caray; es como si estuviera aquí mismo.

Aquellas palabras sanaban las heridas de Berta. Desde la cocina se podía ver la esquina de las callecitas adyacentes, poco transitadas, la tiendita, el zapatero, el puesto de verduras, los restos de lo que alguna vez había sido el pueblito de Mixcoac, muy lejos del polvoso Amatepec que deseaba olvidar lo más rápido posible.

6

Soplaba el aire en la Ciudad de México de forma que un cielo especialmente azul servía para enmarcar los volcanes, un paisaje idílico para favorecer el renacer de Berta.

Para ella, la vida se había convertido en vida. Se sentía querida y protegida en aquella familia que había heredado de su tía. El señor Jaime, a quien había visto escasas veces, era un hombre bonachón, alto y güero; sin estar gordo, tampoco podría decirse que estuviera en forma. Hablaba bien el español, pero con un tono extraño que Berta no había escuchado jamás.

Aunque flotaba permanentemente en el ambiente de aquella casa, Berta nunca quiso ser imprudente y preguntar acerca del secuestro, sabía que aquellas cosas eran horribles y llegó a escuchar en boca de su tía lo mal que la había pasado la familia con la que ella trabajaba, y lo cerca que había estado Anna de haber muerto. Supo del comandante Ruiz, la persona que los rescató; Anna se refería sobre él como si se tratara de un santo. No obstante lo doloroso del asunto, Anna de repente, como en una sesión de terapia, empezaba de la nada a platicar sobre aquel evento. Berta escuchaba callada, con la mirada alejada de Anna, frotándose las manos de nervios, imaginando aquella telenovela relatada por la propia víctima.

—Yo ya estuve en el infierno, Bertita.

—¿Y cómo *salistes* de ahí? —Berta mezclaba unas veces el tú y otras el usted, indiscriminadamente.

—Nos salvaron, Bertita, nos salvaron en el último minuto.

A Berta se le grabó eso. A ella también la habían salvado en el último momento y ahora estaba en aquella casa, refugio seguro y amigable; alguien en el cielo se había acordado de ella, quizás había sido su propia tía Berta. Ya tenían algo más en común las dos. La diferencia era que Anna era inocente, y nunca había hecho nada malo, era tan pura como su hijo, el pequeño Jaime. A Berta, sin embargo, le pesaba lo que había hecho. Le rondaba en la cabeza, una y cientos de veces, el recuerdo de sí misma cargando el molcajete y dejando caer esa roca volcánica sobre la cabeza de su marido. Al principio pensó que lo único que podía haber hecho era matarlo. Pero le venían ideas de que quizá pudo haber escapado de madrugada, tomar el pesero destartalado que pasaba por la carretera a Toluca, como hizo, y que estaría en México con Anna, libre, sin haber matado a nadie. Aunque otra parte de ella le decía que Francisco hubiera ido a buscarla hasta encontrarla y regresarla de los pelos a su maldita vida.

Por eso mismo las noches no eran pacíficas. Berta pensaba que los demonios salían debajo de la cama en la oscuridad para atormentar a los humanos, y el único remedio que existía para protegerse consistía en taparse totalmente la cabeza con las cobijas; si bien creía que no los alejaba, tampoco los dejaba entrar. El precio que pagaba eran esos sudores provocados por el miedo, los fantasmas y la culpa, saber que si dejaba un hueco mal tapado habría espacio suficiente para ser invadido por la horda de indeseables seres que pululaban en las tinieblas y se metían detrás de las cortinas, nacidos de la parte más lúgubre de las vidas de las personas.

Guadalupe Sánchez se decía licenciado, aunque no había pasado del cuarto semestre en la universidad, pero tantos años litigando con un abogado tan amante del dinero como él, junto con una ética inexistente, lo habían convertido en un especialista en abusos. Le gustaba ufanarse de su definición: "En este país las cosas se arreglan sólo de dos maneras, con dinero o con lana".

Dinero para los jueces, para los secretarios, para los testigos. Guadalupe prodigaba y repartía la riqueza en los juzgados, así era como el *Lic.* Sánchez ganaba muchos casos, algunos de ellos imposibles. Aceptaba todo tipo de asuntos, sin importar si eran laborales, civiles o penales. Para las demandas y todo aquello que él calificaba como papeleo inútil tenía a su pasante, un estudiante de séptimo semestre, joven dedicado que, a diferencia de su patrón, creía en la fuerza de la ley y en la espada de la diosa Themis. Con un sueldo miserable, Guadalupe lo tenía confinado en una esquina, inundado de papeles, al punto que parecía que cualquier noche se le abalanzarían para devorarlo enterito. El *licenciado* se encargaba de conseguir clientes, de las relaciones públicas, que incluían ir a emborracharse con los secretarios de los juzgados, francachelas que acababan invariablemente en un prostíbulo, después de haber hecho escala en algún table dance de la peor reputación.

Era un ambiente tan sórdido como él mismo, el *licenciado*. Guadalupe Sánchez conseguía acuerdos ventajosos, como la custodia de los niños para un padre golpeador, desalojar inquilinos cumplidos o hacer que indemnizaran con fortunas a otros que llevaban años sin pagar la renta. La justicia iba por un lado y el dinero por otro, y a Guadalupe le interesaba especialmente lo segundo.

De esta manera, estaba escrito que dos tipos con la más baja de las reputaciones, Eufemio Delgado y el *licenciado* Guadalupe Sánchez, se encontrarían en esta vida.

—Hay una recompensa para quien encuentre a una india asesina de un pueblo del Estado de México —pregonaba por las agencias investigadoras del Ministerio Público, sin tapujos, dejando copias a color de la foto de Berta, donde, como pie,

143

aparecía la inscripción *Licenciado Guadalupe Sánchez* y su número de teléfono.

La otra estrategia que seguía Guadalupe Sánchez era muy básica pero siempre efectiva. Tenía contactos en Teléfonos de México, mejor conocida como Telmex, donde algunos empleados estaban siempre ávidos de que el *licenciado* los invitara a una juerga. Tras varias rondas de cubas libres con ron barato, en un burdel, acorde con la categoría de Guadalupe Sánchez, el funcionario de la empresa se daba gusto con los senos de la muchacha de trenzas y mirada infantil, mientras Guadalupe Sánchez tomaba fotos, muchas fotos con el celular; en alguna de ésas saldrían bien claras la cara del funcionario y las tetas de la chica. Con el alma del infeliz en la mano, sabía que pedirle el reporte de las llamadas a la casa en la Ciudad de México en la que alguna vez trabajó la tía de Berta, desde un número de teléfono de Amatepec, no era algo imposible de lograr. Eufemio se lo había dado; le dijo que la tía de Berta, quien había fallecido años atrás, tenía teléfono en su casa de Amatepec y era posible que si rastreaba el número en la ciudad encontrara una pista sobre el paradero de la prófuga.

Ya que con los ministerios públicos no se obtuvo nada, Guadalupe le mandó un mensaje a su "amigo" que trabajaba en Telmex, a quien periódicamente le hacía llegar alguna de las fotos por WhatsApp.

—¿Qué pasó kbron?

—Hola, Lupe.

—Para ti, licenciado Sánchez, aunque sea más largo.

—Oh, pues.

—¡No mandas una chingada del teléfono que te pedí!

—No es verdad, ya te he mandado algunas direcciones.

—Pura mamada, no seas mentiroso, no me has mandado nada hasta ahora.

—También me pides imposibles, ese teléfono fue desconectado por falta de pago hace muchos años y me he tenido que meter a los archivos viejos, cuando el sistema era antiguo y sólo corre en algunas computadoras muy viejitas.

—¡Ése es tu trabajo!

—¡No, mi trabajo es chingarle aquí como contador!

—Ok. Tons deja que le mande a tu vieja las fotos de la peda donde te cogiste a la mocosa esa.

—Pera, no te encabrones, dame una semana a ver qué me invento para dedicarle un par de días; el güey que le sabe al sistema antiguo y tiene el acceso en el archivo es cuate, ¡aguántame, por favor!

—En una semana si no me has buscado, directito mando las fotos.

Por lo pronto, Guadalupe siguió con sus *trabajos jurídicos* pendientes, esperando que le llegara alguna información de su contacto en Telmex. El trabajo escaseaba y lo que tenía en proceso no le daba para comer; el dinero que recibiría si encontraba a aquella mujer le permitiría salir de deudas y hasta organizar unas buenas juergas.

En Amatepec la noticia de la muerte de Francisco Delgado a manos de su esposa se extinguía con el simple transcurrir de los días, no sin antes haber dado de qué hablar por un par de meses. En el pueblo no pasaban muchas cosas y un homicidio como ése había generado un sinfín de habladurías de sus pobladores. Y no es que nunca nadie fuera asesinado en el pueblo, pero los cadáveres aparecían en algún lugar fuera de los límites de Amatepec, a veces guardados en bolsas de plástico negras, otras mordisqueados por las ratas o los perros callejeros, la gran mayoría con un sello invisible en la frente que denunciaba que Eufemio Delgado había tenido algo que ver en aquella muerte.

Finalmente, las cosas regresaron a su lugar y Amatepec se convirtió de nuevo en el pueblo atrapado en la rutina de sus habitantes. Cultivar la tierra desde que asomaba el alba para regresar a la casa, agotados después de haber soportado aquel sol de montaña que consumía a cualquiera.

Un trabajo que apenas daba tiempo para el descanso y, lo que era peor, apenas daba para comer; si eran muchos en la familia, el problema se complicaba todavía más.

El único que desentonaba en aquella vuelta a la normalidad era Eufemio Delgado, a quien se le veía especialmente irritable. En la calle, la gente prefería cambiar de acera; parecía que estuviera buscando cualquier excusa para sacar el arma que siempre cargaba en el cinto a la altura de la espalda, cubierta por una camisa desfajada. Se la pasaba en la cantina, casi siempre rodeado de sus amigos, los policías municipales, deliberando, discutiendo, haciendo llamadas telefónicas.

La casa que alguna vez fue la que habitó Berta se quedó tal como la dejaron. Una vez retirado el cuerpo del malogrado Francisco, ni la madre ni su hermano se atrevieron a entrar y mucho menos a llevarse nada; para ellos aquel lugar era maldito y acercarse ahí sólo podría ocasionarles más desgracias de las que ya traían encima.

—¿Por qué no preguntas nada sobre la asesina de tu hijo? ¿Qué no te importa o qué? —reclamaba Eufemio a su madre.

—Para qué pregunto si ya sé lo que va a pasar.

—¿Ah, sí? ¿Y qué va a pasar?

—Estás como fiera, no paras. Harás lo que sea necesario, venderás todo, soltarás dinero por todo el pueblo, nos quedaremos pobres, pero no vas a dejar pasar tu venganza hasta que encuentres a esa pobre.

—¿Pobre? Es la asesina de tu hijo.

—Sí, el que se la madreaba todos los días. No me digas que no lo sabías.

—Claro que sí, ¿para qué se casa si no le gusta lo que le espera en el matrimonio?

—Eres igualito a tu padre. Qué bueno que el tractor lo aplastó porque segurito se iría contigo a matar a Berta.

—¿De qué lado estás? Ahora resulta que te enternece esa malnacida. Deja que la encuentre y…

—No vaya a ser que el diablo te encuentre a ti antes…

—¿Qué *dijistes*? Habla más alto. Ya estás vieja y no se te escucha una chingada.

—No dije nada, para qué digo, si no cuento para nada.

—Claro que la tomo en cuenta, si no, ¿quién me lava la ropa y me cocina? Es más, de tanto güiri güiri, ya me dio hambre. Métase a la cocina que es donde mejor está y hágame unas quesadillas que, cuando me da hambre, me encabrono y ya sabe usted cómo me pongo cuando ando encabronado.

—Y cuando andas borracho también —esto último lo dijo entre dientes, para no provocar la ira de su hijo.

Un día antes de cumplirse el plazo, Guadalupe recibió un mensaje de WhatsApp de su contacto.

—¡Lupe! ¿Tas ahí?

—Sí, y soy el licenciado Sánchez, no comemos del mismo plato.

—Ora, ¿pos quieres todos tus títulos desde la primaria?

—¿Tienes algo o me avisas que ya te largaste del país ahora que le mande las fotos a tu vieja?

—¿Por qué la pinche agresión…? Te tengo unos números, ya no pude ir más atrás porque no hay registros, si no te sirve alguno de éstos ya nos la pelamos.

—Si no me sirven = fotos = tu vieja = tú colgado de los huevos.

—Yo qué culpa tengo, el trato es darte lo que hay. Ahí te van las direcciones. Borra las pinches fotos.

Guadalupe vio tres direcciones: la primera en la Jardín Balbuena, otra en la colonia Moctezuma, y finalmente una más en la colonia Del Valle. Agarró su coche y se dirigió a la primera de las direcciones.

—¿Usted es el portero del edificio? —preguntó Guadalupe

Sánchez a un muchacho que estaba en la banqueta justo enfrente de la entrada del edificio.

—No, es mi tío, pero se fue al Seguro. Está malo. ¿Qué se le ofrece?

—¿Conoce a esta señora de la foto?

El muchacho la vio.

—Nel, no la he visto nunca.

—¿Estás seguro? Mírala bien.

—En mi vida he visto a esa vieja.

—Piénsale bien, quizás entrando al 201.

—No, pos menos.

—¿Y eso?

—Los señores ya no viven aquí, ya están grandes y se fueron a vivir *fueras*.

—¿Adónde?

—A un pueblo de Guanajuato, a Dolores, creo, o algo así.

—¿Hace mucho?

—Uy, hace un chingo de años. Yo estaba muy chico, ya casi ni me acuerdo de ellos.

—*Ta madre*. Te dejo mi tarjeta, si la ves me marcas.

—¿Y yo qué gano?

—Quinientos varos de recompensa.

—Sales, si la veo le paso el pitazo.

—Dile a tu tío también.

—Nel, quinientos entre dos, de a doscientos cincuenta ya no sale...

—Tú dile —Guadalupe Sánchez dio por terminada la plática y se fue a su coche. Una vez que arrancó, el muchacho empezó a romper en pedacitos la tarjeta del licenciado.

Che hocicón y pedero, quinientos varos... no mames, si se ve más jodido que yo..., pensó el muchacho, mientras se regresaba a la portería.

Berta había encontrado el cielo a tan sólo unas horas de su pueblo. Anna la procuraba en todo, se notaba que le tenía un aprecio, más allá del que se tiene normalmente a una empleada doméstica, y es que para ella Berta representaba la reedición de años felices.

Aunque, por otro lado, la llegada de Berta también había servido para que Anna reviviera los fantasmas del secuestro que había sufrido. Por su mente pasaron aquellos días lluviosos en los que estuvo encerrada en un cuarto, aquel secuestrador loco que había intentado violarla. El recuerdo le provocaba náuseas, aquellos momentos en los que pensó que nunca regresaría viva a su casa.

Se acordó de las estratagemas que había utilizado Jaime para que lo sacaran de donde estaba y los pusieran juntos en el mismo cuarto. Aquel americano grandote con el que, una vez salvados, se había casado, sí que había sido una extraña historia de amor.

Guadalupe manejó hasta la colonia Moctezuma; la segunda dirección que le habían dado era una distribuidora de toldos.

—¿Conoce a esta señora? —preguntó al dependiente sin saludar.

—No. Y ¿quién es usted?, ¿policía?

—Sí, soy policía —dijo con aplomo.

—¿Por qué la busca?

—Es de un pueblo y se vino a la ciudad y está perdida.

—¿De cuándo acá a la policía le importan las personas desaparecidas? A ver, muéstrame tu placa.

—Chinga tu madre —dijo Guadalupe a título de despedida mientras abría la puerta del establecimiento con furia.

—¡Chinga la tuya, cabrón! —alcanzó a oír que gritaba el empleado.

A ver la otra puta dirección, pensó Guadalupe. Era en la Colonia Del Valle. *Es una zona de ricos*, rumió. *Ahí no va a estar la pendeja*, se dijo a sí mismo mientras prendía su coche.

Era un edificio bien puesto mirando al parque. Guadalupe se dirigió a la entrada, el portero permanecía apoyado en la pared al lado de su escritorio.

—¿A quién busca? —le preguntó, desdeñosamente. La presencia de Guadalupe distaba de ser la de un abogado de prestigio; su traje brilloso pedía que ya no lo llevaran más a la tintorería, la camisa *ad hoc* y la corbata mal anudada y ancha como babero no ayudaban a su imagen. Guadalupe Sánchez se fijó en el correo esparcido encima del recibidor y pudo ver un nombre en uno de los sobres que correspondía al departamento que buscaba.

—Al señor Seter del 1407.

—No hay ningún señor Seter aquí —le replicó el portero. Guadalupe estaba a punto de darse la vuelta cuando el portero, quien parecía que ya había disfrutado su momento, continuó—: Es la familia Settler y no están. ¿Para qué los quiere?

—¿Sabe si tienen muchacha?

—¿Usted las consigue o qué? —el portero ya no disimulaba su diversión a costa de Guadalupe. Éste se volvió a girar, se contuvo para no devolverle el *cumplido*—. Claro que tiene —le contestó—. ¿Pues en qué planeta vives, mano? Todos en este edificio tienen una o dos muchachas.

Guadalupe estuvo tentado en enseñarle la foto de Berta, pero decidió mejor ahorrarse aquella carta y se salió sin voltear ni dar las gracias.

—Pinche pendejo —dijo el portero antes de empezar a silbar su canción favorita para matar el aburrimiento que pacientemente le esperaba por el resto del día.

Guadalupe había sacado tantas veces la foto de Berta impresa en papel bond que ya estaba muy arrugada; era lo único que le había proporcionado Eufemio Delgado. Guadalupe Sánchez la había visto tantas veces que ya la tenía memorizada.

Se encontraba encogido dentro de su coche, ya que el portero se asomaba de vez en cuando a ver si de casualidad pasaba algo enfrente de su portería, para al cabo de una media hora regresarse al confort de la silla desvencijada, a la que le había añadido un par de cojines que ayudaban a compensar sus deformidades.

—A ver su licencia y tarjeta de circulación —le ordenó un policía al lado de la ventanilla del copiloto. Guadalupe dio un brinco del susto. Las luces intermitentes rojas y azules de una patrulla teñían de uno y otro color las ventanillas del coche del *licenciado* a pesar de ser de día.

—¿Para qué quiere mis papeles si no estoy siquiera circulando?

—Pos por eso mismo, señor.

—Licenciado —replicó instintivamente Guadalupe.

—Pues por eso mismo, licenciado —repitió mecánicamente el policía, mientras su compañero usaba las manos como visor para examinar el interior del coche a través de la ventana de atrás del copiloto.

—Tons, licencia, tarjeta de circulación y... cédula profesional —dijo el patrullero con una enorme sonrisa que acusaba dos bajas en el frente dental. Guadalupe le dio los documentos—. ¿Y la cédula, licenciado? —preguntó divertido el policía.

—Ésa sólo la traigo cuando voy a litigar —respondió muy ufano Guadalupe.

—¿Y qué hace tanto tiempo en su coche sólo mirando? —preguntó el patrullero.

Guadalupe pudo ver al portero afuera, muy pendiente de lo que pasaba. Resultaba evidente que él los había llamado.

—Nada, nada, mi poli, nomás aquí.

—No soy poli, *licenciado*. Soy oficial de la Secretaría de Seguridad Pública de la Ciudad de México —dijo de nuevo sonriendo y poniendo mucho énfasis en la palabra *licenciado*.

—Nada, aquí pasándola —contestó obediente Guadalupe casi murmurando y bajando la cabeza.

—¿Cómo ve, pareja? Yo creo que nos lo llevamos a la delegación, no vaya a ser un maleante.

—¡Oiga! —reclamó ofendido Guadalupe.

—No, *licenciado* —de nuevo haciendo larga esa palabra—. Uno nunca sabe. Caras vemos…

—Mire, estoy aquí porque… me *pelié* con mi esposa y me vine aquí para que se me baje el coraje.

—Pos se nos enojó harto, mi lic. Nos informan —dijo mientras levantaba la mirada al portero, quien seguía firmes en su puesto de guardia enfrente de *su* portería— que tiene dos horas… y además manejó de bien lejos. Dice su tarjeta de circulación que usted vive en la Doctores.

—Ésa es mi oficina.

—¿Entonces vive por aquí?

—Sí, aquí al lado.

—¿En qué calle?

—En esa que cruza, la chiquita de aquí atrás.

—No sabe el nombre de la calle donde vive el *licenciado*. ¿Cómo ve, pareja?

—Mejor vámonos llevando al *licenciado*, pareja —le contestó el otro—. Esto no huele bien. Capaz que es uno de esos depravados que anda espiando a los chiquitos, ya ves que hay mucho de eso ahora.

Guadalupe se empezó a agobiar, lo que menos necesitaba era que lo llevaran a la delegación y tener que dar explicaciones.

—Ya se lo explico todo, oficial.

—Le oigo, licenciado.

—Uno de mis clientes me contrató para que me encargue de una cobranza con un cliente suyo que no le paga y vive aquí.

—¿Y ese moroso tiene nombre?

—Sí… —Guadalupe hizo un esfuerzo de memoria, sabía que si no contestaba rápido y seguro, se lo llevarían los policías.

—Lo oigo.

—¡Seter! —gritó triunfante.

—¿Es una persona o un perro? —exclamó el policía. El pareja le festejó la broma con una sonora carcajada.

—Pedro Seter, así se llama —dijo Guadalupe, a quien la rabia empezaba a desbordar.

—Okey, okey, no se me sulfure, licenciado —le dijo mientras le daba palmadas en el hombro.

—Pos ya nos vamos… pero ¿sin nada, pareja? —el otro policía negó con la cabeza.

Guadalupe bajó la propia y hurgó en la cartera sacando un billete de cincuenta pesos.

—Ya ve, pareja, uno le da chance al licenciado y mire cómo se burla de nosotros.

—Así son los licenciados, pareja, ya sabe. Mejor nos lo llevamos, ya se hace tarde —dijo el patrullero.

—No, no —replicó Guadalupe, mientras hacía el amago de sacar un billete de a cien. El policía negó con la cabeza mientras el otro veía a ambos lados, no los fueran a cachar. Guadalupe, resignado, sacó un billete de doscientos pesos.

—Eso está mejor —dijo el patrullero—, pero mi compañero ¿qué? ¿No es de Dios? —Guadalupe Sánchez sacó otro billete mientras le salía espuma por la boca.

—Muy bien, mi Lic., ya vio qué fácil. Ya verá cómo Diosito, que premia las buenas obras, le va a poner al señor que le debe en bandeja, ¿o no, pareja? —el compañero ya no le escuchó, ya estaba en la patrulla. Misión cumplida: esto es, habían conseguido la mordida, había que ir juntando de lo que caiga para pagar la cuota a los mandos policiales de arriba y, en justicia, quedarse un dinerito para ellos por su *trabajo*. Doscientos pesotes en la cartera de cada uno de los guardianes de la ley era un gran comienzo de turno.

El licenciado Guadalupe Sánchez permaneció en el coche una hora más hasta que comenzó a oscurecer. Por su mente cruzó la idea de que los patrulleros pudieran regresar. Estaba muy cansado, le dolía el cuello por la posición incómoda en que se encontraba. No tenía caso continuar con aquella guardia, por lo que optó por arrancar el auto y dirigirse hacia su casa.

7

Al día siguiente, Guadalupe Sánchez se levantó de malas, el cuello le seguía doliendo, estaba torcido y le enojaba no poder girarlo, se movía como autómata. No había podido dormir y no tuvo mejor idea que vaciar unos vasos de whisky, el cual le había obsequiado una buena jaqueca y el estómago revuelto.

Pensó en quedarse en su casa todo el día, pero por su cabeza pasó la idea de que sería mejor pasar la resaca en la calle que acorralado por las paredes de su departamento. Esta vez no se llevó el coche, paró un taxi en la calle. Durante el traslado por la ciudad más lenta del mundo iba absorto en sus pensamientos comandados por la obsesión de encontrar a la mujer fugada de Amatepec y empezar a *hacer caja* de verdad; en el trayecto se emparejaban autobuses urbanos y peseros, rebasándose temerariamente; a pesar de que ya eran las diez de la mañana de un jueves éstos venían atiborrados de pasajeros estrujados en su interior. Guadalupe los miró con desprecio.

—Jodidos —murmuró.

Pidió al taxista que lo dejara una cuadra adelante de su destino, no era cuestión de volver a llamar la atención. Se bajó armado con sus lentes oscuros; le cuidaban la jaqueca, además de que le servían para camuflarse del portero.

Su corazón se disparó, vio salir a una mujer cargando a un niño rubio. Claramente no era su hijo, era la sirvienta, más que eso: era Berta, la de la foto, la del encargo, la de su trabajo. Platicaba tan campante con el portero; los dos reían. "Tal para cual", pensó Guadalupe.

Berta enfiló por la banqueta con el niño de la mano y sus pasos tambaleantes. A los pocos metros se detuvo una minivan amarilla con el nombre de una guardería en el costado, una nana recibió al niño, e inmediatamente se alejó el vehículo. Berta intercambió dos minutos más de conversación con el portero para después ingresar a donde probablemente estarían los elevadores. Guadalupe tuvo el impulso de salir corriendo y alcanzarla para corroborar que efectivamente era ella, pero, cosa rara en él, la prudencia se impuso.

Se preparó para pasar todo el día de guardia ahí, le entró hambre ya que no había desayunado nada, se compró un hot dog, un refresco y un sobre con dos Tylenol en el Seven Eleven que estaba en la esquina. Ese tipo de vigilancia consumía no sólo horas sino días; había que hartarse de paciencia, so riesgo de espantar a la mujer y volver a perderla y empezar de nuevo. Por eso Guadalupe Sánchez estaba dispuesto a tomarse todo el tiempo que fuera necesario.

A medio desayuno vio a Berta abandonar el edificio jalando un carrito de compras. La mala suerte del día anterior se había revertido y ahora todo estaba saliendo mejor de lo esperado. Abandonó la tienda dejando el hot dog humeante, el refresco apenas empezado y el sobrecito de Tylenol vacío.

Berta atravesaba el Parque Hundido, disfrutando del olor a pasto recién regado, de los árboles muy verdes y el trinar de un buen número de pájaros; el sol se colaba entre las ramas dibujando relajantes claroscuros a su paso. Gente mayor paseaba y alguna que otra señora hacía *jogging*.

De repente se dio cuenta de que tenía a un hombre con lentes oscuros caminando pegado, a su lado, de lo más casual.

—¿Berta Maldonado? —susurró Guadalupe. Berta lo volteó a ver, delatándose inocentemente.

—¿Sí?

—Creías que no te íbamos a encontrar en una ciudad con millones de personas, ¿verdad? —sintió cómo Berta desfallecía y la tomó del brazo; a ojos de cualquiera que pasara por ahí, lo hizo de forma muy cordial, incluso amable.

—¿Qui-quién eres tú? —trastabilló Berta.

—Soy un amigo de Eufemio Delgado, al que una vieja le mató al hermano, ¿te suena?

Berta hizo el amago de salir corriendo, pero fue entonces que la presión en el brazo subió de intensidad, de forma que ya la tenía atrapada. Todo de manera muy discreta.

—Déjeme, déjeme o...

—¿O qué?

—Voy a gritar.

—Perfecto, gran idea —dijo Guadalupe con una calma envidiable y manteniendo el tono de voz muy bajo—. Así vendrá la policía y les diré que eres una prófuga de la justicia acusada de homicidio en Amatepec, Estado de México. Checarán y te pondrán en una camionetita directa al reclusorio de mujeres.

Berta respiró.

—Qué más da. A eso viene usted, ¿no?

—No creas, no soy una mala persona. Me di el tiempo de revisar el expediente. Algunos vecinos del pueblo declararon a la policía que Francisco, que en paz descanse —dijo eso haciendo un movimiento teatral—, te pegaba tus buenas madrizas y antes aguantaste.

A Berta se le revolvió el estómago, se acababa de aparecer el diablo en persona para recordarle aquel pasado, el cual ya había borrado de su mente.

—Sí, sí, es verdad —dijo tímidamente.

—Pues mira, soy abogado, pero también soy cristiano y entiendo estas cosas, por eso he decidido que voy a ayudarte.

—¿Ayudarme? —preguntó incrédula Berta.

—¡Sí, claro! Es más, mira, te suelto del brazo; si quieres irte, te puedes ir, o seguimos caminando y escuchas mi propuesta, ¿qué te parece? —Berta, no exenta de nervios, asintió con la cabeza.

—Como te dije, aparte de abogado, soy *hombre de negocios* y te voy a proponer uno —Guadalupe Sánchez se puso la mano en la barbilla como si fuera a decir algo muy profundo—. Berta, te propongo no acusarte ni con la policía ni con Eufemio. ¿Qué tal? Suena bien, ¿no?

Berta asintió, pensó que quizás era una buena persona y no el demonio, por algo la había buscado y encontrado entre tantos montones de personas en la gran ciudad, quizás en verdad su suerte había cambiado y lo más duro de su vida había quedado enterrado junto con Francisco. A lo mejor los fantasmas no existían y sólo se trataba de la imaginación de Berta.

—Tú sólo tienes que darme cincuenta mil pesitos, y yo, como soy muy desmemoriado, me olvido de que te encontré, que vives aquí, que platicamos hoy y, así, todos felices. ¿Qué te parece?

—¡Eso es… muchísimo dinero! No lo tengo —dijo, mientras su mundo se iba desgajando.

—Sí, eso yo lo sé. No te preocupes, tus patrones seguro que tienen eso y mucho más, son gente muy rica, tienen más de lo que tú y yo podríamos imaginar. Ve, la señora te ha de querer o al menos confía en ti para dejarte a su chamaco para que lo acompañes al camión de la guardería, y el señor con apellidos extranjeros ha de tener harto billete. Además, estos condominios son de ricos, mira nomás dónde están, mirando al Parque Hundido. Ya quisiera el presidente vivir aquí —levantó las manos de nuevo con su actuación histriónica. Berta se quedó helada cuando se refirió a Jaimito. Aquel abogado

158

conocía toda su vida y la de sus patrones, estaba claro que si quería hacerles daño no iba a ser difícil.

—No, no, no. Eso no se puede. Los señores son muy buenos, no les voy a pedir tantísimo dinero.

—¿Para que se los pides? Ellos tienen tanto que ese poquito que necesitas para que sigas con tu vida, ni siquiera van a notar que les falta, haz de cuenta que se te cae al suelo una moneda de a diez centavos. ¿A poco te agachas por ella? Claro que no —Berta valoraba dubitativamente lo que le proponía el *licenciado*—. Además, no me los tienes que dar de golpe. Primero de a veinte, la otra semana, diez, ora unos cinco, soy una persona sensata, Berta. Ya ves, como FAMSA, en abonos chiquitos me lo vas pasando y menos se enteran ellos.

—Pero eso es robar… ¡Yo no puedo robarle a mi patrona!

—Okey, Berta, tú eliges. Tons, la próxima llego con la policía y directita a la cárcel. ¿Sabes cuál es la pena por homicidio en el Estado de México? Te van a caer cuarenta años, reina. Imagínate cuánto es cuarenta años entre barrotes; cuando salgas vas a ser una viejita como una pasita, si es que no te petateas en la prisión, porque, mira, allá dentro las cosas son muy feas, no todo verde y colorido como aquí. Recuerda que soy licenciado y sé muy bien lo que pasa en los reclusorios —soportó su afirmación con una expresión compungida—. ¿Tons qué? ¿Tenemos trato o de una vez los llamo? —le preguntó y le enseñó a Berta su celular.

—Pero… ¿seguro no le va a decir a Eufemio?

—Claro que no, criatura…. Ese Eufemio está loco. Si le digo, viene y te corta el pescuezo aquí mismo, delante de todos. Tú dame mi dinerito que yo te defiendo de todo. ¿Recuerdas lo que te dije? Soy licenciado. ¿Cuándo has visto que un licenciado no pueda hacer lo que se le pegue la gana? Si se me antoja, clavo a alguien en la cárcel, y, si no, pos lo protejo y nadie lo toca. ¿Cuándo vengo por mi primera parte? Te doy al lunes para que tengas el fin de semana.

Berta asentía como robot a todo lo que decía Guadalupe, sin pronunciar palabra.

—El lunes a esta hora, aquí mismo en el parque, ¿no? Al putete del portero no quiero volver a verlo porque le ando partiendo su madre. El primer pago, eso sí, échale ganitas y que no baje de veinte mil, ¿okey? —le tendió la mano y Berta se la dio flácida, sin ganas ni control—. Tenemos un trato, entonces; lunes, diez de la mañana, muchachona —le dijo, con una sonrisa venenosa.

Berta se quedó inmóvil mientras Guadalupe se alejaba, no había levantado la mirada todavía cuando escuchó su voz de nuevo.

—Ah, *mi* Berta, se me olvidaba. Sé que estás pensando en largarte de la casa de los señores el sábado y que esta vez no te encontraré. Te voy a decir una cosa: tengo gente vigilando el edificio las veinticuatro horas, tú no sabes quiénes son, porque son muy discretos; puede ser el del Seven Eleven, los de la basura, el barrendero, o alguien dentro de tu edificio. Soy un profesional, mi reina. ¿Cómo crees que supe que estabas aquí? Así que, a la primera que me den el pitazo de que te vas, llego en chinga con la policía y vas al tambo, y si me haces ésa, te dejo a Eufemio en la *julia* que te llevaría hasta Toluca y, ya ves, tres horas en una camioneta con ese pinche loco, quién sabe cómo te vaya. ¿*Entendistes*? —el tono de voz de Guadalupe Sánchez se endureció y atrás quedó la inflexión paternalista con la que la había estado convenciendo.

Las lágrimas aparecieron sin control en el rostro de Berta; con una mano trataba de eliminarlas todas, con la cabeza gacha asentía.

—No llore, mi reina. Usted se ve requeteabusada. Va a ver cómo consigue lo que se le pide y, luego, a volar libre como palomilla —concluyó su discurso con una sonrisa.

A pesar de que eran casi las once de la mañana, el cielo, la tierra, el aire se habían vuelto de tonos apagados, oscuros; la gente ya no sonreía ni había ancianos caminando, puros zombis en su mundo, tal y como cuando llegó a la ciudad. Sola, perdida y encima con un desalmado que la tenía acorralada, lo primero que pensó fue que, al llegar a la casa, saldría al balcón, cerraría los ojos y se lanzaría al vacío. Era la única solución, además así, a lo mejor, la Virgencita le perdonaría el enorme pecado que cargaba encima.

—Señor Delgado, ¿cómo le va? Lo veo cansado, se le ve demacrado. ¿Se siente bien? —Eufemio le recetó una mirada despectiva. Desde que entró al despacho del licenciado Guadalupe Sánchez había notado esa actitud condescendiente que otras veces había recibido de la gente de la capital, que lo hacían menos por no tener modales, por venir de un pueblo perdido del Estado de México, por su apariencia campesina.

—¿Es usted abogado o doctor? —repeló con dureza Eufemio.

Guadalupe, acostumbrado, por el perfil de sus clientes, a tratar con sujetos ariscos, y en muchos casos violentos, ni se inmutó y fue al grano:

—Ya estamos cerrando el círculo en donde se puede encontrar la probable responsable —usaba términos jurídicos de forma innecesaria sólo para mostrar autoridad en su oficina.

—¿A quién? —preguntó Eufemio, explayando su ignorancia.

Guadalupe sonrió y no contestó de inmediato, quería saborear el momento, regocijarse con la cara de Eufemio. Encendió un cigarro para alargar el episodio lo más posible. Después de la primera calada, le ofreció un cigarrillo a Eufemio.

—Perdone la grosería de no haberle ofrecido antes —Eufemio lo aceptó.

—A Berta Maldonado, la persona que usted está buscando y por la que me contrató —a la segunda fumada Eufemio empezó a toser sin control durante un buen rato. Eufemio levantó la vista para encontrarse con la del licenciado, quien lo observaba pensando en que quizá ni fumaba y había aceptado

161

el cigarro por quedar bien. Sin quitar la sonrisa y con sus acostumbrados gestos teatrales llamó a la secretaria. Ésta se quedó en el dintel, la puerta hacía años que se había ido de aquella oficina, y mascando chicle con la boca abierta miró al *licenciado*—. Tráigale un vaso de agua al señor Delgado, por favor —ella regresó con una taza blanca descarapelada y con una mancha de lápiz labial en la parte superior.

Una vez recuperado, Eufemio intentó continuar la plática, mientras los resabios de la tos le hacían mover las manos y producir un tsunami dentro de la taza de agua.

El licenciado se sentó en la esquina de su escritorio para estar por encima de Eufemio y refrendar su posición.

—¿La va a encontrar o no? —volvió al ataque Eufemio.

—Eso es un hecho, es cosa de tiempo.

—¿Cuánto?

—Yo calculo que en un mes ya la tenemos. Los ministerios públicos trabajan para mí activamente en el caso, pero necesitan, como todo —dijo cerrando los ojos y manteniéndolos así por unos segundos, como quien va a soltar una gran profecía—: tiempo.

—Pues ya se ha tardado un buen.

—No llevamos ni dos meses con esto —se excusó Guadalupe—. Somos muchos millones en la gran urbe.

—Lo dice usted tan campante porque no fue su hermano al que mataron —dijo Eufemio dando otra calada al cigarro; en ese momento la ceniza no soportó más y cayó en la alfombra que alguna vez había sido roja. Guadalupe Sánchez se estiró para jalar uno de los ceniceros que descansaban en su escritorio y lo acercó a su cliente, sin que éste se diera por aludido en lo absoluto.

—Bueno, pues, dígame ¿cuándo regreso para que me dé los avances? —preguntó Eufemio.

—Qué bueno que lo comenta —Eufemio puso cara de extrañeza—. En relación con el dinero, vamos a necesitar más.

—¿Cómo? Ya le di quince mil pesos —gritó Eufemio, sulfurándose.

—Pues quiero que sepa que llevo gastados más de veinticinco mil. ¿Usted cree que los tres ministerios públicos son gratis? ¿Sabe cuántos agentes andan buscándola? —Eufemio negó con la cabeza desganadamente—. No menos de diez agentes abocados a este caso. Y eso, señor Delgado, eso... —de nuevo una pausa innecesaria—, eso cuesta y cuesta mucho.

—¿Cuánto?

—Necesitaría unos cuarenta, pero con que me dé unos quince mil, para que recupere lo que he puesto de mi bolsillo, la hacemos.

—¿Y si no?

—Ya ve cómo son esos canijos de la justicia, si no los engrasamos no se mueve la máquina.

De mala gana, Eufemio sacó un fajo de billetes de baja denominación.

—A mí se me hace que más que los judiciales son los abogados, ya sabía yo.

—Oiga, me ofende —se quejó Guadalupe—. Si no va a confiar en mi trabajo lo dejamos aquí y usted empieza de nuevo, justo ahora que se están dando los mayores avances.

—Ya, ya, ya, no sea chillón. Ahora resulta que es un licenciado con sentimientos, hágame el chingado favor —fue la pequeña venganza de Eufemio a cambio del dinero que volaba fuera de su bolsillo. Se caló la gorra negra con un logotipo desgastado que llevaba, mientras se ponía de pie con gran esfuerzo. Luego encaró a Guadalupe y con el dedo amenazador le advirtió—: La próxima vez que nos veamos ya quiero que me dé la dirección donde se esconde esa muerta de hambre o, mejor aún, que me la tenga sentadita aquí mismo en su oficina —sin más, se volteó, dirigiéndose a la salida. Se detuvo un momento para observar soezmente las nalgas de la secretaria que estaba agachada archivando unos papeles, sin importar que aquella señora estuviera tan entrada en años como en kilos.

8

Francisco había regresado en forma de pesadillas y espíritus negros, ahora más envalentonados por la inesperada visita de aquel licenciado.

—¿Qué traes, Berta? Te veo distraída de unos días para acá. Más bien, preocupada, ¿todo bien en casa? —preguntó Anna.

—Sí, señora, sí —contestaba con la cabeza gacha.

Anna sabía que sucedía algo, pero no era cuestión de forzar la situación con interrogatorios incisivos, ya hablaría Berta. Por la cabeza de Anna pasó la idea de que se quería regresar a su pueblo. Aquello sería fatal, Berta era perfecta para ayudarle con la casa y cuidar de su hijo.

Y en verdad Berta estaba ausente, con la cabeza dedicada a ver de dónde y cómo podía conseguir aquella cantidad desorbitada que le había pedido el abogado; apenas tenía dos mil pesos ahorrados y aquel monstruo quería cincuenta mil por dejarla en paz, veinte mil de los cuales debía darlos en cuestión de días. Berta en su vida había visto una cantidad similar. Le podía pedir a la señora, pero ¿qué explicación le daría? No se le ocurría nada que sonara convincente. ¿A quién más le podía pedir prestado? A sus papás ni de broma, la mamá enferma y el padre no le dirigía la palabra, aquello era imposible; además, seguro que no contaban con aquella fortuna.

Vender algo… no, no tenía nada. Empeñar, alguna vez en el pueblo supo de una señora que había empeñado poco a poco las cosas de su casa hasta que perdió todo, pero ella no tenía nada, sólo que… empeñara algo de la señora, pero eso sería robar… o no, si lograba recuperarlo y devolverlo a tiempo. Seguro que al ir a empeñar le pedirían una identificación y así la atraparían. Aquello tampoco era una opción.

—No tengo problema en adelantarte unas quincenas. ¿Cuánto necesitas, Berta? —ésta, apenada, contestaba en un susurro—: Veinte mil pesos —y un "gracias, señora", repetido tantas veces que parecía un mantra.

—Uy, pensé que era menos… pero no te preocupes, mañana paso al banco a cambiar un cheque y te lo doy —Berta continuaba con sus interminables repeticiones de agradecimiento. Anna se ahorró preguntarle para qué quería tanto dinero; si se lo pedía, era por algo y mejor prestarle a que se fuera.

Todo había sido muy rápido, todo había salido muy bien. Más había tardado ella haciéndose mil conjeturas para pedir el dinero que Anna en adelantarle su sueldo. El problema iba a ser conseguir los otros veintiocho mil pesos, pero era imposible pedirle más. Un adelanto de cinco quincenas era considerable; junto con los dos mil pesos que tenía ahorrados, serían veintidós mil, Berta quiso pensar positivamente. Igual con eso el abogado se daba por servido, eran dos meses y medio de sueldo que aquel rufián se iba a ganar en pocos segundos. Pero ¿por qué no la había entregado a Eufemio? ¿Por qué no había llamado a la policía? Ella misma se contestaba: por cincuenta mil pesos le convenía mejor cobrarlos y quedarse callado, no ganaría dinero si la entregaba.

—Aquí tienes, Berta. Imagino que mañana te vas al pueblo a ver a tu mamá, ¿no? ¿Para eso lo necesitabas? —Berta se quedó petrificada primero, para luego sentir cómo le subían los colores a la cara. Cuando se dio cuenta, estaba negando con la cabeza.

—No, no me voy al pueblo, señora. Me quedo el fin de semana, si no le importa.

—¿Cómo me va a importar, Berta? Ésta es tu casa y puedes hacer lo que quieras. Deberías ir a pasear siquiera por ahí, al centro, o hacerte amiga de las muchachas del edificio y podrías salir con ellas, mujer. Nosotros no vamos a estar, Jaime llega al rato por nosotros y nos vamos los tres a pasar el fin de semana a casa de unos amigos en Cuernavaca. ¿No quieres venir? Son amigos de muchos años y tienen una casota que no te imaginas, cuartos sobran. ¡Vente, mujer!

Berta no había dejado de hacer movimientos en sentido negativo con la cabeza.

—Me quedo, señora, me quedo; tengo harta ropa que lavar.

—¡Olvídate de lavar, eso lo haces el lunes!

—Pero es que también me falta planchar —trataba de justificarse ingenuamente.

—Mira, te quedas en la casa, pero te pido que descanses. Ve la tele, puedes leer, ya sabes dónde están las revistas, si quieres te presto un libro, duerme, descansa, que también te hace falta.

Aquellas palabras soñaban a una fantasía imposible de realizar: dormir y descansar.

Antes de la visita del abogado, las pesadillas y su miedo a ser encontrada, que se le apareciera el espíritu de Francisco, que llegara la policía tirando la puerta, eran cosa del diario, aunado a la vergüenza que pasaría delante de la señora y su familia. Después de la visita del licenciado, sus pesadillas se habían alargado y los monstruos habían crecido todavía más.

Sólo le quedaba encomendarse a la virgen, que ya le había hecho el milagro de encontrar a Anna. Ahora Berta le pedía que la protegiera de aquellos seres escupidos por el infierno. Rezar y taparse era lo único que podía hacer, taparse toda, con el corazón galopando sin freno y ella sudando, pero sin descubrirse la cabeza; prefería morir ahogada que permitir que quién sabe qué fantasma se introdujera en su cama y de ahí se le metiera en el cuerpo para torturarla, para volverla loca, para cobrarle la que debía con la muerte de su esposo. El alma negra de Francisco no iba a abandonar la Tierra mientras no se hiciera justicia. Ojo por ojo, diente por diente; ahora le tocaba a Berta recibir lo que había prodigado.

Aquel viernes en la noche, Berta se atrincheró en su cuarto, cerró la casa con doble llave, apiló dos cajas de cartón sobre una silla pegada a la puerta de su cuarto; toda providencia era poca cuando se trataba de salvar el pellejo, sobre todo en la noche, cuando campean los monstruos, la maldad vuela y hasta el sol mejor se guarda, no lo fueran a matar.

No servían de nada las tres tazas de té de manzanilla y valeriana que se había tomado, sólo habían ayudado a que le dieran ganas de hacer pipí más de la cuenta, en saltar de la cama al baño con las luces todas encendidas, la tele prendida. Si los espíritus escuchaban voces, conversaciones o música pensarían que había más gente despierta en aquella habitación, y dispuesta a defenderse. Berta se moría de sueño, pero intentaba mantener los párpados abiertos; sus ojos ya no miraban, la cabeza le colgaba y apenas eran las once y media de la noche. Quién sabe a qué hora la naturaleza le quitó el mando de su cuerpo y simplemente la desconectó.

A Berta le pareció que apenas habían transcurrido unos minutos; abrió un ojo, la tele seguía con su larguísimo monólogo, las luces todas encendidas. *¿Cuánto faltaría para que amanezca?*, pensó. Se sentía extrañamente descansada, parecía que había sido poco tiempo, pero reparador. Volteó a ver la hora… 8:47. Debía estar mal el reloj. ¿Se habrá descompuesto? Se paró de la cama, escuchó vocecitas de niños que venían de la tele, eran caricaturas; cambió de canal, vio pastelazos y oyó carcajadas. Se aventuró a abrir la puerta. La luz iluminaba todo el departamento, realmente eran casi las nueve de la mañana. Había logrado sobrevivir sola toda una noche, faltaba una más, pero por lo pronto su amigo el sol se mantenía firme, sin permitir que alimaña alguna pudiera entrar en la casa.

Un fin de semana... lo bueno es que había hartas tortillas en el refrigerador y algo de comida, de las llaves salía agua. No necesitaba salir para nada, ni siquiera bajaría a la portería a intercambiar unas palabras con el portero, no valía la pena arriesgar.

Sí tendría tiempo suficiente, en cambio, para descubrir a los espías que el licenciado tenía por toda la calle, los buscaría con mucho cuidado. Berta estaba curtida para esa guerra, así montó guardia vigilando discreta por una ventana. Al principio, agazapada en una orilla y en incómodas cuclillas, después apoyada y luego sentada. Pasaron las horas y no se veía a nadie que obsequiara una mirada al departamento, aunque fuera sin querer.

Conclusión: o no existían los anunciados espías o no trabajaron aquel sábado. Además, los que atendían los negocios eran ya conocidos suyos: el de la taquería, el de la tienda, el de la tintorería, el del puesto de periódicos... y el portero conocía a todos desde hacía años, según le había contado. Era imposible. No había nadie, eran puras pamplinas de aquel licenciado que actuaba como si quisiera ayudarla y, como la mayoría de los chilangos, sólo quería sacar provecho.

Así transcurrió el día, el sol estaba en las últimas, listo para apagarse, apertrechado detrás de unos edificios asomándose entre éstos sólo a pedacitos, lanzando sus rayos como podía hasta que se hizo de noche. Después de doscientos bostezos en un día completo de vigilancia como soldado en guardia, Berta comprobó que nadie la vigilaba.

La noche del sábado durmió mejor, con la pura compañía de la televisión prendida; esta vez no necesitó de las luces de la recámara, con las del baño tuvo; tampoco fue necesario poner una silla que atrancara la puerta. El agotamiento y la certeza de que el licenciado la había engañado le ayudó a dormir mejor.

No obstante, tampoco era para llevar las cosas al extremo de abandonar la casa. El domingo no trabajaba el portero. Berta decidió quedarse cosiendo y viendo televisión. Ordenó hasta la perfección el clóset de la señora y la habitación del pequeño Jaime. Con las cosas del señor prefería no meterse. Berta no se fiaba de los hombres, había conocido a uno de cerca y con eso había tenido.

A las 6:45 de la tarde sonó el girar de la cerradura, era la familia Settler de regreso. Berta se despertó sobresaltada, se había quedado dormida viendo la tele. Anna traía a Jaimito y Berta casi inconscientemente se lo quitó para acurrucarlo. Éste protestó unos segundos, pero en los brazos firmes y decididos de su nana y tras unas palmaditas en la espalda, las quejas se convirtieron en la continuación de un sueño profundo. Berta desapareció con el bebé en su cuarto.

Cuando salió, intercambió unas palabras con Anna, sobre la casa con gran jardín y alberca donde habían pasado el fin de semana en Cuernavaca.

—Bertiux, ya nos vamos a dormir, que estamos hechos pomada y mañana es lunes, empieza una semanita nueva.

Cuando Berta se dio cuenta, el domingo se había escurrido en unos segundos. Ya en su cuarto, evitó pensar en el día de mañana que tendría que enfrentar al individuo aquel que le pedía dinero, se consoló convenciéndose de que dándole veinte mil pesos que la señora le había prestado más los dos mil que tenía ahorrados, se quedaría tranquilo por varios meses; es más, con tanto dinero hasta era posible que se esfumara y desapareciera para siempre de su vida. Y es que Berta, a pesar de sus treinta y tantos años, seguía teniendo pensamientos y ensoñaciones totalmente infantiles.

—Veinte mil pesos, ¿es una broma o qué? —miró Guadalupe a Berta con cara de profunda extrañeza; esta vez no era fingida.

—Pe-pensé que era lo que usted quería… y son veintidós mil —tartamudeó Berta.

—Si ya sé que dije veinte mil, pero esperaba que te esforzaras un poco más, no con simples veintidós —repelió

Guadalupe. Las previsiones de Berta de que sería el hombre más feliz del mundo con tanto dinero y que incluso quizá no regresaría, se fueron al suelo, de golpe.

—Pero usted dijo que le podía pagar en plazos —intentó defenderse.

—Sí, a plazos, uno de treinta y dos de a diez, no en paguitos como en Elektra.

—Usted dijo veinte. Yo no voy a poder conseguir tanto dinero. ¿Qué voy a hacer? —preguntaba inocentemente Berta.

—No sé lo que tú vayas a hacer, pero sí lo que yo voy a hacer y es entregarte a la policía, o a Eufemio, o a los dos. Es lo único que no he decidido.

Berta estaba ofuscada, se llenó de rabia.

—Ni es verdad que tiene usted espías, ya lo descubrí —se afianzó.

—¿Ah, sí, y qué? ¿Te vas a escapar?

—No, pero si me presiona, a lo mejor sí —contestó ingenuamente.

—A ver, mírate, eres una jodida india. Por el amor del chingao Dios, date cuenta, pendeja —ella levantó la vista ante tales improperios—. Yo puedo hacer lo que quiera contigo y con los que te rodean, soy licenciado y muy bien conectado en esta ciudad, de la que tú sólo conoces tu cuarto de gata en el departamento, y te sientes mucho porque sales a la calle para ir a hacer dos o tres mandados. Te voy a dar una oportunidad más, no sé por qué lo hago, pero te la voy a dar. Escucha bien: me llegas mínimo con otros dieciocho mil pesos más para completar cuarenta el viernes, o el mismo sábado te paso a ver con el Eufemio y te dejo con él.

—¿Y de dónde voy a sacar yo tantísimo dinero más? —reclamó Berta.

Guadalupe se le quedó mirando. De arriba abajo.

—Hasta eso tienes tus chichitas y tus nalgas, todavía —dijo, mientras le agarraba uno de los pechos con una mano. Ella se quedó helada, inmóvil. Volteó a su alrededor; nada, lo de

171

siempre, chilangos en su mundo caminando con prisa o viejitos que bastante tenían con concentrase en sus pasos, nadie con pinta de ayudarla—. Mira, te ayudo diciéndote de dónde sacar lana. Vamos a mi carro, me estaciono en un lugarcito no tan público y me das una buena mamada, y con eso te descuento quinientos pesotes, que es una fortuna, pero como eres principiante me excita más, por eso te doy el doble de lo que me cobra una de las zorras de la merced —a Berta le empezaron a estallar los oídos y se le revolvió el estómago. Por su parte, Guadalupe hablaba de lo más normal, como quien propone un negocio—. Ahora bien, si lo que quieres es ganarte unos tres mil o chance más en una noche, te vienes a una de las fiestas que organizo con mis cuates, ya que andamos bien pedos esos cabrones se ponen bien calientes y arden por coger ahí mismito. Yo te hablo y en chinga te tomas un taxi y te apareces. Yo no te pago una chingada, sólo las propinas que te quieran dar, y eso depende de cómo te muevas, a mí sólo que llegandito me des mi mamada, de cortesía, por supuesto, y ya te metes con esos güeyes.

Berta estaba ida, sus ojos se habían refugiado en dos pajaritos que revoloteaban en un árbol.

—Paso por mi lana el próximo viernes, sirvientita. Más te vale que tengas listos mis dieciocho mil pesitos, menos de eso ni se te ocurra. No soy abonero y ya se me acabó la paciencia. Tú dices si recuperas tu vida o para el viernes mismo ya te están fichando en la cárcel de mujeres de Toluca, si es que el Eufemio no te mató antes en el camino, claro —dijo, forzando una risita al acabar el comentario.

Berta lo miró con desprecio; ni Francisco, su marido, tenía el alma tan negra como aquella basura en forma de humano. Lo vio alejarse con un caminar que a ella le pareció grotesco. Guadalupe detuvo su marcha de repente, volteó y descubrió que Berta lo seguía con la mirada.

—Viéndome las nalgas, ¿eh, puerca? Si nomás andas con la facha de no rompo un plato, pero en el fondo se me hace que te encanta ésta —dijo mientras se tocaba su miembro viril—. Se me hace que a tu marido lo mataste porque no te cumplía en la cama, ¿a qué sí, pillina?

A Berta le dieron ganas de vomitar.

El jueves, el maldito jueves, llegó. Berta se había estrujado el cerebro para ver cómo conseguir dinero, pero no había forma. No era cosa de pensar y ser imaginativa, punto. Ella estaba decidida a bajar y enfrentar su realidad, sus ojos acusaban un muy mal dormir de varios días. Escribió a Anna una carta de despedida; le pedía perdón, le explicaba que tenía que irse, que era lo mejor para toda la familia porque si no lo hacía los podía poner a todos en riesgo. Al salir se despidió del portero con un abrazo.

—¿Pues a dónde se va, Berta?

Ella dudó:

—No, aquí nomás, pero una nunca sabe cuándo Diosito puede disponer de una, por eso me quería despedir de usted.

—¡Ah, qué Berta! No sea tan dramática, caramba.

Ella se alejó camino a las fauces del demonio.

Se encontró a Guadalupe en el mismo lugar escondido del parque. Él hacía como que tallaba una figura de madera con una navaja, aunque no tenía forma de nada, era sólo para intimidarla. Al verla, por su actitud, adivinó que no había conseguido el dinero.

—¿Tons qué, sirvientita? ¿Y mi lana? —preguntó Guadalupe Sánchez, mientras frotaba el índice y el pulgar de la mano, esperando el dinero. Berta se encogió de hombros.

—Pos ya ni modo. Lléveme a la policía.

—No, ya lo pensé bien. Te llevo, pero con Eufemio. Ya me contó que antes de estrangularte el pescuezo quiere tener una fiesta como las que yo hago.

—Ya nada me importa, haga lo que quiera conmigo. Entrégueme, pos, con Eufemio.

A Guadalupe Sánchez se le acababan los recursos por lo que tuvo que sacar todas sus amenazas.

—Okey, pero que sepas que además al güerito. Jaimito se llama, ¿no? —Berta peló los ojos. Ese maldito sabía el nombre del hijo de su patrona—. Mira, mis hombres paran el autobús y se lo llevan, pero ya lo pensé bien a bien y pa' qué matarlo. Lo vendemos, mi reina, pa' los gringos que no pueden tener hijos; pagan buena lana y así me recupero de lo que *legalmente* me debes —Berta no pudo ocultar su espanto, de lo cual Guadalupe Sánchez se aprovechó para continuar con su historia—. Mira, la mera verdad, los que pagan por estos chamacos ni siquiera se los dan a los papás gringos que no pueden tener hijos —el tono de voz fue más grave, habló casi en susurros, como en secreto—. Más bien les quitan sus riñoncitos, su higadito y su corazoncito, todo se vende por separado y se ve que les pagan rebién. ¡Imagínate que tienes toda la lana del mundo y se te está muriendo tu escuincle porque le falta un hígado y alguien puede salvarle la vida a tu hijo, ¿pues cuánto no le das?

Berta se quedó helada. Guadalupe la leyó perfecto.

—Sí, mi reina, por no conseguir lo que se te pide, te vas a llevar a otro entre las patas. Y de éste no puedes decir que te madreaba, ¿no? Si se ve tan gracioso el muy cabroncito, siempre se anda riendo. ¡Ah, qué pinche güerito!

Berta no aguantó más, se puso a llorar arrodillándose a los pies de Guadalupe Sánchez, quien la levantó de inmediato.

—Pérate, pérate, no hagas osos, que aquí nos está viendo todo el mundo. Tú consigue la lana, sólo me has dado veintidós y ya los intereses te comieron, o sea, que me debes los cincuenta enteritos. Cuando has querido, has podido. Mañana a las diez, aquí mismito, sólo aplícate y no le va a pasar nada al cerdito rosado ese.

Berta no tenía opción. Su vida no importaba nada. Desde las primeras golpizas que le había propinado Francisco había entendido que no era nadie y que cualquiera tenía vía libre para abusar de ella, pero el pequeño Jaime era otra cosa. Ella no permitiría que le hicieran nada; quitarle cosas de su cuerpecito como si fuera un animal, de ninguna manera. Pensó en decirle a la patrona, pero no podía, tendría que contarle toda la historia y al enterarse de que tenía a una asesina en la casa probablemente la correría o, lo que es peor, la llevaría a la policía donde gustosos la entregarían al mafioso de Eufemio. Mejor decidió actuar y no decir nada.

Desde que había ingresado en la casa, la familia Settler le había dado toda la confianza y no tenía restricciones, podía limpiar en cualquier lugar. Sabía exactamente dónde guardaban los relojes y joyas de Anna, mancuernillas del señor y otros objetos de valor. El jueves en la mañana, sin pensarlo mucho, agarró todos los relojes y lo que pudiera valer buen dinero. Al tomar los objetos se dio cuenta de que había un sobre amarillo pequeño, discretamente colocado debajo de la caja de uno de los relojes. Lo abrió y vio varios billetes que no eran pesos, eran verdes de a cien. Los tomó sin contarlos. Todo aquello debía dejar tranquilo por un tiempo al abogado. Ya había considerado que, si se tenía que prostituir, lo haría, pero no permitiría que le hicieran nada a la familia que la había aceptado en su hogar. En cuanto a las joyas y los relojes sabía que eso le crearía un problema, tendría que hablar con la señora Anna, era consciente de que podía acabar en la cárcel. En esos momentos, ya no pensaba, tan sólo actuaba; la vida del hijo de su patrona iba por delante.

Metió todo en una bolsa del súper envuelto en periódico, para que no se viera lo que traía; lo último que necesitaba era que le robaran aquello.

Salió disparada, esta vez sin siquiera despedirse del portero. Se le hacía tarde para encontrarse con el abogado a las diez en el lugar de siempre.

Llegó jadeante, sudada. Guadalupe no estaba, quizá ya se había ido. Era probable que hubiera pensado que se había escapado Berta y que al no verla decidiera cumplir sus amenazas. No, no podía ser, sólo había llegado unos pocos minutos tarde, a lo mejor era cosa de esperarlo. Tendría paciencia. Preguntó la hora a una señora que empujaba una carriola, como la de los cuentos: las 10:06. No, ella había llegado hacía unos minutos, a tiempo, no era tarde, sólo era su imaginación la que jugaba a costa de su propio miedo.

Lo esperó. Siguieron pasando los minutos, se le hizo una eternidad, preguntó la hora de nuevo: 11:15; había pasado mucho tiempo, le dolían la espalda y las piernas. No entendía qué pasaba. Seguro el abogado llegaría en cualquier momento junto con la policía y la detendrían; con lo ladino que era, seguro sabía que ella se había robado relojes y joyas de la casa y eso le serviría para acusarla doblemente. No podía esperar nada bueno de aquel hombre.

Se apoyó en un árbol y el tiempo se deslizó a lo largo del parque. La sombra del árbol se movía poco a poco. Berta la seguía con la mirada: un pedazo de tranquilidad, cuyos inquilinos eran pájaros que revoloteaban de un lado a otro; mucho verde y olor a humedad, rico, como de pasto recién cortado. Una abeja se le acercó, les tenía pavor, casi se fue corriendo. Había pasado mucho, mucho tiempo. Volvió a preguntar la hora, esta vez a un señor viejito que tardó siglos en calzarse las gafas y ver con mucha calma su reloj y agarrar fuerzas para decir en voz alta que eran las doce del día.

Un pensamiento pasó por su cabeza, quizás el abogado maldito había ido directamente por Jaimito, seguro pensó que Berta sería incapaz de juntar los dieciocho mil pesos y había decidido actuar. Quizás el pobre de su chamaco estaría camino de ser tasajeado para aprovechar cada parte de su cuerpo, como en carnicería; debía correr y dar la voz de alerta antes de que fuera muy tarde; nunca se perdonaría que, por su culpa, por su maldad, por su deseo de venganza contra

Francisco, su marido, un niño inocente tuviera que pagar por ello. Tenía que decirle a la señora, ¡ya!

Llegó a la casa sofocada, buscó en el refrigerador el post it donde estaba escrito el teléfono celular de la señora; habría que hablarle para avisarle del peligro que corría el pequeño Jaime. Si le pasaba algo, no se lo perdonaría.

—Señora, por favor, Jaimito, le van a hacer daño.

—Berta, calma. ¿Quién?, ¿cuándo?, ¿cómo?, ¿por qué dices eso?

—Tiene que ir por él a la guardería y traerlo a la casa, por favor. Acá le explico, pero hágalo.

—Berta, estoy en el súper con Jaimito, pasé por él a la guardería porque me dijeron que había uno de los niños enfermo y no querían que se contagiara y… lo veo muy bien —dijo, en tono de sorna.

—Gracias a Dios, gracias Diosito, gracias Virgencita, por protegerlos —gritaba como histérica.

—¿Estás bien, Berta?

—Sí, señora, se lo explico todo cuando usted regrese.

Berta le contó a Anna toda la historia, mientras Jaime dormía como un santo en la cuna. Anna no podía cerrar la boca al escuchar a Berta, quien parecía que acabaría deshidratada de tanto llorar.

—¿Por quién me toma? Por un pueblerino, ¿verdad? —la cara del *licenciado* Guadalupe Sánchez mostraba extrañeza, esta vez era real. Dos tipos de mala cara y peor vestir le guardaban la espalda a Eufemio.

—¿Por qué lo dice, señor Delgado?

—Mucho dinero de mis bolsillos, pero ninguna noticia de la perra que mató a mi hermano.

—Todavía no la localizamos, pero ya la tenemos cercada —Guadalupe Sánchez se mostraba frío.

—¿Cercada?

—Sí. Significa que sabemos dónde se está moviendo. La tenemos ubicada en la colonia Del Valle. Yo creo que en cosa de una semana ya se la puedo entregar, tal como quedamos. Por lo pronto, para dar ese último salto, vamos a necesitar un poquitito más de dinero.

—¿Entonces ya la tiene ubicada?

—Es un hecho. Ya los ministerios públicos están sobre ella —trató de apaciguarlo el abogado.

—¿Y su secretaria?

—¿Cómo?

—Sí. ¿Dónde está su secretaria?

—Se reportó enferma. Lo hace de tanto en tanto, cuando le da hueva presentarse a trabajar.

—¿Para qué la quiere? —preguntó Guadalupe, extrañado.

—Para nada, la verdad es mejor así.

—A ver cabrón, págale al lic lo qué todavía le debo —ordenó Eufemio.

Guadalupe no pudo disimular una sonrisa.

Uno de los acompañantes de Eufemio sacó un revólver de entre sus ropas y, justo cuando un coche hacía sonar el claxon con desenfreno, le soltó un disparo en la pierna. Éste gritó aterrado y confundido.

—A ver, hijo de tu puta madre. Me has estado choreando. ¿Por quién me tomas? Ya sabía que la secretaria no vendría hoy porque yo se lo pedí.

Guadalupe veía, con cara de pánico, sangrar su extremidad y cómo manchaba de rojo la alfombra que recuperaba su tonalidad perdida por los años.

—¿Me crees estúpido o qué? Ya la encontraste y no me lo has querido decir.

—¡Eso no es verdad! —alegó Guadalupe. Eufemio hizo una señal al mismo matón y éste apuntó a la otra pierna, amagando con disparar—. ¡No, no! —Guadalupe Sánchez se soltó a llorar.

—A ver, cabrón. Tu secretaria nos dijo que le contaste que

la habías encontrado y que le estabas sacando una lana, y aparte también a nosotros.

—Ella no sabe nada, habla por hablar —mentía Guadalupe, entre sollozos.

—¡Nos vas a decir en dónde esta esa golfa y de paso me devuelves todo el dinero que te he dado!

—Está bien, está bien, tranquilos. Yo les digo dónde está Berta, pero el dinero ya no lo tengo, pagué muchas deudas, pero se lo devuelvo —Guadalupe Sánchez estaba aterrado.

—*Pscht, pscht*. No, no, no. Yo quiero mi lana ahora y la dirección de la asesina de mi hermano.

—Les doy la dirección sin pedos, es verdad, ¡ya la localicé! ¡Sólo estaba confirmando que en verdad fuera ella y no otra parecida! —cerró la última palabra con un grito de dolor.

—Muy bien. La dirección y mi lana, que seguro tienes en la caja fuerte, abogadete de mierda.

—El dinero no lo tengo, sólo deme chance unos días.

—Seguro lo tiene escondido y se hace pendejo. Ya ve cómo son los chilangos, jefe.

—Es verdad. La lana de una vez, y te subes al carro con nosotros y nos llevas con la puta Berta.

Eufemio hizo una señal al matón quien, justo en el momento en que Guadalupe intentaba incorporarse, le disparó. La bala se alojó en el pecho del licenciado. Cayó con un alarido, quedó boca abajo mientras la sangre se derramaba a su alrededor.

—¿Qué hiciste, pendejo? ¡Era en las piernas, cabrón! Si te lo truenas no sabremos dónde está la perra —el gánster se quedó perplejo, tartamudeando.

—Es que, es que se movió.

Eufemio se abalanzó sobre Guadalupe Sánchez.

—¡Dígame dónde se esconde esa perra! ¡El dinero no importa, puede quedárselo! —Guadalupe dibujó una sonrisa burlona y quiso hablar, pero en vez de palabras salían borbotones de sangre. Eufemio trató de reanimarlo a base de zarandearlo, pero la sangre manaba sin control, también por los oídos y la nariz, mientras el licenciado perdía el sentido.

—¿Dónde, dónde se encuentra? ¿Dónde?

Guadalupe Sánchez se quedó inerte. Era constante la sangre que huía de su cuerpo. Eufemio le dio dos bofetadas, era inútil. Guadalupe se había ido.

Eufemio se sobó los globos de los ojos por un buen rato.

—¿Sabes lo que acabas de hacer, pendejo? —preguntó, sin dirigirse al asesino, quien sabía perfecto que la cosa era con él.

—El cabrón se movió, Eufemio.

—Acabas de matar al pendejo que sabía dónde está la puta de la Berta. Precisamente para lo que veníamos, para saber dónde chingaos estaba la zorra.

—¡El pendejo se movió! ¡Se movió el muy pendejo!

Eufemio sacó una escuadra de sus ropas y sin avisar le pegó un tiro seco en medio de la frente al matón, que lo hizo caer hacia atrás con las piernas abiertas.

—¡Vas y chingas a tu madre! —gritó, mientras vaciaba el cargador en el cuerpo del secuaz, quien a cada tiro parecía responder con un movimiento del cuerpo como si las balas estuvieran cargadas de electricidad. De cada agujero salía un pequeño hilo de humo, olor a pólvora, sangre y carne chamuscada.

El otro acompañante miraba la escena sin inmutarse. Eufemio jaló aire y le dijo:

—A ver, cabrón, quítales los relojes y carteras y todo lo de valor para que parezca un robo y larguémonos en chinga de aquí.

9

Habían pasado ya más de tres meses y el abogado no se había presentado para cobrarle. Berta siguió pensando que le había dado suficiente dinero y se había quedado conforme. Además, tal y como lo de los espías era mentira, capaz que ni conocía a Eufemio, quizás sólo escuchó la historia y dio con ella por casualidad.

Lo bueno, para Berta, era que al abogado trinquetero se lo había tragado la tierra.

La confesión con su patrona le había quitado un peso de encima. Anna la había animado, le había explicado que no era una asesina, que lo que había hecho era en defensa propia, cualquier día se le pasaba la mano al borracho y acababa matándola, que ya había sufrido mucho y que no merecía castigarse más con esos pensamientos de culpabilidad que la torturaban todas las noches, que era una buena mujer. En cuanto a la policía, no había de qué preocuparse.

Berta recuperó la tranquilidad, y de nuevo la vida regresaba a ella.

—Esto es México, Berta, aquí la policía no atrapa a nadie ni por casualidad. Mientras estés con nosotros no te va a pasar nada, yo no voy a permitirlo.

Aquellas palabras sonaban a paz, y paz era lo que Berta más deseaba en su vida. Quizá Dios y la Virgen sí la querían, y después del purgatorio tal vez, sólo tal vez, ahora le tocaba una vida tranquila. A lo mejor, se la había ganado.

Pasaron algunos meses más y aquello era el cielo para Berta. Cuidaba al niño, quien era su vida, veía la tele y Anna le había enseñado a usar internet y le había regalado una computadora que nadie de la familia usaba.

—¿No extrañas a tu mamá?, ¿no has sabido nada de ella?

—No, señora, ni modo que vaya al pueblo. Ahí sí me la juego a que me detengan o que me mate el Eufemio ese.

—¿Por qué no le hablas a tu papá por teléfono y le preguntas cómo está ella?

—Somos pobres, señora. En la casa no tenemos teléfono.

—Pero yo me acuerdo de que tu tía les hablaba de vez en cuando.

—Ah, sí, es verdad, a la farmacia que está en la cuadra de enfrente. Nos cobraban tres pesos por pasarnos la llamada, iba el chico a tocarnos.

—¡Pues háblale a tu pa!

—Pero no tengo el teléfono, señora, y quién sabe si sigan haciendo ese servicio.

—Deja ver. ¡Mira! Ya sabía que lo tenía anotado en la portada de un cuaderno de recetas de tu tía.

Berta leyó: *Farmacia de don Toribio 7165257782.*

—¡Vas, márcale a tu papá, mujer!

—No sé, no sé, señora, mejor mañana veo —contestó una desconfiada Berta.

Eufemio era odiado por muchos y temido por todos. Historias sobre sus maldades abundaban. Mujeres violadas, otras engañadas que acababan de prostitutas en algún tugurio barato en Toluca. Niños suyos abandonados, hombres que habían pasado por su escuadra, que cargaba sin disimulo, calzándosela en el pantalón, en la espalda, cubierta con la camisa ancha a cuadros. Le gustaba enseñar su poder cuando manejaba su *pick-up* roja a gran velocidad en el pequeño pueblo, levantando polvo y gritando: "¡Quítate, pendejo!". La gente del pueblo prefería esconderse y evitar cualquier encuentro con él.

El destino de Eufemio era inevitablemente la cantina del pueblo. Ahí ocurría la mayoría de las historias que luego retumbaban en las calles de Amatepec. Como aquélla en la que Eufemio andaba queriendo comprarle las tierras a un campesino del lugar. Era una parcela pequeña pero bien ubicada, cerca del río. Con el apoyo de un notario amigo suyo, amante del dinero sobre todas las cosas, Eufemio se apersonó en la cantina del pueblo e invitó a tomar unos tragos a Florencio Andrade.

—Véngase, don Florencio, yo le pago los tragos. Siéntese conmigo —y Florencio lo ignoró. ¿Quién le hace el feo a una peda gratis?

—Usted no regala nada, Eufemio. Estoy bien aquí.

—¡Mire lo que le traigo! —gritaba Eufemio para que todos en el lugar lo supieran—, un buen fajo de billetes de a quinientos —sonreía y mostraba tres dientes con fundas doradas, signo de poder y riqueza.

—Ya le dije que no le vendo mis tierras y menos con la miseria que usted me quiere pagar.

—Pero vamos a negociar. Ya sabemos que es un viejo necio, pero, mire, más vale que disfrute ahora de unos billetes que quedarse con su parcela pinchurrienta esa. Cuando se muera, se ve que eso está cerca, ¿qué va a hacer?, ¿se la va a llevar?

—Se la dejaré a mis tres hijos, es para ellos.

—¡Si esos gavilanes dejaron de ser pollos y volaron a México y lo dejaron más solo que nada!

—A Toluca —corrigió Florencio—. Haciendo una vida digna que no podían hacer en el pueblo.

—¡Lana ahora, para que la disfrute! —manifestaba Eufemio.

Florencio negó sin voltearlo a ver.

—Viejo pendejo —dijo en voz baja Eufemio, mientras hacía una seña desdeñosa con la mano—, esas tierras van a ser mías, sí o sí.

—Eufemio, apúrate, el desayuno se va a enfriar —rogó su madre, quien fue ignorada por completo.

Eufemio se levantó de mala gana, se sentía mal por los excesos de la noche anterior con el alcohol, tenía náuseas. Se vistió con la misma ropa del día anterior, y había pasado por su mente la idea de bañarse. *Ni madres con este pinche frío*, pensó.

Enfiló hacia el comedor de aquella casa de una planta con dos habitaciones y una sala comedor, con la cocina en el rincón. Se sentó y no vio a su madre, aunque le parecía escucharla barriendo la entrada.

—¡Mi desayuno, chingaos! —gritó, calándose el sombrero.

Su madre entró con sus pasitos acordes a su tamaño. Estuvo unos minutos en la cocina para regresar con un plato de huevos revueltos y un tortillero viejo de trapo que dejaba escapar el vapor de las tortillas recién calentadas. Lo dejó en la mesa mientras le dirigía una mirada a Eufemio. La camisa estaba manchada, podría ser barro, podía ser sangre, un color oscuro a la par que el alma de su dueño.

—¿Qué me ves? ¿Dónde está mi café?

Su madre le trajo un jarrito de barro con café de olla humeante.

—¿De qué son esas manchas? ¿Por qué no te cambiaste de ropa?

Eufemio reparó en que tenía las mangas manchadas. Se quitó de mala gana la camisa, para aventarla en el suelo.

—Lávala en chinga, que me la quiero poner en la tarde y ya tiene que estar seca y planchada.

—Uno se quita el sombrero para comer en la casa y se pone camisa —se quejó, a golpe de susurros, la mamá.

—Yo trago como me da la gana. Y ahora que lo dices, tráeme en chinga otra camisa. Ándele por hocicona, y rapidito que me cago de frío.

Su madre obedeció. Eufemio apenas podía abrir los ojos y sólo daba sorbos a su café. La madre regresó con una camisa. Eufemio se la arrebató. Parecía que el café hizo efecto porque lo despabiló. Apenas volteó a ver su desayuno.

—¿Qué es esto?

—Tu desayuno —contestó la madre, de nuevo en voz temblorosa.

—Serás pendeja. ¿No ves que estoy crudo? ¡Tráeme algo picoso!

—Te la vives crudo —se atrevió a decir la madre.

Eufemio se paró de repente, aventó el plato de cerámica barata que se hizo añicos en el suelo de cemento. Se dirigió a su madre. Ésta se cubrió la cara con los brazos. Eufemio hizo el ademán de pegarle.

—Che vieja pendeja. No te rompo la madre porque estoy muy crudo, pero si para cuando llegue a comer no me das algo decente, prepárate. Y, ¡ay de ti!, que a las tres que venga no esté mi camisa lavada y planchada —al decir esto azotó la puerta de metal y varios trocitos de cemento, como piedritas, saltaron. Su madre se quedó observando el plato roto; se agachó a recoger los pedazos. Por más que lo necesitaba, sus ojos se negaban a llorar, hacía mucho tiempo que se habían secado.

Las noticias en un pueblo tan pequeño se mezclan con los chismes, y lo que pase fuera de Amatepec, así sea una guerra mundial, no tiene la trascendencia de un buen pleito entre vecinos. Lo que todo el mundo platicaba era que habían encontrado muerto a don Florentino en su parcela.

El cuerpo, con el cráneo aplastado, reposaba muy cerca del río. El ministerio público había ido de mala gana a dar fe y a que levantaran el cadáver. "Accidente", fue su inmediata conclusión. El viejo seguramente había intentado subirse a alguno de los árboles y había resbalado. Ésa era la versión oficial, no había más.

Eufemio le dio la mano a su amigo el notario, mientras éste le extendía un sobre enorme color café, como los que usan los notarios, con papeles dentro.

—Aquí están las escrituras de la compraventa de los terrenos al lado del río, con la firma de Florentino. Todo en orden.

—No va a haber pedo después con sus hijos, ¿verdad?

—¿Cómo va a haber problemas si soy notario y ahí dice que doy fe que Florentino vendió sus tierras anteayer? Fíjate bien en la fecha. Como notario, Eufemio, yo soy la ley y ahí clarito dice que él te vendió la propiedad y que tú le pagaste el precio, todo legalito.

Eufemio le echó una ojeada al documento, nomás por encima, no iba a leer todo aquel rollo. Confiaba en el notario, y cómo no iba a hacerlo, era su trabajo muy bien pagado para que lo ayudara en aquellos menesteres.

—Pos vamos a la cantina a celebrar, ¿no, mi lic? Que para luego es tarde. Yo pago los tragos, pa' que vea que soy una persona agradecida.

—¿Qué crees, Berta? Te tengo una noticia.

A Berta no le gustaban las noticias, rompían la rutina, destrozaban la paz, la mejor noticia era que no pasara nada. La vida le había enseñado eso a punta de golpes y sufrimiento.

—Va a contratar a otra muchacha porque no trabajo rápido, ¿verdad, señora? Yo no necesito ayuda, si quiere me puedo levantar a las cuatro y empezar el quehacer, sin nadita de ruido para no despertar a nadie en la casa y, si quiere, ya no veo la tele para dormirme más tard...

—No, no, calla, mujer. No seas pesimista. ¡Son buenas noticias!

—Ah, pos dígame, que yo aquí la escucho.

—¡Jaimito va a tener una hermanita!

—¿Cómo? Pero ¿está usted...?

—¡Sí, estoy embarazada, Berta! A ti que te encantan los niños, ahora tendrás que cuidar a dos —Anna dejó escapar una carcajada, de esas que contagian y relajan al que se ríe como al que la escucha.

—¡Ay, qué felicidad! Dígame que no va a contratar a nadie más, por favorcito.

—Te prometo que te dejaré a ti solita con todo el trabajo. Al cliente, lo que pida, Berta.

—¿Cliente? ¿Cuál cliente, señora?

10

El doctor se había activado en modo empático para suavizar lo inevitable y no paraba de hablar mientras le mostraba a Eufemio una figura humana de plástico, a escala, con los músculos en rojo como si de agujetas trenzadas se tratara. Los colores estaban desgastados, quién sabe cuántas explicaciones cargaba a sus espaldas aquel pequeño muñeco desmontable. Los músculos primero, luego se veían las articulaciones y finalmente los huesos.

Eufemio lo oía y no lo escuchaba. Estaba obsesivamente atrapado mirando el cráneo de aquel muñeco; los ojos saltones, terroríficos. El doctor continuaba con su discurso. Su barba estaba mal rasurada y escasamente poblada, la bata blanca desabrochada con una gran mancha azul en el bolsillo donde colgaban varias plumas al punto de que éste se volteaba por el peso. Debajo, el logo verde del imss, con esa gran águila verde de los años cuarenta, que abrazaba y protegía a la familia. Valiente águila, de qué servía si a él no podía salvarlo, pensó.

Eufemio no soltaba ni un momento la mirada sobre la calaca, temía que fuera a atacarlo y llevárselo de una vez. Se sobaba el brazo lleno de cicatrices de tantos procedimientos médicos que le habían practicado: análisis, placas, visitas eternas en las que esperaba su turno hasta que no aguantaba lo duro del plástico de los asientos de la clínica, eso cuando raras veces había lugar para sentarse.

Le dio una arcada, la contuvo, estaba demasiado ocupado vigilando al muñeco que a él le parecía tan diabólico, que continuaba manipulando el doctor junto con una explicación interminable. *¿Cuánto lleva hablando?*, se preguntaba para responderse mentalmente: *Media hora quizás o a lo mejor cinco minutos.* Que más daba. Para colmo, el lenguaje del doctor le era totalmente ajeno: metástasis, analgésicos, efectos colaterales y demás palabras que no entendía. Lo que Eufemio pudo entender era que al parecer su hígado lo había traicionado; pensó que a lo mejor la gente tenía razón y de tanto tomar éste se iba a vengar un día, y ese día ya estaba ahí.

—Entonces, ¿ya me voy a morir? —interrumpió Eufemio al doctor, quien se vio obligado a levantar la vista y dejar de manipular el muñeco.

Antes de mirarlo a los ojos, sacó unos lentes que se calzó en seguida, no sin cierta torpeza, como tratando de ocultarse. Era joven y parecía que no tenía mucho tiempo diciéndole a la gente cuándo se iba a morir.

—Hay tratamientos, pero el tipo de cáncer que tiene se le pasó al hígado. De ahí todo se ha complicado muchísimo.

—Tratamientos, tratamientos… ¿Es esa basura que me hace vomitar todo el tiempo y me va a dejar más calvo de lo que ya venía?

—Sí, tiene sus efectos colaterales… El chiste es no rendirse, señor Delgado.

El doctor dijo eso sin el menor convencimiento.

Encima de pendejo por no poder curarme, mal mentiroso, pensó Eufemio.

—¿Cuándo?

—De tres a… seis meses —dijo el galeno, mientras bajaba la mirada.

A Eufemio le quedó muy clarito que eran tres, si bien le iba.

—No voy a regresar a que me den sus pinches venenos que sólo van a ayudar al puto cáncer a matarme más. A mí no me dejan hecho una piltrafa.

—No pierda la fe, señor Delgado —dijo el doctor, quien la había perdido desde la primera sílaba pronunciada aquel día.

—Eufemio, alegra esa cara, te traigo un regalo —dijo uno de los policías municipales de Amatepec, uno de los tantos que Eufemio Delgado tenía en su bolsillo. Éste arqueó las cejas y lanzó una mirada cansada y de pocos amigos; tenía el cabello escaso y totalmente cano, arrugas, muchas arrugas, aparecidas recientemente, poblaban su cabeza; el cáncer se lo estaba comiendo y parecía que tenía prisa.

—¿Qué chingaos quieres? —replicó, al tiempo que mantenía el cigarrillo encendido entre sus labios; la ceniza se desbarataba de la misma forma que Eufemio.

—Una noticia que quieres escuchar.

—Ya dime, cabrón, déjate de hacerle a la mamada.

—La asesina de tu hermano llamó hoy por teléfono a la farmacia.

—¿Qué? ¿Cómo? ¿De qué chingada farmacia hablas?

—¡Tranquilo, toro! No te me atrabanques —contestó el municipal, un tipo delgado, moreno y alto.

—Mira, pendejo, aunque me esté llevando la chingada, todavía me quedan fuerzas pa' ponerte un plomazo entre ceja, oreja y madre —dijo Eufemio, resoplando por el esfuerzo. El policía municipal continuó sin hacerle gran caso.

—Estaba comprando unos cigarros cuando oí que le decían al mocoso de la farmacia que fuera a buscar al señor Maldonado.

—¿Quién es ese puto?

—El padre de Berta, la asesina de tu hermano. Me quedé un rato haciéndome el loco y regresó el chamaco corriendo que no estaba el señor, tons oí al güey de la farmacia que le decía que llamara mañana a la misma hora, que le avisarían hoy en la tarde para que esperara mañana la llamada.

—¿Y luego?

—Eufemio, ¿quién chingaos va a llamar desde México a ese viejo?

—¡Berta! —contestó, contagiado por la emoción del mensaje.

—La pendeja no dijo que era ella, sino la señora Seler, o no sé quién, pero a güevo que era ella. ¿Quién chingaos le va a hablar al viejo si ni amigos tiene? Mañana a las cuatro apañamos al ruco y hablas con tu *cuñadita*.

—Cuida tus bromitas y no te pases de pendejo. No sea que llegues al infierno unos días antes que yo.

El policía municipal sonrió burlonamente y soltó un silbido. Desde la condena a muerte que la naturaleza había sentenciado a Eufemio, el temor con que había mandado sobre los demás se iba extinguiendo de a poquito, al igual que pasaba con su vida.

Quince minutos antes de las cuatro ya estaba Eufemio en la farmacia, recargado sobre el cuarteado mostrador de cristal burdamente reparado con cinta canela.

—Cuidado, don Eufemio, no se vaya a romper y se me lastime —dijo la señora, que atendía la farmacia, de manera muy suave.

—Ni usted ni nadie me dicen a mí lo que debo o no debo hacer, ¿me entendió? —dijo Eufemio mientras exhalaba una nube de humo de su cigarrillo que parecía una explosión nuclear en miniatura.

La señora iba a decir algo o pedir disculpas, pero Eufemio hizo la señal con el dedo de que se quedara callada. Ésta optó por retirarse atrás de los anaqueles donde estaban las pocas cajitas de medicinas con que contaba aquella farmacia de Amatepec.

El papá de Berta llegó puntual a las cuatro. Sonó el teléfono; la señora de la farmacia reapareció desde detrás de los anaqueles y contestó:

—Sí, sí, aquí está; ahoritita se lo paso —en ese momento, Eufemio le arrancó el auricular a la señora.

—Hola Berta, habla Eufemio —dijo de corrido—. No me cuelgues o me chingo a tu jefe en este mismo momento —el padre de Berta lo veía con ojos cansados y total resignación. Además, ¿qué modales eran ésos?—. Mira, te hablo al chile y no nos andamos con pendejadas. Ya tuviste tus vacaciones, después de haber matado a mi hermano. Te toca regresar aquí, al pueblo.

Berta, al otro lado de la línea, no hablaba. Sostenía el teléfono inalámbrico junto al ventanal de la sala y miraba el verde panorama que la altura del edificio ofrecía sobre el parque. No había nadie en casa. No sólo no hablaba, no respiraba. Berta deseaba no existir, desaparecer, convertirse en ceniza, no haber llamado; mejor aún, no haber nacido nunca. Pero nada de eso era posible. Para ella, Satanás llamaba a la puerta y no había forma de hacerse la despistada; de nada servía no hacer ruido para que pensara que no estaba: la había encontrado, y esta vez no iba a soltarla. Esta vez no tendría tanta suerte como la había tenido con Guadalupe Sánchez, el licenciado que la había extorsionado.

—¿Qué? ¿Te comió la lengua el ratón? —preguntó Eufemio soltando una descarga de tos y flemas que parecía que en ese mismo momento se moriría, jaló aire con furia para intentar seguir viviendo, entre tosido y tosido. Berta escuchaba lo que para ella eran ruidos emanados de un ser de ultratumba—. Ah, qué Berta tan cabrona, pues —dijo un Eufemio algo recuperado, mientras hacía una pausa para encender un cigarrillo.

El papá, con la mirada gacha, hacía como que pateaba el piso, limpiando una basura inexistente. Eufemio, lejos de estar ansioso, disfrutaba el momento, por lo que dejaba pasar el tiempo; aquello era control puro, tenía los hilos del mundo, pasaría no lo que Dios quisiera, sino lo que él decidiera.

—Vamos al grano, pinche zorra —dijo, mientras jalaba con fuerza los mocos desde su garganta y los expulsaba con fiereza hacia la calle—. Mañana te veo aquí, a esta misma hora, en casa del viejo y de tu mamita, para que discutamos sobre la muerte de Francisco. Si te da por no venir, mañana, a las cuatro y un minuto, los dos van a estar bien muertitos. Pero eso, eso no es lo jodido, cabroncita, lo jodido es cómo van a morir: poquito a poco. ¿Has visto a alguien cómo se muere cuando es ahogado con un alambre? Pos si no te ha tocado, te lo voy a dejar filmadito y te regalo el pinche celular en donde lo voy a grabar. Mataste a mi hermano, ahora te vas a chingar a tus propios padres, ¿o vas a venir a enfrentar aquello de lo que te has estado escondiendo? Tú dices —y colgó el teléfono.

—Si no viene, no importa. Podemos saber desde qué número habló y conseguir la dirección en México —dijo el larguirucho municipal que le había dado el pitazo a Eufemio.

—Neeeeel. Esta cabrona ahorita se está limpiando la caca del susto, no tiene pierde, mañana la tenemos en casa del viejo, ¿o no, cabrón? —preguntó al papá de Berta.

El viejo continuaba con la cabeza gacha, al igual que el alma; hizo un movimiento que pretendía ser de asentimiento. La señora de la farmacia, que había estado escuchando la conversación, optó por perderse en el patio trasero y evitar cualquier contacto con el matón del pueblo. Sabía que con Eufemio cuanto más lejos, más seguro. El padre de Berta regresó a su casa arrastrando los pies todo el camino; sabía que probablemente no viviría para contar un día más y, si por suerte lo hacía, era sólo para ver cómo su única hija sería asesinada delante de él y de lo que quedaba de su mujer.

—Vamos a chingarnos unos alcoholes, que hace mucho calor —justificó Eufemio, dirigiéndose al policía municipal. Éste asintió y celebró con una carcajada lo que ni chiste era, pero no había que dejar pasar la oportunidad de aplaudirle lo que fuera a Eufemio Delgado, sobre todo ahora que estaba tan cerca de la tumba.

Sorpresivamente, Berta no estaba asustada ni siquiera temerosa; por el contrario, sentía alivio. Aquello que había temido y por lo que se había escondido aterrada, la había encontrado. Sus mayores miedos habían tenido la forma de Eufemio y ahora que éste la había localizado no habría otra, y eso le daba alivio. Y es que no hay cosa peor que contar con alternativas, elegir entre una cosa y la otra; el miedo a errar, a pagar las consecuencias por una mala decisión era algo por demás estresante. Ahora la muerte había hecho una cita con ella, por fin había soltado el lastre de mucho tiempo. Serían ella y su destino: Berta contra el fantasma de su torturador, Francisco disfrazado de Eufemio, y ella enfrentándolo una vez más.

Lo tenía más que decidido. No dejaría que tocaran a sus papás, moriría con dignidad, y si podía llevarse a Eufemio con ella, mejor. Berta desconocía que en pocos meses Eufemio moriría, él ya tenía su boleto de ida al infierno.

No necesitó preparar mucho su escape de casa de la señora Anna. No había que dar explicaciones ni mucho menos herir a aquella familia que la había apoyado.

Simplemente huiría. Sabía que no volvería a aparecer por aquella casa. Si bien le iría, Eufemio la mataría rápido, su furia podría más que su deseo de verla sufrir. Por la mente de Berta pasaba la idea de que el demonio se haría cargo de ella; la Virgencita la había protegido cuanto había podido, pero para ella lo que había hecho la hacía vulnerable e imposible de perdonar.

El diablo estaba cargado de negras razones para llevársela. Si Eufemio no acababa con su vida, entonces quizá podría ser todavía peor: la policía la detendría, la acusarían de homicidio y le tocaría pagar con el resto de sus días, aventada, hacinada, con miles de mujeres culpables de ser pobres como ella, en esos hoyos húmedos, malolientes y helados que en México llaman cárceles.

Así, aquel martes en la noche Berta durmió, no podría decirse que plácidamente, pero de manera muy distinta a las noches en vela que pasó aterrada por lo que ella imaginaba como seres malignos que rondaban su habitación y que vivían debajo de su cama como sombras sin control. Esta vez habían desaparecido, estarían camino de Amatepec, no podían perderse la cita del día siguiente a las cuatro de la tarde; por ello y por una sola vez, aquella noche la habían dejado en paz.

A la mañana siguiente, Berta se había conducido con toda normalidad, sin nervios ni angustias. Le dio de desayunar al niño, regordete y bendecido por la vida porque a él no le tocaba lidiar con las desgracias que perseguían a muchos; sus mejillas rojas daban cuenta de que en aquella vida no le faltaba nada y que en ese ser diminuto no había cuentas pendientes que cobrar. Lo dejó en la camioneta de la guardería y le dio su beso de siempre, ni enternecido ni de despedida, un beso normal, un saludo normal al portero, una vida normal ya que ella esperaba su destino, como sus antepasados aztecas, listos para escalar la pirámide, mostrar orgullosos el pecho ante el inminente sacrificio. Su corazón era necesario para que el sol volviera a nacer de nuevo. Por ello no tenía sentido oponerse a lo inevitable, la vida era así, había que obedecer, punto.

La hora había llegado y Berta también. Se había bajado del pesero que la había transportado de la estación de autobuses de Toluca a su pueblo, el mismo que había tomado meses atrás para huir de Amatepec y alejarse lo más posible de aquel cadáver inmundo con el cráneo machacado.

Ya en su casa, su madre, en silla de ruedas, miraba fijamente al fondo, a una pared que intentaba ser blanca. Su padre mantenía la vista en el suelo, con su sombrero campesino atrapado en sus manos, recorriendo sus bordes deshilachados con las manos nerviosas, cobijado con una chamarra de piel café claro, casi tan vieja como él. Los dos amigos de Eufemio, policías municipales del pueblo, esperaban de pie, con sonrisa socarrona y harta sed de ver una muerta, o al menos de detener a una asesina, no sin antes propinarle una buena golpiza. ¿Por qué? Nomás porque así son las cosas en México, las cuales se elevan a una potencia inimaginable en las zonas rurales.

A pesar de jugar su rol de matones, no se habían tomado la molestia de vestirse de civiles; permanecían con el desgastado uniforme azul de policías municipales.

Sentado de manera extraña en uno de los sillones, con una pierna sobre el reposabrazos, estaba Eufemio, fumando; había varias colillas tiradas en el suelo de cemento.

A Berta no le pasó desapercibida la apariencia cadaverosa de Eufemio. Era la muerte encarnada. Lo vio como una fotocopia arrugada del hombre que había visto la última vez.

—Ya llegó la asesina de mi hermano, bien puntualita ella. Pásale, estás en tu casa —dijo Eufemio poniendo énfasis en las dos últimas palabras y dejando salir poco a poco su veneno—. Sabes, se me antojaba por una parte que no vinieras, para poder darle salida a estos dos. Bueno, tu jefa ya se murió desde hace tiempo. Lo que pasa es que nadie le ha avisado —los policías municipales celebraban de manera exagerada la gastada broma.

Berta apretó los dientes; de la calma pasó, sin escalas, a un estado de rabia.

—Veo que a ti ya te están llamando del infierno, y me da gusto. Mírate nomás, hasta pareces un niño de lo flaco que estás.

—¡Más respeto, perra! —grito uno de los policías, mientras le soltaba una bofetada. Berta cayó al suelo y se golpeó en la frente. Sangre por duplicado en su cara.

—Tranquilo, Bulldog, si estamos chupando tranquilos, ¿qué te pasa? —dijo Eufemio, mientras aventaba con dos dedos la colilla a lo lejos—. ¿Sabes qué? Ya lo pensé bien —se dirigió a Berta al tiempo que se incorporaba con dificultad, el aire no le sobraba—. Además de matarte hoy a ti, le va a tocar a tus viejos. No puedo dejar testigos. Éstos sí, porque son la ley —dijo refiriéndose a los policías—, pero tus viejos... —concluyó la frase con un silbido—. Bueeeeno, bien pensado, sólo me echo a tu papá. El vegetal puede quedarse en su silla de ruedas, así se pudre solita, sin nadie que la cuide.

—No, Eufemio, capaz que se repone la señora por el susto y te delata —dijo el uniformado que había golpeado a Berta.

—Ah, si serás pendejo —clamó Eufemio—. ¡Esta vieja no despierta ni con dinamita!

Berta se puso de pie. Bien erguida. Desafiante. Sabía que moriría, pero no de manera lastimosa y rogando piedad. La muerte se la llevaría con la cabeza bien alta.

—A mí mátame, pero deja en paz a mis papás. Ellos no han hecho nada.

—¿Cómo no? Te trajeron al mundo, cabrona, y tú te llevaste a mi hermano.

—Era un maldito, todos saben que me golpeaba regacho —masculló Berta.

—¿Y eso qué? Eres mujer, ¿no? ¿Pa' qué te casas si no ibas a aguantar lo que te toca? Pinches mujeres, me cae que no sé para qué chingaos las hizo Dios.

—Pa' cogérnoslas —dijo el policía que no había abierto la boca mientras se metía la mano dentro de sus calzoncillos—. ¿Y si me deja que me la tire, patrón? Igual se va a morir.

—No seas culero. Aunque sea una asesina es la esposa de mi hermano. Más respeto, cabrón —el policía puso cara de extrañeza—. Bueno, pos pa' luego es tarde —dijo Eufemio—. ¿Qué pedo, Berta? Primero una buena madriza y luego te matamos, ¿no?

Uno de los policías se le acercó levantándola por el cuello. Berta pasó del rojo al morado en cosa de segundos.

No sabía si le dolían más los golpes o la furia interna que se rebelaba. Berta se desbordaba de rabia que la quemaba peor que las bajezas de aquellos tres. Se sentía mal; además de avergonzada, se apenó por sus padres que estaban presentes en aquel episodio de humillación.

De pronto, deseó que se le detuviera el corazón, que parara, que dejara de funcionar y Diosito le diera la gracia de la muerte, con tal de restarle placer al sádico de Eufemio. Ya tendría tiempo de saldar cuentas en el infierno con él, con el mismísimo diablo como árbitro en la que sería una pelea pareja, no como ahora, con esos dos haciendo la labor que un famélico Eufemio ya no podía.

—No se les pase la mano y me la maten de un golpazo. Yo voy a ser el que se la va a chingar.

El vestido de Berta se iba deshilachando y se rompía, igualito que su cara y su alma. Eufemio se incorporó como pudo y, dirigiéndose al padre de Berta, le dijo:

—Ya es hora. ¿Ya está listo para ver morir a su engendro? —sacó a relucir una sonrisa burlona, enseñó unas encías débiles de las cuales colgaban, como con hilos, unos dientes que chocaban entre ellos.

—Pónganla de rodillas, que muera como un pinche cerdo.

Uno de los policías municipales le soltó una certera patada en la pierna haciéndole perder el equilibrio. Berta cayó pesada, ahora sí sintió que se la iba a llevar la muerte.

—Adiós, putita —el aliento de hombre semimuerto le olió a Berta a azufre. Éste le puso la pistola en la cabeza—. Hagan sus apuestas, señores. ¿De qué lado saldrán volando los sesos? —los dos policías se apartaron instintivamente. Berta se encomendó a la Virgen de Guadalupe, a quien a veces le había dado por apiadarse de ella.

Eufemio tenía los ojos desorbitados. Vio a los dos policías de rodillas. No entendía. Uno lloraba suplicando. Escuchó entre el pitido ensordecedor de sus tímpanos un ruego desesperado: "Tengo un hijo, ¡por favor!". Luego, un fogonazo y el policía cayó como si lo hubieran aventado de un segundo piso. El otro policía se orinó del miedo, se le vio clarito en sus pantalones azules.

Eufemio sintió un escalofrío, una ráfaga de aire helado. Era la muerte que había pasado llevándose de los pelos a uno de sus compinches. Escuchó una detonación lejana; el que se había orinado se había ido también. Su figura, apenas reconocible, yacía grotesca en el piso, sin un alma que quizá nunca había tenido.

Eufemio se palpó su escuálido pecho y sintió la mano empapada. La vio, era sangre, no roja, sino negra, muy negra y, lo peor, era la suya. ¿Estaría muerto? ¿Qué había pasado?

Sintió una especie de alivio, que al segundo se convirtió en terror al ver a su madre, quien con sus pequeñas manos empuñaba el revólver que había sido de su padre. Una pistola que cargaba muchos muertos en su cuenta.

—¿Qué te pensabas, pendejo? —se oyó una voz cansada, apenas perceptible, que se abría paso a través del zumbido en los oídos de Eufemio.

Aquello no podía ser, su mamá. No era la viejita a la que nunca habían respetado ni Francisco ni su padre, y mucho menos él.

—Francisco golpeaba a esta pobre como tu maldito padre me golpeaba cuando estaba borracho. Y tú saliste igualito a él, un jodido matón. Yo creo que por culpa de los madrazos que tu padre me dio en el estómago cuando estabas ahí. Por eso saliste así. Cuando se fue al infierno el maldito pensé que me había salvado de las madrizas, pero entonces llegaste tú, borracho, a desquitarte con tu propia madre a golpes. ¿Qué hijo le hace eso a una madre? Dime, desgraciado, ¿quién? —hizo una pausa para jalar el poco aire que necesitaba para llenar sus diminutos pulmones—: ¿Y qué madre le hace esto a su hijo? —se carcajeó como las brujas de los cuentos. Sus ojos lucían vidriosos, oscuros y grandes en un cuerpo tan menudo, tan castigado por el sol, el polvo, la tierra y la vida—. Pero ya no vas a madrear a nadie más.

Eufemio estaba y no estaba. Por momentos lo abandonaba la conciencia; había perdido mucha sangre su cuerpo tan frágil. Eran segundos que parecían eternidades en pacas bien comprimidas, como las de la paja para los animales.

En un momento de lucidez, recordó a su mamá, a su propia madre, entrando en la casa; recordó haberla visto y haberle gritado que se largara; recordó haberla insultado; recordó que, de la nada, había sacado un revólver casi tan grande como ella. Luego recordó que creía que era un mal sueño, que no tendría fuerza suficiente para jalar el gatillo y percutir aquel cañón; recordó el estruendo y la llamarada; recordó el calor quemante en su pecho; recordó desmoronarse. Volteó confundido buscando a una Berta aún más confundida, quien yacía en el suelo, se había arrastrado instintivamente a los pies de su papá, quien tenía los ojos muy abiertos y había dejado caer su sombrero como si le fuera a estorbar, cuando le llegara su turno.

—Lárgate, antes que venga todo el pueblo —dijo la anciana.

Berta se paró de golpe y se dirigió a la puerta, no por decisión sino por puro instinto de supervivencia. Abrió la puerta de metal, volteó a ver a Eufemio, sentado, descompuesto sobre un charco de sangre. Tenía la mirada perdida de aquel que, por mucho que le expliquen, no entiende lo que pasa.

Berta vio a su madre reflejada en el cristal de la puerta: no había movido un músculo desde que llegó y seguía observando la pared blanca a lo lejos. Finalmente, encontró la mirada de un padre avergonzado, humillado y quizás arrepentido por el desprecio con que siempre la había tratado. Ella quiso despedirse con la mirada; él sintió la acusación, el remordimiento y la pena, por lo que cerró los ojos. Se puso rojo, muy rojo, de vergüenza y culpa, mucha culpa.

Berta no quiso ver a la mamá de Eufemio. Quería olvidar todo aquello desde aquel momento; salió corriendo. Después de varios minutos llegó al borde de la carretera, se notó empapada: caía una tormenta, truenos como balazos o balazos como truenos se escuchaban uno tras otro. Se subió al pesero, pagó diez pesos, el precio por salir de aquella pesadilla para siempre.

Su madre lo miraba casi con curiosidad, sin soltar el revólver. A pesar de que a Eufemio no le quedaba nada de vida, su mente se oscurecía, veía todo negro; de repente regresaba, aquello era como pequeños anticipos que la muerte le iba dosificando, quien en aquellos pestañeos, lo invadía con un frío terrible, le anunciaba que se iba de este mundo.

—Cuando lo veas, me saludas al marica de tu padre.

Eufemio miró una boca pequeña con apenas dientes. Escuchó el tronido. Se bajó la cortina. Oscuridad absoluta. Se escuchó la nada total, hasta el frío terrible había salido despavorido.

Estaba él solo, bien muerto, con un hoyo en la cabeza. La puerta metálica estaba abierta, el aire soplaba metiendo chorros de lluvia dentro de la casa, borrando las huellas de sangre de la entrada, como si las nubes no quisieran que nadie supiera lo que había pasado.

Todo había acabado. Dos policías yacían en el piso, perforados sus cuerpos, esas extrañas bolsas color carne que contienen sangre, huesos y líquido que espera la primera oportunidad, el primer pinchazo, para huir de aquel envoltorio.

Un enfermo de cáncer muerto. La mamá de Berta mirando hacia la nada y el papá, de nuevo, con el sombrero entre sus manos, sin ánimos de hacer nada, envidiando la suerte de los tres que estaban tendidos sobre su sangre húmeda.

La tormenta caía sobre el pueblo, disparando sus rayos y amedrentando a sus habitantes con sus truenos. Berta llegó a la estación de autobuses. Se palpó el vestido, estaba seco como si nunca se hubiera mojado; se sintió ligera, muy ligera, parecía flotar al bajar del pesero y, cómo no, si atrás había dejado un puñado de demonios.

Esta vez no tendrían oportunidad de esconderse debajo de su cama, nunca más.

FIN

Business dinner

1

—Narciso, ¿sabes qué es el amor?

—¿El amor? —preguntó, extrañado.

No le di tiempo de reaccionar, ya que se trataba de una pregunta retórica.

—Te lo voy a explicar: A quiere con B, éste quiere con C, C quiere con D y D… ¿Qué crees? ¡Exacto! Quiere con A. Nadie es feliz y todos quieren lo que no pueden tener, ¿te quedó claro?

Narciso hizo una mueca.

—Ya andas pedo, ¿verdad, compadre?

Yo sabía que no podía esperar gran cosa de él, verde como la campiña escocesa, recién salidito del horno de la panadería de abogados de la Universidad Autónoma de Nuevo León. Apenas llevaba dos meses en la empresa en la que trabajábamos y mi misión era convertir a ese ser en un elemento valioso del departamento jurídico. Pero ahí vamos, cocinándolo a fuego lento y envolviéndolo en periódico por las noches a ver si así madura.

La empresa donde trabajamos no podía ir mejor, y la planta como el personal aumentaban, *literal*, a diario. Mi jefe, el licenciado Bouchot, confiaba en que yo podría hacer de Narciso un clon mío, que trabajara como degenerado y sacáramos a la empresa de cualquier atolladero legal de los muchos en que conseguía meterse todos los días.

El licenciado Bouchot no dejaba pasar la oportunidad de enseñarme la gran zanahoria que estaba a lo lejos en mi futuro.

—Tú eres mi sucesor, José Arturo, no lo olvides —y ahí está su charro cantor deslomándose doce horas al día, *construyendo equipo*.

¡Por cierto! Soy José Arturo Elizondo, se me pasó presentarme. Después de recitarles todo lo malo de la película, debo confesar que me gusta mucho mi vida. Disfruto mi trabajo, no soy un tipo estirado; por el contrario, me la paso echando desmadre. Cuando vamos a discutir nuestras demandas con los jueces, cuento un chiste y el magistrado se muere de risa y acabamos ganando el caso. Mi jefe me quiere, no gano mal y me cambian de carro cada tres años. Convencí a los de *rebuznos humanos* de comprarme un Audi A3 si yo pagaba la diferencia y aceptaron. Poco tiempo después se enteró mi jefe y que les pega una regañiza. No tuve que poner un clavo por el cochecito nuevo. ¿Mujeres? No sé si les dije que no me faltan, pero para ser honesto, tampoco me sobran. Si saben de alguien, pónganme en la lista, *please*.

Viajo seguido al corporativo que está en Chicago. *Está con madre* allá y encima los gringos me aman, siempre les chuleo su ciudad y les digo que, hasta cuando hace frío, me late. Un día por hocicón pisé lo que llaman *black ice*, ya me habían advertido que me fijara al caminar, pero yo me sentía un padrote invencible y me di un buen golpe justo a la hora en que todo Chicago salía a comer el lunch; tuve más audiencia que un partido de los Osos en un día soleado y templado. Aunque me quise parar de volada haciendo ver que no había sido nada, no pude. Me luxé el tobillo, y si quería pasar desapercibido logré todo lo contrario. Alguien llamó al 911 y llegó un enorme camión de bomberos con su sirena y todo. Vamos, poco faltó para que el suceso apareciera en el *Chicago Tribune*. Obvio, a partir de ahí, en la oficina gabacha me querían más, se sentían un poco culpables de que encima que les echo flores a su ciudad, ésta me había partido la pata.

Como les digo, mi vida funcionaba a todo dar, hasta que mi jefe cometió la temeridad de dejarme elegir el restaurante a donde iríamos a cenar para despedir a los visitantes gringos que habíamos tenido toda la semana, y es ahí donde se regó el tepache.

Eran cuatro. Entraron empujando las mesas a su paso e inundando el restaurante de gritos. Eran las 11:53 de la peor noche de Monterrey. Los delincuentes se colocaron en unos segundos, distribuidos de forma estratégica, por todo el restaurante.

—¡Esto es un asalto, hijos de la chingada! —gritó uno de ellos. Otro se ubicó en nuestro lado del salón, repitió algo parecido, como si de eco se tratara.

Guy se volvió hacia mí con una mirada que suplicaba una explicación, yo estaba más que confundido. La confusión se me quitó con un golpe en la espalda, imagino que con la culata de una pistola, el cual me hizo caer arrodillado al suelo. Me incorporé temblando sin entender qué pasaba; me senté de nuevo. En ese preciso segundo me quedó claro que no tenían problema alguno en pegarnos un tiro. Lo mío no había sido personal, había sido elegido al azar, al igual que otros en el restaurante. Sin dejar de sobarme, volteé a ver discretamente al que me había pegado.

Era un tipo moreno, joven, de estatura mediana tirando a bajito, pero fornido, peinado hacia atrás con mucho gel, de forma que sus bruscos movimientos no eran suficientes para mover su cabellera adherida como el pelo de un muñeco *Ken*.

Mis manos temblaban a la par que el resto de mi cuerpo, mi corazón iba a mil. Miré rápidamente a Narciso, a mi jefe y a los dos norteamericanos. Los cuatro estaban aterrados. Sus rostros estaban descompuestos, cuatro obras de Edvard Munch.

Mi cabeza empezó a dolerme como si me estuvieran inyectando en las sienes, los oídos me sonaban durísimo mientras el restaurante empezó a dar vueltas, los síntomas típicos de cuando me voy a desmayar; y por un momento, me sedujo la idea.

Aquello era un completo caos. Ni Rafael ni Andrea entendían lo que estaba ocurriendo en el restaurante.

Al escuchar los primeros tiros, que sonaban como explosiones estallando en sus oídos, Rafael y Andrea empezaron a entender que aquello era un asalto. La realidad les propinaba sus bofetadas de entendimiento. Sonidos mortales cuyas balas vomitadas con fuego se alojaban en el techo del restaurante, reventando unos candelabros, generando una lluvia de cristales, como Pancho Villa durante la Revolución irrumpiendo a caballo en la cantina de la Ópera.

El caos era el dueño del lugar y de las almas de los infelices a los que les había tocado estar ahí, aquella noche.

Andrea no lo podía creer, eso no estaba pasando, sólo ocurría en las películas. ¿Por qué no se llevaban lo que querían sin lastimar a nadie? ¿Por qué repartir la maldad? ¿Por qué invitar al diablo a participar de aquel aquelarre? Pensaba en bajito, no fuera a ser que aquellos seres irreales le leyeran la mente. Un tronido súbito la despertó de su mundo paralelo: gritos, sollozos, una persona herida o quizá muerta, dos mujeres gritaban histéricas. Andrea vio con el rabillo del ojo cómo golpearon a un joven de traje en la espalda con una pistola.

Mantuvo la vista baja, alimentando sus sentidos con los gritos, amenazas y llantos, mejor no ver lo que pasaba. Andrea sólo pensaba en *su* Rafa, si lo tocaban ella moriría.

Rafael Centeno, aquel hombre alto que la había rescatado de una muerte paulatina en su matrimonio, mismo que se había podrido con el paso de los años, en el que Cronos había derrotado por completo a Afrodita. Los atributos de su marido se fueron desmoronando con el tiempo, al punto que sólo quedó un papá amoroso para sus hijos y ausente para ella. Cuando más hundida estaba ella, cuando menos persona era, cuando su vida era una línea monótona y triste, fue cuando Rafael llegó para sacarla de aquel hoyo. No quería ni pensar que en medio de aquella barbarie uno de esos tronidos metálicos y secos fuera a parar en el hermoso cuerpo de Rafael quien, al igual que sus hijas, era lo más valioso que tenía. Un ser tan maravilloso como él no podía ser una víctima de las locuras de aquellos dementes, ella de ninguna manera podía quedarse huérfana de nuevo y volver a su celda de castigo en forma de matrimonio, con su marido como cancerbero.

Rafael Centeno estaba calmado, le extendía la mano a Andrea para tranquilizarla. Ella necesitaba aquel contacto reconfortante, pero el miedo pudo más y se soltó de inmediato, había visto cómo esos salvajes actuaban con la gente, y si veían un acto de amor, podría costarle la vida a su amado Rafa. En aquel lugar se repartían penas de muerte con una facilidad terrorífica.

Los dos amantes se sabían atrapados en aquella ratonera. Andrea estaba casada hacía dieciocho años con un ser tan egoísta y desagradable como su nombre: Rutilo. Y Rafael Centeno con dos años de divorcio oficial después de quince *de facto*. En el matrimonio de Andrea había desdén y rencores, en el de Rafael silencio e indiferencia. Los dos se encontraron y entendieron que el destino quería que recuperaran sus vidas, que no importaba cuánto se resistieran pensando que aquello era prohibido, su voluntad no era tomada en cuenta. Sus cuerpos tomaron el control de sus vidas: se querían, se deseaban, punto. Se juntaban en lugares seguros, salían ocasionalmente a cenar y pedían la mesa más escondida, con las coartadas debidamente preparadas, y las respuestas listas, en caso de que alguien los viera. Rafael era un cliente o el primo que vivía en Mexicali y estaba de paso, o era el esposo de una amiga con problemas en su matrimonio, que la había buscado para obtener consejo. Todo ensayado, todo previsto, todo planeado. Todo, excepto un asalto. Sólo podían esperar a que acabara y cuanto antes, mejor. Que fuera un susto rápido que les permitiera salir de ahí, cada quien por su lado. Nada de declaraciones a la policía ni de reclamar el seguro del celular. Los relojes, el dinero y las identificaciones eran nada, que no los descubrieran lo era todo. Su relación debía durar toda la vida, por lo menos.

Sí, ya sé, tengo nombre de galán de película sudamericana: José Arturo. Siempre fue algo que, cada vez que podía, les reclamaba de pequeño a mis padres. Dejé de hacerlo porque lo único que conseguía era que mi papá levantara una ceja, y la verdad tanta caloría quemada en un berrinche como para sólo lograr que mi progenitor moviera un músculo, la verdad, no salía. Y mi mamá, peor: le despertaba tal ternura que se lanzaba sobre mí y me comía a besos. Así, por mi propia salud mental dejé de quejarme de mi nombre y aprendí a llevarlo sin chistar.

En cuanto a mi apellido: Elizondo, al menos me da rasgo de pertenencia regia, ya que en Monterrey este apellido sólo lo lleva el noventa y ocho por ciento de la población.

En la chamba siempre hay una burrada de trabajo, ni tiempo para desconcentrarse, con la excepción de Narciso; él contaba con una bula papal para perder el tiempo, ya que lo tenía registrado en su ADN, así iba por la vida oficinesca sin mayor problema, inmune al estrés.

La empresa que tenía la suerte de tenernos como sus abogados fabricaba componentes para la industria automotriz. Contaba con la última tecnología y eso se traducía en muchas ventas, muchas utilidades, y todos contentos, menos José Arturo Elizondo, o sea yo, porque tenía que chiflar y sacar la lengua en los temas jurídicos de la empresa, figurativamente hablando, obvio. Y digo esto porque un día, cuando entré al baño, me encontré al burro de Narciso frente al espejo intentando hacer las dos cosas a la vez.

Todo un positivista consumado.

Aquella semana había sido especialmente intensa por la visita del director de finanzas de la corporación en Estados Unidos, un tipo corpulento que me ponía trampas mentales para que me confundiera con su nombre: Guy Richardson, quien siempre estaba acompañado por su contralor de nombre David Krulick. Los dos muy serios en el trabajo, sin falta llegaban a las 7:55 y a las 8:01, con café en mano, ya estaban chambeándole. A los contadores de la empresa los traían asoleados, a nosotros del jurídico sólo nos consultaban ocasionalmente cuando se atoraban con las leyes mexicanas, o sea, a cada ratito.

Concluyeron su revisión antes de lo planeado por lo que adelantaron su regreso a Chicago el viernes en la mañana. Así, aquel jueves en la tarde estaban relajados. Yo había creado mucha química con ambos para beneplácito de mi jefe, y en momentos tensos, sacaba a la palestra a Narciso para que vomitara la ocurrencia del día en su inglés marca Harmon Hall nivel tres, y acababan atacados de la risa. Mejor cortina de humo: imposible.

Aquella noche iríamos a cenar a El Granjero unos buenos cortes de carne. Narciso les había hablado maravillas del mezcal, así que los norteamericanos pensaban que era una pócima mágica que no daba cruda, eso les había dicho aquél. Yo sólo esperaba el momento en que pusieran su hociquito y sintieran en su lengüita los 55 grados de alcohol para que aullaran, a ver si seguían pensando que era un líquido "mágico". Mi jefe me encargó la reservación y yo la delegué a Narciso; así funcionaba la cadena de mando. Además, para una labor de esa envergadura Narciso sí debía servir; encargarle una demanda o ir a platicar un asunto con un juez, era otra cosa.

El fin de semana se acercaba y nada podía detener mi sensación de bienestar. Saldría con mi novia, a la que no había visto en toda la semana, noche de antro el viernes, carne asada el sábado y de ahí a mi casita a demostrarnos nuestro amor mutuo, y el domingo iríamos al cine como dos tórtolos agarraditos de la mano. A veces la vida es tan predecible que de pronto hasta me llega a parecer aburrida.

Los amantes entraron separados al restaurante, como siempre lo hacían. Uno de los dos hacía una reservación a un nombre ficticio. Nunca en el mismo lugar, no repetían hora, ni siquiera la misma zona de Monterrey, porque eso tarde o temprano los delataría. Ese día, Andrea llegó sin poder acordarse del nombre que había inventado al hacer la reservación, el restaurante estaba completamente lleno y la *hostess* se negaba a revelar los nombres a los que estaban hechas las reservaciones. Andrea repitió todos los que le vinieron a la mente, pero ni siquiera se acercó a alguno. Se molestó, le dieron ganas de gritarle a la chica, que disfrutaba de sus cinco minutos de poder, que tenía una reservación para cenar con su amante, y que no le importaba que lo supiera esa descerebrada ni el resto del planeta. Andrea respiró hondo y volvió a empezar tratando de mantener un tono de voz cordial, inventó que la reserva la había hecho su secretaria y que era nueva, pero la *hostess* tenía esa noche alma de pastor alemán y no dejaría pasar a nadie que no enseñara sus credenciales. Andrea, que siempre llegaba con mucha anticipación, tenía margen de maniobra, el tiempo no la presionaba, salvo porque no deseaba de ninguna manera estar parada en la recepción de un restaurante.

Ella invariablemente llegaba antes que Rafael, le gustaba verlo entrar. Soñaba y recreaba, una y tres millones de veces, la escena de su amante ingresando al restaurante, mirando a todos lados para cerciorarse de que no hubiera nadie conocido, llegar a ella y darle un beso cálido, un beso prohibido, un beso tierno que Andrea, más que desear, lo necesitaba para seguir respirando. Después se darían las manos por debajo de la mesa, acariciándose. Nada en público, para eso estaba el departamento que Rafael había rentado para esos momentos que sólo pertenecían a los dos, sin sobresaltos, un lugar sagrado al que el mundo tenía prohibido entrar.

—Lo siento, no puedo darle una mesa, si gusta tomar asiento y si hay una cancelación con gusto será la primera en pasar.

—Podría llamar al gerente, por favor —Andrea lamentó no haberse mordido la lengua. Llamar la atención no era precisamente la estrategia que manejaba cuando se veía con Rafael, pero la necedad de aquella chica la había exasperado. Su mayor pesar sería que Rafael entrara y la viera esperando como estúpida, en lugar de estar, como siempre, sentada a su mesa con un cosmopolitan en la mano, sintiendo cómo su corazón se volvía loco, y ella sonrojada y emocionada como una adolescente a la espera de los labios de Rafael, los cuales eran dulces, muy dulces, sin empalagar; simplemente perfectos.

Y es que el tema era que Andrea estaba casada, y aunque los dos habían sido diseñados para estar juntos y tener la relación perfecta, la más respetuosa y amorosa del universo, desgraciadamente estaban casados con diferentes personas: él con su trabajo, ella con un ser seboso y desagradable.

Por eso debían vivir bajo una relación prohibida, rebajada, sobajada, estigmatizada. Rafael y Andrea eran amantes, ésa era su realidad, les gustara o no.

—¿Al gerente?

—Sí, al gerente, por favor —no se podía echar para atrás. Apareció otra *hostess* y la que había recibido a Andrea le susurró algo casi al oído, mientras señalaba varios puntos de la pantalla de una computadora.

—Señora, me dice mi compañera que tenemos una cancelación. Además, como usted dice, una de las mesas no se ocupará porque corresponde a la reservación que hizo su secretaria —dijo la *hostess* que la había recibido, que era muy mala para mentir con aquello de la cancelación.

—Vamos a ser tres —aclaró. Nunca pedían una mesa para dos, sería muy evidente. Con una excusa preparada, siempre dejaban un servicio puesto para ese comensal inexistente, un compañero del área de compras que seguía en una junta interminable. Estaban listos por si se encontraban a alguien conocido; nunca salían a cenar los dos solos, los dejaban plantados justo un minuto antes de que preguntara la persona que fortuitamente se encontraran. Si quien los hubiera visto se quedaba con alguna duda, Andrea contestaría, fingiendo que ojalá se le hiciera, pero su compañero de aquella noche era gay. No había fisuras en aquella estrategia, no los descubrirían nunca, nadie podría hacer estallar aquel sueño.

Las *hostess* se miraron.

—Discúlpeme, pero la única mesa que tengo es para dos personas, pero no se preocupe, las mesas no son tan chicas y le ponemos una silla más y un cubierto extra.

De mala gana, Andrea aceptó. Al fin y al cabo, era su culpa. Mientras seguía a la señorita, Andrea iba inspeccionando las mesas, buscando cualquier cara conocida. En caso de encontrarse con una, marcaría al celular de Rafael y cambiarían el lugar de la cita, y ella, simplemente, desaparecería.

Para su suerte, la sentaron en una esquina, lejos de las ventanas. Andrea respiró tranquila, en la mesa de al lado estaba un grupo ruidoso y les servirían de pantalla, un foco de atención que permitiría dejarla con Rafael a oscuras, justo al lado. Se quedó satisfecha con el lugar.

Pero aquella cita no sería como las otras. Por más que su felicidad fuera más grande que aquel restaurante, Andrea estaba lista para decirle a su amante que debían terminar, que había sido una relación increíble, que había tenido el mejor sexo de su existencia, que había vuelto a ser mujer otra vez, que había disfrutado de una oportunidad de sentirse viva de nuevo… pero sus hijas, sus dos hermosas hijas… Si la descubría su esposo se las quitaría… Andrea se encargaría de partir en dos aquella relación; no debía prosperar, no podía ser, era demasiado bueno para ella. Se lo diría a Rafael y sería la última vez que se verían. Aquella decapitación mutua había sido decidida a lo largo de muchísimas noches de ansiedad e insomnio;

ella sabía que cercenarse la mitad del cuerpo, y pretender que se podía seguir con lo que le quedaba de vida sería algo mucho más que doloroso.

Les narro esto para el recuento de la cadena de desastres. Delegar al retrasado mental de Narciso la reservación fue un acto de temeridad extrema. Éste había elegido a la secretaria menos confiable para la misión, y obviamente había confundido El Granjero con El Gran Pastor... Estoy seguro de que reservó en el otro porque le gustaba más. El caso es que ahí estaba yo, en el restaurante, peleándome con la *hostess*, tan guapa como inflexible.

—No, ninguna reservación a su nombre, señor Elizondo.

—Licenciado —la corregí, mientras guiñaba un ojo en un intento de emular *Casablanca* versión pirata.

—Hoy estamos llenos, sólo que espere unos cuarenta y cinco minutos —miré el reloj, eran las 8:30 y los dos gringos tamaño ropero se estaban comiendo sus dedos; con la hora de diferencia que se cargaban y encima que allá cenan a las 7, no llegábamos a las nueve y pico ni de broma. Lo bueno es que yo me fijo en todo, pero muy especialmente en tonterías y demás cosas intrascendentes. Así, vi cómo una señora, que seguramente venía como yo regándola con la reservación, se estaba quejando y pedía por el gerente y ya le habían prometido una mesa. Apliqué la misma.

—¿Podría hablar con el gerente, por favor, corazón? —le dije sonriendo. La *hostess* me devolvió la mirada *torciéndome* en la movida, era muy obvio. Sin embargo, funcionó, se ve que el jefe debía ser el coco porque la chica dobló las manitas.

—Me parece que le puedo hacer un lugarcito, señor Elizondo.

Ya no corregí lo de licenciado, pero le regalé mi perfil a ver si no se desmayaba ante el Leonardo DiCaprio regio. Pude ver a lo lejos cómo dos meseros hacían rodar una mesa desde la cocina. *¡A güevo!* Por algo era abogado... no para resolver casos imposibles sino para arreglar las tarugadas del Narciso en una vil reservación.

—Si gustan esperar en el bar en lo que les preparan su mesa —me dijo. Así que yo regresé con mi jefe para avisarle que todo estaba resuelto, que había sido un malentendido.

Instalados en la barra del bar del restaurante, todos traíamos un mezcal encima y me aventé la puntada de pedir otra ronda, contra el deseo de mi jefe. Los gringos, quienes a pesar de su estatura y corpulencia ya cargaban cachetes, nariz y orejas coloradas, negaron con la cabeza. Demasiado tarde, el cantinero ya había servido cinco vasitos de mezcal, porque, como no era mi dinero, me podía poner exquisito. Mi jefe me echó una mirada desintegradora. Lo bueno fue que Narciso, quien tanto se metía un mezcal como Bacardí blanco o queroseno, empezó a repartir los vasitos chaparros llenos del líquido blanco.

—¡Salud! —grité triunfante.

Pasaron dos segundos, no más, pero fue un silencio terrible. A punto de desbarrancarme por mi arranque, sentí la mirada del licenciado Bouchot atravesándome, como si me hubieran sumergido en nitrógeno y millones de microcristales perforaran mis células. Pero ahí estaba mi escudero, el que nunca me falla: Narciso levantó su mezcal para contestarme.

—¡Salud, camarada!

Los gringos se voltearon a ver entre ellos y se murieron de risa. Yo estaba salvado. Era como en la prepa cuando decías algo gracioso e interrumpías a media clase; si nadie lo celebraba, clarito te sacaban del salón, pero si todos se reían, recibías inmunidad al contar con la simpatía del *respetable*. Con los vasitos de mezcal en la mano nos dirigimos a nuestros lugares, siguiendo a la *hostess*.

Ya en la mesa, los ánimos eran festivos, los dos mezcales habían hecho efecto y ya había varias botellas de Corona en la mesa, chicharrón y guacamole, todos estábamos felices y chapeados. Con el susto de la reservación, la adrenalina neutralizó lo que me había tomado. Así, aunque no lo crean, yo era el único sobrio del grupo. Narciso ya se había hermanado con David, y aunque tenía un inglés infame, quién sabe qué tanta tontería contaba que el americano no dejaba de reír y golpear la mesa con la palma de la mano.

Yo tenía por misión lavar mi imagen, por lo que muy serio platicaba con Gay, no, Guy, quien era el prototipo del gringo: alto, corpulento, había jugado futbol americano en el *College*, pero con los años y después de varias canastillas de *Budweisser* en la vida, había cambiado musculatura por una buena panza. Cuando me dirigía a él, yo le tenía que hablar muy, muy despacito para no meter la pata porque me hacía bolas mentales con Guy y gay.

De esta manera, yo hablaba como retrasado mental al dirigirme al enorme y sonrosado ropero que era Guy, evitando decirle gay, con su camisa blanca de manga corta y su corbata, cual vil testigo de Jehová, sólo que en vez de una biblia bajo el brazo no soltaba la botella de cerveza.

Pedimos de cenar, obvio, carne. Estamos en Monterrey y es lo que se traga, ni que fuéramos chilangos comiendo sus puterías como ensaladitas y demás platillos minimalistas.

Como cavernícolas, después de habernos tragado una vaca entre todos, todavía pedimos postres y, claro, Narciso, inmerso en su peda, sin pedir permiso ni siquiera preguntar, había pedido carajillos para todos. Esta vez, la defensa americana duró como cinco segundos diciendo que no.

—Sólo pruébalo, David. *Taste it if you don't like I pay…*
—Narciso, le había puesto la carnada al gringo y, obvio, éste al primer traguito dijo:
—*It's good!* —puso cara de sorprendido y, tómala barbón, ya no soltó el vaso míster Krulick.

Por su lado, mi jefe, quien después de la carne estaba todavía si cabe más dormido, era un zombi que imitaba lo que hacíamos en la mesa.

Ya habíamos pedido la cuenta. Bueno, en realidad mi jefe la había pedido, a pesar de los reclamos de nuestros invitados. Cuando llegó, Guy el corpulento sólo necesitó estirar su brazo, que era el doble de largo (y gordo) que el de mi jefe.

—*That's on me*.

Educada y convenientemente, todos le dimos las gracias. Ahora Narciso había pasado a modo pasivo, como si su reserva de tonterías se hubiera agotado; el carajillo, lejos de levantarlo, lo había ahuevado, cosa que agradecí en mi mente. Aquélla había sido una noche perfecta. Respiré hondo y me dediqué a disfrutar los minutos que quedaban en lo que nos parábamos para llevar a estos dos a su hotel y los demás irnos a nuestras casitas. Mi camita toda para mí solito, con mis ocho almohadas. Me gustaba dormir como bebé, rodeado de ellas; me esperaban y yo las extrañaba, manteníamos una relación de amor que duraba ocho horas cada noche. Misión cumplida, ni siquiera Narciso podría arruinar lo que quedaba de la velada.

Chequé mis mensajes de WhatsApp en mi celular hasta que me distrajeron unos gritos y ruido como si alguien se hubiera caído. Levanté la vista, nunca olvidaré la cara de Guy o gay: congelada y pálida. El licenciado Bouchot ahora tenía los ojos muy abiertos. Me volteé en friega para ver si estaba tan buena la chava como para dejarlos así, y no, no era ninguna chava, era la muerte misma que se había asomado al restaurante con ganas de unirse a la fiesta.

Los asaltantes vociferaban rabiosos, figuras tenebrosas de las que pintaba Goya. *Si te desmayas, chance te matan*, pensé. Dos segundos después oí una detonación y vi cómo un señor pelón se desmoronaba y caía al suelo; pude ver, o quizá me lo pareció, el agujero en su cabeza. Lo que juro que sí vi es cómo le brotaba sangre, mucha sangre. Cayó como si tuviera piernas inflables y una tachuela las hubiera ponchado.

—¡A ver, hijos de su puta madre! ¿Quién va a ser el siguiente valiente que se ponga al pedo? Me lo chingo como a este pendejo.

Una señora, ya grande, se arrodilló sobre el hombre en el suelo, gritando como loca.

Ésta no era una película de miedo, ésta era una obra de teatro en la que todos éramos parte del elenco, y ya había por lo menos un muerto, que pudo haber sido cualquiera de nosotros.

Pensé rápido y me incorporé del golpazo que me habían dado en la espalda. Si me mantenía agachado llamaría la atención y habría dos muertos y yo no quería ser ése. Apoyé las manos sobre el piso para impulsarme hacia arriba y sentí algo de metal, que relacioné rápidamente con el golpe en la rodilla al caerme; era un cuchillo de carne, filoso y ancho. Como un verdadero estúpido, hice lo más estúpido que se podía hacer en aquel momento: agarrar el cuchillo. Lo tomé como pude y conseguí cortarme, lo suficiente para que me saliera sangre poco a poco. Me lo puse debajo de una pierna, pero con el peso sobre el mango se levantaba la punta afilada y me punzaba. No me atreví a tirarlo. Mejor ni me moví.

Puse las manos arriba de la mesa.

Escuché que alguien me preguntaba en voz baja: "*You hurt?*". No miré, sabía que era la voz de Guy, gay, Guy. Negué con la cabeza lentamente, las demás miradas de la mesa apuntaron a mi mano que sangraba mientras yo desviaba la mirada hacia el infinito.

De nuevo regresó la realidad, la de verdad, la de afuera, la que podía matarnos a todos. Uno de los meseros se subió a una de las mesas, traía un arma larga. Gritaba y reía a la vez, completamente loco, creí verle los ojos inyectados de sangre, no puedo explicarlo, pero en ese momento no me cupo la menor duda de que estaba drogado. Disparó al aire varias ráfagas, se escuchaba el ruido de vidrios estallando, pensé que aquel loco nos rafaguearía a todos, matándonos como en un ataque terrorista.

—El que se pase de verga me lo chingo —dijo el asaltante vestido como mesero desde arriba de la mesa, mientras miraba de un lado a otro, se le veía súper nervioso. Me giré a ver al que estaba en el otro extremo del restaurante, cargaba una pistola que se me hizo enorme.

—Atranca la pinche puerta. Mejor aún llévate al gerente y ciérrala con llave, pónganle sillas y algún mueble que bloquee la entrada. Nos vamos a quedar aquí, en el piso de arriba —dijo el que seguramente era el jefe, por su voz de mando. Uno de sus esbirros se llevó, casi arrastrando, a un señor bajito de bigote para bloquear la entrada y tener a todos los ratones a la mano y sin forma de escapar.

Uno de los asaltantes desapareció unos minutos; mientras se escuchaba un gran estruendo en la cocina y un par de disparos, se abrieron las puertas y salió despavorido el personal de la cocina.

—Jefe, bajé la persiana metálica por donde meten la comida y entra el personal de servicio. Le puse su candadote —dijo, orgulloso.

—Esto va a ser rápido, si no hacen pendejadas. Saquen las carteras y pónganlas junto con el reloj y el celular —vociferó el jefe, chaparrito y fornido, blanco, casi albino, de pelo muy cortito. Hablaba con el tono de quien está acostumbrado a imponerse.

—¡El que se pase de huevos y esconda aunque sea veinte ferias se muere! —gritó otro de los asaltantes, que era una calca del que me había golpeado.

Al principio pensé que había regresado, pero me di cuenta de que eran asaltantes gemelos. Levantó a un señor del cuello, le dio una gruesa bolsa negra de plástico que sacó de entre sus ropas, y le dijo:

—¡A ver tú, pendejo! Vas por las mesas y recoges celulares, joyas y carteras de todos. Si alguno no te entrega todo, me avisas y se muere, si no me dices nada me trueno a tu vieja —dijo, señalando a una señora sentada en la misma mesa de ese infeliz; éste asintió y procedió a hacer su tarea de inmediato. Desde lejos se podía ver cómo temblaba mientras trataba de seguir las órdenes que le había dado el asaltante.

Vi cómo uno de los asaltantes gemelos traía a empujones a las dos *hostess*. La que me había atendido se me quedó mirando, jamás olvidaré esa cara de pánico. El asaltante sacó de sus ropas unas pinzas metálicas y se dirigió hacia la caja. Pensé que iba por el dinero. La cajera lo recibió con un fajo de billetes, él la ignoró. Se escuchó *clac-clac*, la gente de unas mesas delante de la nuestra me tapaba y no alcanzaba a ver, pero asumí que había cortado los cables de los teléfonos.

—¡Vas muy lento! —gritó el mesero delincuente al señor que recogía celulares, relojes y carteras. Éste, apanicado, se apuró, tirando copas y moviendo platos en su desesperación—. A ver, tú —le gritó a otro, mientras sacaba otra bolsa negra también de entre sus ropas—. Tú, recoge los celulares, y tú —dijo señalando a otro—, sólo agarra joyas y dinero.

Se escuchaba clarito el sonido de los celulares cayendo en una de las bolsas negras, el hombre la arrastraba con mucho esfuerzo.

Llegó a nuestra mesa el tipo que recogía las carteras, me fijé cómo sus manos temblaban. Levanté la mirada y vi cómo al abrir la cartera de mi jefe se veían varios billetes de mil pesos. La mía estaba para llorar, la manía de sacar del cajero de a poquito cada vez hacía que tuviera en la cartera unos doscientos. Lo bueno es que venían varios de 20 pesos que me habían dado de cambio en un estacionamiento, así se vio menos miserable el botín. Tenía miedo de que me fueran a matar ahí mismo por pobre.

Luego los relojes. El de mi jefe se veía fino de a madres, los de los gringos, por el contrario, se veían de plástico, chafitas. Yo solté mi Swatch de correa metálica, que justo me había comprado el fin de semana anterior y daba el gatazo.

Durante la actividad frenética de todas las mesas, se acercó el asaltante que estaba más cerca y cubría este lado del restaurante y le gritó al que recolectaba el botín:

—¿Qué te pasa, marrano? ¿Estás tratando de salvar el reloj de un amigo o qué?

El gordito se cubrió la cara con las dos manos como si fuera un niño chiquito y lo fueran a golpear y dijo: "No, no señor". Otro de los asaltantes se le acercó y le propinó un cachazo en la cara. Mucha sangre brotó de la ceja.

—Si vuelves a pasarte de la raya, te trueno aquí mismo —dijo con voz helada el que lo había golpeado. El que estaba encima de la mesa reía y gritaba como desquiciado. La locura en su máxima expresión.

Aquello pintaba a ponerse todavía peor. De pronto escuchamos gritos histéricos de una chava.

El que parecía el jefe había agarrado a una güerita que estaba en una mesa con un chavo, los dos se veían muy jóvenes. El delincuente la tomó de un brazo con fuerza y jaló a la chica; el chavito, rifado, se paró y le gritó: "¡Déjala!".

El jefe se volteó, lo miró fijamente, levantó la pistola y le soltó un tiro en la frente. Como si nada y sin pensárselo.

Se escucharon gritos por todo el restaurante. El chavito cayó seco hacia atrás. Por su acento, se notaba que la chica era argentina o uruguaya, sus gritos eran desgarradores. Le acababan de matar al novio en su cara. Se me heló la sangre. Aquellos locos nos iban a matar a todos.

Mientras los disparos de los asaltantes devoraban al muchacho que salió en defensa de la chica rubia con acento argentino, Andrea y Rafael se sentían secuestrados por el pavor. Aquel pobre chico fue sacudido brutalmente por una bala y desfalleció en un segundo, con la cara descompuesta mientras se le iba la vida. Ésa era la dosis, el precio para atemorizar y mantener a raya a todos los demás. La sangre brotaba de la cabeza del jovencito. Llamaba la atención el comportamiento poco solidario de los asistentes, refugiados en sus propios miedos, ni siquiera lo volteaban a ver, no fuera a ser que el siguiente número de la lotería siniestra les tocara a ellos. Actuaban como ganado, bajando la cabeza para no ser los siguientes, concentrándose en controlar el temblor de las piernas y las ganas de orinar.

En cada cabeza rondaba la preocupación por no llamar la atención, mimetizarse con el color del miedo, pasar desapercibido, no ser nadie, volverse invisible para seguir viviendo, no ser el siguiente. Se mantenían agachados cuando los miraban, cuando los insultaban, rogaban que sólo les robaran su cartera, el reloj y el celular, y que no quisieran llevarse de paso su alma.

Después de unos minutos, la calma regresaría. Quizá no sería tan malo, y sólo les quitarían el dinero y las joyas. Quizá todo acabaría pronto. Muy pronto. Sería una amarga experiencia, un susto enorme que requeriría ya en casa y a salvo mucha pasiflora, necesaria para absorber la bilis del miedo, del coraje, del ultraje, la de haber visto de cerca la muerte en la más estúpida de sus manifestaciones, de la mano de cuatro degenerados. Era cuestión de tranquilizarse, con el tiempo todo volvería a la normalidad y aquello quedaría como un mal recuerdo escondido en los rincones más remotos del cerebro, con suerte asfixiado por recuerdos hermosos, por pensamientos positivos. El bien siempre ganaba, así lo creían los ahí atrapados con toda la fe que podía caber en sus temblorosos cuerpos.

Aquello no era un asalto, eran decenas, tantos como víctimas reunidas debido a la mala suerte, a aquella hora y en aquel restaurante. Todos pudieron haber cambiado de planes, elegir otro lugar, simplemente no salir, cenar en casa, irse temprano. Nadie se escapaba de su propia tortura mental del *si hubiera*; miles de planes alternativos navegaban en las cabezas de aquellos infelices que les había tocado saborear, tan cerca, un poco de su propia muerte. Era un menú inesperado. Todos deseaban que terminara pronto, pero nadie sabía cuánto faltaba para poder despertar de aquel mal sueño.

Por un momento Andrea dejó de preocuparse de que pudieran matarlos y se agobió más por que no los descubrieran, que se supiera que Rafael y ella eran amantes. De repente surgió algo todavía peor que aquella nube oscura en la que estaban atrapados esa noche; que su marido se enterara de su amorío. Quizás él actuaría peor que aquellos malnacidos. Andrea fue consciente en aquel momento de que existía algo mucho peor que el infierno que ella vivía a diario. Aquellos bastardos habían penetrado en su mundo rosa, y paralelo a su existencia de mujer casada con aquel ser despreciable que algún día la engañó prometiéndole actuar como un caballero, un compromiso depositado sobre un pedestal hecho a base de palillos. Si esa noche él se enteraba de su romance, la destruiría, empezaría por robarle a sus dos hijas y acabaría con ella, no de cuajo sino de una forma larga y dolorosa. Andrea llegó a pensar que aquellos asaltantes no eran muy diferentes del que ella tenía que ver a diario en su casa.

Los actores de aquella película de Fellini se habían apostado en ambos extremos del restaurante mientras el mesero loco estaba en medio subido en una mesa. La gente lloraba. Las miradas de todos apuntaban hacia abajo, como si el levantar la mirada pudiera ser interpretado como un desafío a los asaltantes, por eso el miedo se imponía sobre la curiosidad.

Rafael Centeno permanecía calmado, sus ojos revelaban que analizaba lo que estaba pasando, valoraba los escenarios y opciones cada segundo; su prioridad era Andrea. Era consciente de que las dos personas que habían matado no serían las únicas de la noche. La violencia con la que se habían manifestado aquellos dementes prometía más víctimas; ellos no sólo deseaban el botín, sino que había que completarlo con una cuota de sangre. El resentimiento social y la adrenalina del momento formaban una mezcla letal para los que estaban ahí. Aquello no iba a ser un asalto rápido, esa gente disfrutaba tanto del dinero que se llevaría como del terrorífico momento que hacía pasar a los rehenes. Rafael sólo quería proteger a

Rafael, sabía que no podría evitar otras muertes, quizá ni siquiera la suya, por lo que estaba concentrado en que, pasara lo que pasara, Andrea no sería la siguiente en recibir el castigo de aquellos enviados de Lucifer.

2

Estábamos un piso arriba del nivel de la calle. Con la puerta de entrada atrancada, el jefe de la banda había ordenado bajar las persianas de todo el restaurante y apagar las luces; sólo dejaron encendidas cuatro lámparas que obsequiaban una luz por demás tenue. Estábamos atrapados; nadie nos vería, pensarían que el restaurante había cerrado aquella noche.

Nos quedamos en penumbras, nuestros ojos se acostumbraron a aquella luz a medias; podíamos ver, pero como en una película de los sesenta con un color desteñido.

Me empecé a poner mal. No me siento bien en los ambientes cerrados. La claustrofobia empezó a subirme por una pierna. Si me dejaba llevar por mi fobia favorita me pondría histérico, y si eso ocurría y perdía el control sería el tercer muerto de la noche. Bajé la mirada y traté de mantenerla así, respiré hondo, lo más que podía, que no era mucho. El cuchillo debajo de mi pierna me generaba otra angustia, sabía que si lo descubrían no aceptarían mi explicación de que no sabía por qué lo había hecho.

Mi pierna se movía insistentemente como cuando alguien está nervioso, y si te toca estar a su lado te pone de malas. Alguna vez leí que eso significaba en el lenguaje corporal el deseo de irse, y en mi caso era cien por ciento atinado.

Continuaba en mi intento de respirar profundo para calmarme, pero no podía siquiera lograr una sola inhalación prolongada, por el contrario, me mantenía vivo a base de ráfagas de microrrespiraciones, sentía el corazón en la garganta bombeando sangre sin parar.

El jefe de la banda que había matado al chavo tenía agarrada a la güerita con el brazo izquierdo y con el derecho blandía una 45. Preguntó serenamente a uno de los gemelos asaltantes:

—Cabrón, ¿ya revisaron los baños?

Éste no respondió, de un salto salió disparado.

Al cabo de unos dos minutos se oyeron gritos, se mezclaban con los del desquiciado de los ojos inyectados, rojos, que estaba encima de la mesa con el arma larga.

—Nadie en el de hombres. Al que cuida los baños le di el día —dijo—. En el de viejas había este par de zorras acurrucadas al lado de un cagadero, abrazadas y llorando.

—¿No habrán pedido ayuda por el celular? —preguntó el jefe.

—Ni de pedo, sus bolsas estaban cerradas y te digo estaban temblando y lloriqueando.

—¿Verdad que no hablaste, pinche ramera? —le dijo a una mientras le jalaba el pelo hacia atrás. Ésta gritaba:

—¡No, no, no, no, se lo aseguro!

El jefe se dirigió hacia los baños arrastrando a la güerita. Ésta pataleaba y se trataba de zafar del yugo de aquel degenerado, pero éste la sostenía casi sin dificultad, con apenas un brazo.

—Ahí les encargo el changarro, en lo que me cojo a esta pollita.

Algo me pasó, no sé explicarlo, pero mis emociones tomaron control de mi cuerpo. Ya no era yo. Mi cerebro se desconectó. Mi cuerpo decidió actuar de manera autónoma. Y yo me quedé solo, con mis latidos, mi golpe en la espalda, mis lágrimas y mi pena porque el jefe se había llevado a la chavita para violarla en el baño. Aquel degenerado quería despojar a todos el dinero, relojes y joyas y a ella robarle su dignidad y aventarla entre los borregos aterrados reunidos en aquel restaurante, ya usada, ya humillada, ya penetrada rabiosamente.

Mi cabeza era un trampolín, con mis ojos haciendo saltos mortales para poder ver a la vez al asaltante que estaba al otro lado del restaurante y al que estaba encima de la mesa. Atrás de mí tenía a uno, seguramente era el del pelo engomado, uno de los gemelos, el que me había golpeado; lo podía sentir. El loco con el arma larga parado sobre la mesa seguía gritando. Estaba claro que no habría intermedio en aquella película de terror.

Volteé a ver a los que estaban en mi mesa, eran como imágenes de Photoshop. Estaban inmóviles; Guy me impresionó, un robusto norteamericano, fuerte y poderoso, trabado de miedo, sintiéndose vulnerable ante esos cuatro enfermos de la mente. Se veía pálido y sudoroso, no se movía ni un milímetro, su cara reflejaba su incredulidad ante lo que estaba pasando. Estábamos encerrados como ovejas en un rastro en el cual aleatoriamente nos irían matando uno a uno.

Estaba atrapado en aquel agujero, irónicamente a tan sólo unas cuadras de mi casa. El licenciado Bouchot evitó el cruce de miradas conmigo, sólo nos vimos, en un parpadeo, Narciso y yo. Me pareció ver en sus retinas lo que estaba pasando ante sí, como si fuera un espejo y reflejara la imagen del restaurante. Los dos estábamos en lo mismo; no movernos, no respirar, no rechistar, podrían ser la clave para salir vivos de ahí. Esta situación no debería estar ocurriendo.

Se escuchó un alarido que venía del baño, gritos y más súplicas, voces aterradas, eructadas desde el infierno.

Pensé que podría ser mi hermana. Siempre discutíamos y nos peleábamos. La veía irse de fiesta o a comer con sus amigas, a las que a veces traía a la casa; todas podrían ser esa pobre.

La iba a violar ese degenerado, y quién sabe si después le tocaría al pinche loco del fusil sobre la mesa.

Aunque peleábamos todo el tiempo, era mi hermana. Por más que le decía a lo que quedaba de mi familia que la odiaba, era mi hermana. Yo quería a mi hermana. Yo quería mucho a mi hermanita. Me vino a la mente cuando guameé a un mocoso en la primaria porque la había estado molestando. Porque era mi hermana, indefensa.

La pobre que era arrastrada al baño sería lastimada, la iban a dejar marcada toda su vida.

No sé si le había ido mejor a su novio, con un plomazo en la cabeza, de lo que le iría a ella.

Yo quería a mi hermana. Mi hermanita era lo máximo, los dos éramos uno mismo.

Andrea continuaba inmersa en una película de Quentin Tarantino. No importaba cuántos muertos aparecieran, al parecer no había límite; en su mente rogaba que los ladrones no supieran que, matando a Rafael, se llevaban también a ella, no se necesitaban dos balas para matarlos.

No podía quitarse de encima la idea de ser una prisionera, vigilada por seres inhumanos en busca de una excusa para desatar su locura, para lastimar por puro placer. Andrea pensaba todo eso con unas ganas terribles de orinar por un miedo desbordado. Otra parte suya no podía permitirlo, no pensaba en la incomodidad de estar mojada antes de morir, sino en el pudor, no podía permitirse que todos vieran que el miedo la había superado, que era débil o al menos más débil que los demás. Pero lo que más la asustaba era que Rafael la viera ridiculizada, que la conociera en su peor versión, como una mujer sin clase, sin flema, sin honor, que se dejaba vencer. Andrea no podía perder así, no le podía hacer eso al amor de su vida.

Muy distinto sería con su marido, aquel ser que sólo pensaba en sí mismo. Gordo, descuidado, vistiendo de cualquier manera y que velozmente había pasado de príncipe a sapo baboso. Delante de él, no le importaría orinarse y que la viera como fuera, puesto que ya la trataba con desprecio. No le importaría que delante de él la mataran de la forma más grotesca posible, pero no con Rafael. Ella aguantaría hasta reventar, hasta morir de un infarto, pero no iba a hacer un desfiguro delante del ser que la había devuelto a la vida.

Todos tenían las cabezas bajas, mirando al suelo, no fueran ellos los siguientes. Su mirada me exigía que hiciera algo.

Se escucharon los gritos y súplicas desgarradoras de la chava, perdiéndose en el pasillo oscuro que daba hacia los baños.

De la profundidad de los baños que ahora se habían convertido en unas cavernas diabólicas se empezaron a desvanecer las súplicas de la niña, perdidas a lo lejos.

—No, no, por favor, noooooo.

Apreté mis manos fuertemente contra mis rodillas. Sentí mi mano caliente, un líquido tibio, no quise verlo porque llamaría la atención del asaltante. Sentí dolor. Pensé en el cuchillo de cortar carne debajo de mi pierna. Pensé en la chavita argentina y en aquel salvaje. Pensé en mi hermana. Pensé en los borregos listos para ser sacrificados. Pensé en México. Pensé en la mierda de mundo en el que vivimos. Pensé en el mesero loco y de ojos inyectados que estaba encima de una mesa. Pensé en mis padres muertos. Pensé en las novias que había tenido y cuánto las había querido. Pensé en Dios. Pensé en la muerte y si habría un más allá. Pensé que no quería seguir viviendo, que no podría vivir sabiendo que habían destrozado a la chica después de haberle matado al novio. Pensé que… Mi cuerpo se cansó de pedirle permiso a mi cerebro, como había hecho por más de treinta años.

Me convertí en alguien más, dejé de ser yo.

Con el cuchillo cosido a mi mano, me levanté de la silla y volteé inmediatamente. Tenía a uno de los gemelos vigilando el lado opuesto. Era más bajito que yo, lo tomé por atrás con la mano izquierda sosteniéndole la frente con fuerza y con la derecha deslicé el cuchillo por la parte filosa sobre su cuello. Lo hice con tanta fuerza que sentí cómo el cuchillo rebanó aquella carne con facilidad; la cabeza colgó hacia atrás sin sostén, el cuchillo topó con algún hueso y ahí se detuvo. El tipo no pudo gritar, sólo se desplomó sobre mí. Me fui agachando hasta que quedó depositado en el suelo.

Mi cuerpo siguió actuando con una frialdad increíble mientras lo sostenía. Así que tomé la pistola que había quedado en el suelo, el ruido que pensé que no habíamos hecho llamó la atención porque sentí las miradas de todos sobre mí. Me levanté después de haber depositado al asaltante en el suelo.

Ya de pie, sentí un alivio tremendo, tanto tiempo sentado, después agachado, tenso, aterrorizado; las caras se veían difuminadas, en blanco y negro, en cámara lenta. El otro gemelo me vio, incrédulo, volteó varias veces buscando a su hermano, claramente no había visto lo que le había hecho. Flexioné una pierna y la otra la coloqué atrás, igualmente flexionada, estiré los brazos; con la mano izquierda sostuve la base de la culata y con la derecha agarré la pistola poniendo el índice en el gatillo. Apunté con toda la calma a su cara, cerré un ojo y afiné el otro; el tipo estaba a quince o veinte metros y no reaccionaba. Solté un solo disparo y vi cómo su cabeza se estremeció hacia atrás, él cayó con violencia sobre una mesa. Se oyeron romperse copas, vasos y platos, junto con los gritos de quienes estaban sentados ahí.

Vi al tipo desquiciado subido en la mesa. Yo no sentía nada. Todo ocurría en cámara lenta. Pude ver cómo de su fusil salían casquillos y humo, por el cañón del arma, mientras me gritaba. Escuchaba los silbidos de las balas pasando cerca, muy cerca de mí. Me apoyé con la espalda en la columna y me fui dejando resbalar poco a poco hacia abajo. Mientras, oía pasar las balas, algunas rebotaban en la columna que tenía atrás. Podía percibir el olor a pólvora quemada. Estaba de cuclillas casi en el suelo. Sin importarme los disparos de aquel engendro enloquecido, muy calmadamente, con mis dos brazos estirados y su pecho en la mirilla de mi pistola, dejé salir dos cañonazos que derribaron al tipo robándole la vida en un segundo. Su pecho se reventó dos veces, pero él se quedó prendido del gatillo de su arma que soltó quién sabe cuántos balazos por todas partes, aunque la mayoría hacia arriba, porque se escuchó cómo llovían cristales, se rompían candelabros y algunos espejos. Aquellos estallidos hicieron que volviera el sonido a mis oídos, la película ante mis ojos dejó de correr en cámara lenta, paulatinamente desaparecieron el blanco y el negro y volvieron los colores.

Al estar arriba de la mesa su caída fue aún más aparatosa, boca abajo, llevándose el mueble consigo. De inmediato un charco de sangre se formó a su alrededor.

Me puse de pie y me acerqué al asaltante con mucha calma. Le di una patada, me tenía que asegurar que estaba muerto; su cuerpo escupió sangre todavía más rápido.

Cada vez que Andrea se veía con Rafael, su encuentro era un evento tenso por definición. Por ello habían decidido que necesitaban un lugar sólo para ellos, donde no tuvieran que esconderse, y pudieran explayarse y dejar libres sus sentimientos, intimidades y deseos.

Así, Rafael había rentado un mini departamento en un edificio mixto de oficinas y viviendas en la zona de San Pedro Garza García. Se componía de varios módulos, con mil entradas y salidas, donde nadie se conocía, donde llegaban muchos visitantes y con varios comercios abajo. No había mejor lugar para la discreción. Si eran vistos entrando o saliendo, tenían la coartada preparada: iban o venían, según la ocasión, a la oficina del contador Martínez a tratar un tema de impuestos; Martínez era un amigo de la infancia de Rafael, que conocía la historia y tenía su despacho en el complejo, lo que les daba la excusa perfecta. La segunda forma de eludir cualquier pregunta incómoda era la de comprar un café en el Starbucks que estaba en la planta baja. De encontrarse a alguien responderían diciendo que se les había antojado un café y habían parado ahí para comprar uno. Por ello, después de cada encuentro abandonaban el departamento separados: primero Andrea y quince minutos después Rafael, ambos con su café en la mano. La rotación del personal del lugar les facilitaba ser reconocidos como clientes frecuentes, todo estaba calculado, todos los medios para consumar un fin que deseaban profundamente, aunque trajera aparejado un sentimiento de haber hecho algo prohibido.

El departamento se rentaba amueblado, era del tipo de los que tienen todo listo para el que va a estar en la ciudad unos meses. Andrea había traído unos cuadros chiquitos, que cabían en su bolsa sin llamar la atención junto con un pequeño florero, tratando de hacer suyo aquel lugar. Y es que era su hogar soñado, sólo faltaban sus dos hijas y que desapareciera Rutilo.

Rafael, por su parte, traía revistas de motocicletas, su otra pasión. Los dos habían hecho lo posible para que aquel departamento no fuera un lugar impersonal, sino su hogar, un espacio donde albergar su gran fantasía.

Me quedé inmóvil. Estaba en una especie de trance, mi mente no pensaba en nada.

El jefe apareció de la oscuridad del baño, emergiendo poco a poco a la escasa luz del restaurante. Volvió también la chica a medio vestir, caminando precariamente; la pistola de aquel loco le apuntaba a la sien. La traía agarrada por el cuello, arrastrándola, como con una llave de lucha libre.

Me miró perplejo y en un rápido movimiento volteó a ver a los tres muertos de su banda, luego sus ojos se encontraron con los míos. Cuando me di cuenta, yo estaba en perfecta posición apuntando a la cabeza del asaltante, sólo nos separaban unos ocho metros. Mi mano izquierda sostenía mi codo derecho, ayudando a mantener mi brazo firme, con el cañón dirigido a la cabeza del tipo. Yo seguía sin ser yo. Dentro de mí surgió una voz de ultratumba.

—La sueltas ahora o tú vas a ser el siguiente.

El asaltante no me contestó, no apartaba sus ojos de los míos; creo que ninguno de los dos pestañeó, nadie quiso dar aquella ventaja al otro.

Estaba atónito. Después volteó rápida y nerviosamente a ver en todas las direcciones, quizá pensando que había más tiradores. Regresó su mirada hacia mí.

Pasaron minutos en los que no separamos nuestras miradas. Yo lo veía a través de la mirilla de mi pistola; él no separaba su arma de la sien de la chica.

—¿Cómo te llamas? —pregunté.

—Manuel Abundes —contestó.

—No te hablo a ti, asno. Le hablo a ella.

Yo era un personaje de acción, nunca se me habría ocurrido decir eso a nadie y menos a un loco armado con un rehén al lado y yo a unos metros.

—Gio...

—Tranquila, ¿te llamas Gio?

—Giovanna Valzaretti —me contestó con un pesado acento argentino.

—Okey, tú tranquila. Al rato vas a estar en tu casa, segura y pensando que esto fue imaginario. Te lo aseguro —ella me correspondió afirmando, mientras sus lágrimas caían al vacío después de abandonar su barbilla.

Estaba viviendo una película en la que yo era el héroe. No sudaba, no me temblaban las manos, no sentía miedo ni siquiera ningún remordimiento por los asaltantes que me había echado. Quizá la única emoción fue cierto alivio al ver a la pobre argentina viva y a medio vestir.

Había empezado aquello y ya no había vuelta atrás. Ahora tenía que acabar. El asaltante movió su pistola entre la sien de aquella pobre y mi cabeza.

—Los mato a los dos, cabrón —dijo el recién conocido Abundes.

—Baja el arma y lárgate —repliqué de inmediato; llegué a pensar que estaba poseído. Pero si estuviera poseído no hubiera matado a los delincuentes. Mi cuerpo empezaba a tomar un respiro y todos los pensamientos me asaltaron a la vez. Por fortuna mi brazo no se movía, y el cañón no paraba de sonreírle al asaltante. Dentro de mí habitaban dos personas distintas, y la más violenta de ellas era la que, por ahora, iba ganando.

—Hasta aquí llegaste, héroe. Cualquier pendejada que intentes, ésta no sale viva. Aviéntate si no me crees, para que veas a esta vieja bañada en sangre. Sólo necesito que me des una excusa para chingármela.

Por lo visto, la parte en la que yo iba por ahí matando malos se había acabado y empezaba un juego macabro en el que la ventaja la llevaba un sociópata. Justo el que tenía enfrente.

Andrea observaba detenidamente al joven vestido de traje que había matado a tres asaltantes. Lo veía erguido, desafiante ante el jefe de la banda, quien se había quedado solo y mantenía como rehén a una chica. Andrea pensó que el asaltante, quien seguramente estaría acostumbrado a perpetrar actos violentos, se sentía en su medio de terror y caos, sólo que esta vez había fallado, ya no tenía al resto de su banda. Héroe y villano apuntaban sus armas; el joven dirigía su pistola hacia el líder y éste apuntaba a su vez a la cabeza de la pobre que tenía asida del cuello. Andrea había percibido en Rafael sus ganas de saltar, de tratar de derribar al asaltante, de ayudar al muchacho; ella sabía que él quería hacer algo, a diferencia del resto de los comensales que estaban petrificados de miedo. Andrea lo detuvo discretamente agarrándole la mano; intercambiaron miradas, una explicación completa cabía en un solo parpadeo. Si Rafael intervenía podía provocar la muerte de la chica. Rafael abandonó su posición tensa.

Rafael no tenía hijos, y siempre atesoró la ilusión de haber sido papá. Un domingo se encontraron casualmente en un centro comercial. Andrea iba con sus dos hijas.

Se toparon de frente, se vieron a los ojos sin poder evitar una sonrisa auténtica; sonrojados, trataron de actuar con naturalidad. Andrea lo presentó a sus hijas como un cliente.

Rafael las había saludado con una ternura que hizo que Andrea no pudiera evitar que se le llenaran de lágrimas los ojos. Se despidieron con un beso muy formal, no era cuestión de quedarse mucho tiempo y que alguno de los dos metiera la pata enfrente de las niñas. Se alejaron, y al cabo de pocos segundos los dos voltearon al mismo tiempo; ninguno había resistido comprobar si aquello había pasado o sólo lo habían soñado. Sonrieron. Rafael le guiñó el ojo; ella no pudo evitar mandarle un beso sutil con los labios. Los dos habían sentido escalofríos, aquel encuentro había sido ampliamente comentado en la cama, después de haber hecho el amor, relajados y felices, abrazados, riendo mientras recreaban aquel momento, quizás el único, aparte de enamorarse, que no había sido planeado en su relación. Para Andrea, su Rafa era un gran oso de peluche, el más tierno del mundo y, para su desgracia, ahora que lo tenía, no sabía bien a bien dónde ponerlo en su vida.

José Arturo había perdido a su padre a la edad de dieciséis años. La causa: un derrame cerebral mientras dormía. Su madre lo había abrazado la mañana siguiente, encontrándolo rígido y frío. Fue un golpe muy duro, demasiado para ella.

Todos vivimos a milímetros de la locura. A veces, los eventos de la vida nos acercan a ella. A veces, a ésta se le pasa la mano y acaba empujándonos al otro lado de la sanidad mental. Hay unos que tienen la suerte de regresar, la madre de José Arturo no estuvo entre ellos. Ella se fue matando poco a poco a golpe de whiskeys que empezaban a las diez de la mañana y acababan cuando perdía el conocimiento y caía desfallecida, en su cama, la sala, el departamento de una amiga o estacionada en el garaje de su casa. Murió de cirrosis. Antes de cumplir la mayoría de edad, José Arturo Elizondo y su hermana ya eran huérfanos.

Él entendió que si quería ser alguien en esta vida, y José Arturo definitivamente quería serlo, debía lograrlo él solo. Energía y empeño, aunados a una inteligencia siempre en movimiento, le habían facilitado la tarea que la vida le había dado a cambio de haberle robado a sus padres.

Él y su hermana, cuatro años menor, vivieron con una prima de su madre, hasta que José Arturo cumplió dieciocho años.

A diferencia de sus amigos, él debía mantenerse a él y a su hermana para pagar los libros, la colegiatura de la universidad, la gasolina para la carcacha que como milagro seguía circulando. Trabajó casi de todo: empleos inverosímiles como ir a la vendimia en Ensenada o ser *bell boy* en un hotel en Cancún durante el verano. Un día se robó un letrerito de un puesto de verduras en un mercado sobre ruedas que decía: LO BUENO CUESTA. Ése fue su lema a partir de ese momento.

La muerte era algo que no podía superar, le aterrorizaba hasta paralizarlo. La tenía tan cerca en el recuerdo de su padre y la pesadilla diaria con su madre mientras vivió.

Los sueños de la gente normal eran pesadillas para él. Sombras o seres verdes diabólicos que lo seguían; se despertaba a las tres de la mañana sudando, dando gracias por estar vivo y porque sólo fuera un mal sueño, uno más. Sueños de persecución en los que él huía de algo, nunca supo de qué, pero era algo malo. Le gritaban por su nombre, pero él no se atrevía a voltear, no importaba que fueran palabras amables; él no iba a perder su valioso tiempo para sacar ventaja y escapar, en vez de voltear a contestar; quizá todo era una trampa para hacerlo caer.

Se levantaba con la protección de la luz del día lamentando no haber enfrentado a los monstruos de sus pesadillas; simplemente no podía superar aquella cobardía onírica.

Sandra, su hermana, era su protegida, la procuraba y mimaba. Él trabajaba para los dos, ya que en su mente vivía la idea de que ella no tenía ninguna culpa del golpe asestado por el destino en sus vidas, por ello Sandra era una consentida, una niña fresa que no tenía que trabajar, tal y como vivían el resto de sus compañeras en la universidad. José Arturo era su padre, madre, hermano; ella era el orgullo y acicate que lo empujaba a deslomarse para que los dos salieran adelante.

Su primer trabajo como abogado recién salidito del Tec, fue en la maquiladora donde seguía laborando. Lo habían acogido con un sueldo más que razonable, que cada año aumentaba de manera sustancial, y él a cambio pagaba con lealtad, valor casi olvidado en estos días. Las novias no estaban dentro de sus prioridades en la vida, nunca pasaba de una relación ocasional. Las noches eran para estudiar su maestría; su jefe, el licenciado Bouchot, ya le había dicho que tenía que obtener nueve de promedio o la empresa dejaría de pagar la colegiatura, y eso no era algo que José Arturo Elizondo pudiera permitirse.

Cuando el licenciado Bouchot le avisó que acababan de contratar una membresía en una prestigiosa cadena de clubes deportivos en la ciudad, le sonó maravilloso. Cuidar la salud, mejorar el cuerpo, total, era cuestión de sacrificar un par de horas en las mañanas, levantarse temprano. Ya había escuchado el dicho "ya dormirás cuando te mueras" y lo aplicaba a rajatabla, aunque la parte final, la de la muerte, le erizaba los pelos como gato. Aquélla era una palabra que nadie debía utilizar, más valía no invocarla, no fuera que se hiciera realidad.

Era José Arturo contra el mundo, y él tenía planes de comérselo toditito.

Andrea y Rafael eran dos adultos que ya no estaban para enamorarse como lo habían hecho: sus corazones bombeaban al mismo tiempo, compenetrados al unísono; no existía un reloj tan perfecto como ellos dos cuando estaban juntos. Se escondían en su refugio, pensado para mantenerlos lejos del mundo que les habían asignado, para no vivir aquellas vidas que no querían. En aquel pequeño departamento cabían hectáreas de intimidad, y las aprovechaban para vivir. Un planeta con tan sólo dos habitantes.

Hubiera sido imposible encontrar a dos seres que se complementaran al punto en que lo hacían Andrea y Rafael; estaban diseñados para vaciarse uno en el otro dejando cabalgar sus sentimientos a placer, sin brida que los sujetara.

Había ocasiones en las que no hacían el amor, tan sólo necesitaban estar juntos. Él, sentado en el sofá, y ella, acostada en su regazo; eso representaba una dosis de tranquilidad que les permitía tomar fuerzas para regresar a sus vidas con la esperanza de que el tiempo se apurara lo suficiente para poder verse de nuevo, justo antes de que los dos empezaran a languidecer.

Sus corazones imploraban tener una vida normal, salir juntos, exigían su libertad. Por eso Rafael y Andrea se habían propuesto cenar dos veces al mes. Era un premio a su determinación de seguir juntos. Se trataba de paladear la vida fuera de las paredes del departamento, una probadita de normalidad, de vida cotidiana, que los dos deseaban gritar por el balcón con un megáfono. Sí, que todo el mundo se enterara que Andrea y Rafael estaban enamorados; más que eso, estaban estúpidamente enamorados. Aquel deseo incontenible de libertad, junto a un destino traicionero, los había llevado justo aquella noche a la trampa mortal que los esperaba en forma de cuatro lunáticos armados. La vida se las había jugado, les había puesto un trocito de queso y los dos cándidamente habían entrado para mordisquearlo, sin siquiera sentir cómo a sus espaldas se cerraba la trampa, la maldita jaula que los mantenía encerrados donde quién sabe qué sería mejor, si salir vivos o mejor cada uno con un hoyo en la frente, agarraditos de la mano, con un rigor mortis que no permitiría que nada pudiera separarlos mientras el mundo siguiera girando.

Manuel Abundes podía jactarse de ser un delincuente de tercera generación. Su abuelo, según las historias que su padre le contaba con orgullo en cada borrachera, se dedicaba a estafar viudas. Ellas eran presas fáciles con necesidad de cariño y exceso de efectivo, educadas para vivir con ingenuidad, la necesaria para que alguien como Manuel Abundes abuelo se hiciera con todo su dinero y las dejara en la miseria. No había prisa, el tiempo que se necesitara para acabarse hasta el último peso.

"Yo jamás les robé un quinto, sólo les enseñaba a gastarlo, y pues, como maestro, tenía que supervisar que lo hicieran correctamente", eran las palabras del abuelo que de tanto en tanto recordaba el padre de Manuel.

El papá ni de delincuente servía, con mil empleos que duraban días o con suerte hasta un par de meses, siempre lo despedían por robarse algo: herramientas, mercancía, dinero del bolso de las secretarias, una computadora, cualquier cosa. La excusa eterna de que era cleptómano se la había enseñado un recluso en la cárcel cuando compartieron celda seis meses por culpa de un patrón poco comprensivo. No pasó más tiempo en prisión gracias a los ruegos de su esposa, la mamá de Manuel, quien después de insistir ante el dueño del negocio, que había acusado penalmente a su marido, finalmente le arrancaba el perdón. Ésos eran los primeros recuerdos de Manuel, de la mano de su madre, que lloraba ante un señor de traje, bigotes y rostro de cera. Aquella historia se repetía de manera regular.

Hablar de manutención era una fantasía; el padre de Manuel no daba para la casa, de eso se encargaba la mamá con una habilidad insuperable para robar en las tiendas sin ser vista. Ya podía tratarse de ropa o de comida, la magia estaba en ella, las cosas desaparecían sin que ni las cámaras de video de las tiendas la vieran.

Cuando Manuel tuvo edad para comprender, se percató que era su madre quien mantenía a su papá. Era un misterio saber qué hacía éste con el dinero.

—Papá, ¿tienes dinero? —preguntaba Manuel.

—Millones, hijo, millones —contestaba con la lengua trabada por el exceso de alcohol.

—¿Y dónde los tienes? —preguntaba inocentemente Manuel.

—Enterrados en una caja.

—Ah, ¿es un tesoro?

—¡A güevo!

—¿Podemos ir un día a ver tu tesoro?

—Claro, cabrón, faltaba más. Para eso está.

Aquella fantasía le duró muchos años a Manuel. El tesoro de monedas robadas a los malditos ricos era una historia que adoraba, y aunque nunca lo había visto, no tenía la mínima duda de su existencia. Aquello le generaba una gran excitación, tanto por encontrarlo como por lograr su propio tesoro, tal y como lo había hecho su abuelo.

Como su padre se perdía en el alcohol por días, sin regresar a casa, le tocó más de una vez encontrar a su madre berreando, pero esta vez de placer. El ruido venía de la recámara de sus padres o del sofá de la sala. Aquellos dos cuerpos sudorosos, de gente grande, con tantos pelos, en las piernas, en las axilas, en el pecho, en el pubis... era asqueroso. La primera vez que Manuel presenció la escena, a los nueve años, salió disparado a vomitar. Había presenciado algo tan incomprensible como desagradable. Con el tiempo llegó a acostumbrarse, de forma que sabía las horas en que no debía llegar a casa, una excusa más para quedarse en la calle, en donde junto con otros como él empleaba el tiempo en arrancarles el bolso a las señoras. Era divertido, como jugar carreritas y no dejar que nadie lo atrapara. Si algún miembro de la pandilla era detenido, llegaban todos en grupo a amedrentar al captor. De esta forma, lo mejor que le podía pasar a la señora afectada era que le devolvieran su bolsa, aunque sin dinero. Para como se habían puesto las cosas, no era tan malo el trato.

Si se trataba de un transeúnte quien los detenía, la estrategia cambiaba; debía gritar lo más fuerte posible que el señor le estaba tocando lujuriosamente sus partes, para que los demás llegaran a increparlo por marrano, rabo verde y violador. La gente que pasaba por ahí, sin comprobar la veracidad de lo sucedido, insultaba al individuo; algunos ni se tomaban la molestia de averiguar, sino que lo golpeaban hasta el punto de que aquel hombre se arrepentía hasta el fondo de su alma de haber tratado de ayudar a la señora en turno y acababa por escapar corriendo. Aquella diversión era, por mucho, más interesante que la escuela. No tenía sentido perder el tiempo entre niños aburridos y libros hechos para ancianos.

En la medida que iba creciendo, robar bolsas se convertía en algo rutinario que ya no proporcionaba las dosis de adrenalina, que tanto él como sus colegas necesitaban para seguir viviendo. Resultaba mejor romper el cristal de un coche que manejara una mujer, y mientras alguien se llevaba la bolsa, otro le apuntaba con una pistola de juguete y le exigía reloj, joyas, lentes y lo que tuviera valor. A sus catorce años, aquellas aventuras llenas de riesgo le proporcionaban gran placer a Manuel. Un día, mientras una señora se quitaba las joyas para dárselas, él se le quedó mirando el busto. Con el movimiento se podía apreciar su lozanía y abundancia. Metió la mano por dentro del brasier. La víctima intentó apartarlo, él le acercó el arma a la cabeza.

—Si te mueves te mato —para continuar manoseando a su víctima. Sentía su miembro a reventar.

—¡Ya vámonos, compadre! ¿Qué haces? —gritaba el compañero de asalto, mientras salía corriendo con la bolsa.

La mujer empezó a llorar; él simplemente no se podía alejar, estaba atrapado ahí, hasta que sintió el líquido caliente saliéndole del pene. Con la otra mano se ayudó a completar aquel éxtasis y que acabara de salir aquel chorro de placer. Varios coches hacían sonar el claxon; salió corriendo, con dificultad por la erección.

—¿Por qué te quedaste tanto, cabrón? —preguntó su compañero, a dos calles de distancia. Manuel no contestó, sólo recordaba la escena, los senos, su víctima aterrada, llorando; el placer—. ¿A ver el guacho y las joyas? —Manuel se volteó a ver las manos, se tocó los bolsillos. Estaban vacíos, había dejado todo en el coche, embrujado por aquel momento.

—Se me cayeron en la carrera —alcanzó a disculparse tartamudeando aquella mentira.

A partir de aquel momento, el dinero, relojes y celular eran el botín de los hombres que asaltaba. A sus dieciséis años, las mujeres, sin importar su edad, estaban para ser sometidas y continuar su ritual de satisfacción. La banda ya sabía que, si se trataba de una mujer, Manuel no robaría nada.

A la postre, había mostrado su liderazgo, y quien osara reclamarle su *falta de profesionalismo* lo pagaría muy caro. Manuel había demostrado no tener reparo en acabar con una vida. Así, los demás, aunque delincuentes como él, le tenían miedo; habían visto cómo podía matar a una víctima de un asalto o a algún miembro de la banda, sin inmutarse.

El tiempo se contaba con el número de asesinados por Manuel. Asaltar conductores ya no era para él. Tenía una banda en forma. Cuando recién había cumplido los veinte, se había estrenado asaltando un banco. Ya no era un mocoso robando coches y manoseando señoras aterradas, ahora sólo asuntos importantes; sin prisa, se tramaba un plan y se ejecutaba tal y como había sido orquestado.

El robo y los asaltos eran su trabajo, su pasión era abusar de las mujeres. Sólo las violaciones superaban el creciente número de muertos en su cuenta. La excitación que le provocaban los llantos, los ruegos, el terror de las víctimas hacía que valiera la pena tomar el riesgo.

Fuera de aquel ambiente, le resultaba imposible lograr una erección. Por ello abandonó las visitas, junto con sus compinches, a los prostíbulos. Si la mujer estaba dispuesta o, peor aún, deseaba el sexo, como el caso de las prostitutas que frecuentaba la banda, la diversión para Manuel se acababa. Si no destrozaba una vida, no tenía caso pasar la vergüenza de no responder en la cama.

—No te preocupes mi amor, eso pasa más seguido de lo que tú piensas —le susurraba una de las chicas del burdel.

No se sentía avergonzado, no era necesario estrangular a la chica. Simplemente aquello no era sexo, aquello no era placentero; nadie era culpable de su impotencia: si la mujer no lloraba ni suplicaba, no había excitación. Tan fácil como eso.

Manuel Abundes no tomaba; al igual que el sexo consentido, no le veía la gracia. Echarse unas copas para quedar atontado y pasarla muy mal al otro día carecía de sentido. Lo que a él le gustaba era la adrenalina. Manuel vivía de Red Bull, Monster o cualquier bebida que acelerara al corazón a mil. Aquella bomba de alteración lo hacía sentir vivo. Por eso la cocaína era una gran amiga suya. Aquel talco mágico que agudizaba sus sentidos, que le permitía ver más allá que los demás y escuchar el más mínimo ruido, facilitaba la operación por arriesgada que fuera; nada era tan poderoso como para infligirle temor cuando los sentidos de Abundes estaban inundados de la cocaína que necesitaba para vivir.

Los gemelos eran delincuentes, nacidos para ello, con poco cerebro y muchas agallas. Manuel los había conocido justo cuando dos miembros de su banda no se habían aparecido el día que iban a secuestrar a un empresario; su gente se había puesto enferma, según ellos; les dio frío, según él, y bajo su juicio, los dos acabaron con un tiro en la nuca, flotando en una presa a las afueras de Monterrey. Ya no tendrán miedo nunca más. Así, los gemelos fueron un recurso de último minuto, recomendados por un conocido suyo. Cuando se comunicó con ellos les convenció el plan y en dos horas se presentaron listos para hacer el trabajo. A partir de aquel momento eran insustituibles en la banda de Abundes; con una sola orden actuaban de manera sincronizada, no rechistaban, cumplían y se conformaban con lo que Manuel consideraba que les tocaba del botín.

Precisamente ellos conocían a uno de los meseros del restaurante El Granjero, en un bar mugriento de una colonia popular de Monterrey. Les había lloriqueado de lo mal que lo trataba su patrón y de lo poco que valía su vida, ya que debía mucho dinero a los prestamistas, le gustaba apostar y parecía que le encantaba perder; debía más de lo que podía pagar como mesero, incluso trabajando durante tres vidas consecutivas. Así surgió la posibilidad de asaltar el restaurante. Un jueves, buen efectivo en la caja y lleno de comensales, todos con suficiente dinero para pagar un pedazo de carne de 400 pesos y una copa de vino de 150, sonaba más que apetecible. El mesero se encargaría de proporcionarles toda la información de la operación para actuar con un golpe rápido y muy redituable.

Los gemelos tardaron minutos en pasarle al patrón la información recibida. Éste no se negaría, seguro que entre tantas asistentes alguna le serviría de aliciente para animarse a dar el golpe, y tan fácil como lo pensaron aquellos dos, fue que Manuel Abundes aceptó llevar a cabo el trabajo rápido, en el que todos se llevarían su respectivo premio.

Giovanna Valzaretti era la tercera de cinco hermanas. A sus veintitrés años estudiaba la carrera de diseño de interiores en el Tec de Monterrey. Su padre se había formado en la Volkswagen toda su vida, ocupaba el cargo de director de finanzas. Después de ocupar varias posiciones en Sudamérica fue enviado a sustituir al alemán encargado del área financiera, quien regresaba a Alemania sólo para tomar posesión de su velero y perderse en el mundo, después de haber dejado cuarenta y cinco años de trabajo en el monstruo automotor. Damián Valzaretti vivía con su esposa y cuatro de sus hijas en México desde hacía más de un año.

Si bien la familia se estableció en Puebla, sólo la más pequeña se quedó con sus padres. Las demás se fueron a estudiar a la

Ciudad de México. Giovanna, a quien le gustaba llevar la contraria sin mayor razonamiento, rechazó estudiar tanto en Puebla como en la capital y se fue a Monterrey. Se inscribió en el prestigioso Instituto Tecnológico y de Estudios Superiores, mejor conocido como el Tec de Monterrey, donde se educaba la elite de la metrópolis regia. Concluido el primer semestre, Giovanna decidió que el diseño de interiores sería su futuro, y que Monterrey, su lugar. Después de unos meses, empezó a salir con un chico que estudiaba mecatrónica. La vida le mostraba su mejor cara y ella soñaba con un futuro inmejorable. No había alguien en Monterrey más feliz que Giovanna, al punto que ella había empezado a borrar de su mente el mapa de Argentina.

Rafael no tuvo vida de casado, simplemente compartía casa con una señora con la que había contraído matrimonio hacía quince años. Ni siquiera había niños que espantaran a los dos fantasmas en que se habían convertido los dos. No podría decirse que el matrimonio estuviera en declive, porque nunca estuvo camino de la cima. Quince años en los que nunca prendió una chispa, mucho menos la pasión. El sexo para ella era la comida; para Rafael, fantasías, punto.

El divorcio no fue traumático ni amigable, sólo un trámite entre abogados con cara de aburrimiento. Ella no pedía nada y Rafael estaba dispuesto a ceder todo, una pesadilla para los asesores legales. No hubo pelea ni aversión, nadie se pintó debajo de los ojos en señal de guerra; aquello era un insulto a la profesión legal, una falta de respeto. Es como estar de réferi en una pelea de boxeo en la que los contendientes se negaban a levantarse de sus banquitos en las esquinas.

De ella, una vez firmados los papeles y arregladas las minucias administrativas, no había vuelto a saber ni un simple mensaje ni una llamada por Navidad, nada de nada. No se sentía libre porque jamás estuvo aprisionado. Él siguió con su agencia de publicidad, con la que no le iba mal y le consumía todo su tiempo: llegó la hora de hacer las paces con el negocio, darse la mano y pedirle que lo absorbiera aún más, desde temprano por la mañana hasta tarde, por la noche, que lo dejara exhausto para soñar con un fin de semana de dormir, ver series de Netflix y escaparse a comer con algún amigo.

Rafael, quien se había casado a los treinta años, no podía alegar que había sido un acto impulsivo ni que estaba demasiado joven para saber lo que hacía. Pasó tres años solo, divorciado, viviendo en un apagado departamento cercano a su oficina, comiendo mal y dedicando su tiempo libre a su majestad, la computadora. Navegaba por las redes sociales hasta caer dormido y esperar a que la vida simplemente circulara, que pasara lo más rápido posible; si corría con todas sus fuerzas, con suerte, en el camino descubriría en qué dirección debía ir.

Ahora, después de un año de salir con Andrea, su vida era otra. El destino le había enviado a esa mujer para que no siguiera tirando su existencia por el escusado. Ella representaba todo lo que siempre debió haber tenido, era un regalo de amor y pasión, sentimientos sorprendentes que explotaban en su pecho y obligaban a su sangre a circular a una velocidad que desbordaba su corazón. Andrea era alguien por quien Rafael mataría, y no era para menos, era ella y sólo ella quien lo había rescatado para devolverlo a la vida. Andrea despertaba en él un inmenso deseo de protección, y a la vez se sentía arropado en su intimidad, en sus sentimientos, en sus sueños e ilusiones, jamás compartidos con nadie antes. Rafael no sólo estaba enamorado, había aterrizado en un mundo nuevo y resplandeciente.

A sus cuarenta y nueve años acababa de nacer. Andrea era para él como uno de esos despertadores retro con una gran campana en cada lado que repiqueteaban varias veces al día recordándole que estaba vivo, que no era un sueño y que había vida después de todos aquellos años que se habían ido como arena en un puño.

Todo había empezado un sábado en el Starbucks de siempre, armado con su iPad para ver los correos personales, borrar la basura que llegaba el fin de semana, leer el periódico y ver qué había en el Facebook y las redes sociales que había ignorado por años y que ahora eran su vida. Pidió su bebida, la de siempre, capuchino con carga extra de café.

Escuchó un nombre y fue a la barra, tomó el vaso, dio un sorbo para exclamar de inmediato:

—Guácala. ¿Qué es esto tan horrible? —le preguntó al barista, quien ya concentrado en su tarea lo ignoró por completo.

—Eso tan horrible es mi chai latte que agarraste cuando el chavo gritó mi nombre —Rafael se fijó de inmediato en el vaso. Andrea, con cara divertida, observaba a éste, quien hacía esfuerzos para pasarse aquel brebaje horroroso.

—Uy, disculpa, venía distraído y pensé que habían dicho el mío.

Se miraron los dos. Aquella mirada los tomó por sorpresa, agarró sus corazones y entre los dos hizo un gran nudo, inexplicable, pero a partir de aquel error se convirtieron cada uno en la mitad que le faltaba al otro.

—¡Rafael! —gritó justo en ese momento el empleado de Starbucks.

Rafael puso cara de circunstancias. Estallaron en risas, como alguien que se aguanta la respiración y jala aire cuando ya no aguanta más. Se quedaron un rato disfrutándose entre carcajadas y sonrisas. Rafael rogando que le prepararan un chai latte de nuevo, para reponérselo; ella, atrevida, le quitó de la mano el capuchino y le dio un sorbo sin apartar la mirada de él.

—Cada quién se queda con su golpe, ahora te toca tomarte lo que me robaste —dijo divertida. Ella no era ella; casi nunca reía o hacía bromas y menos con alguien desconocido. Él, nervioso, interesado, divertido, se tomaba aquella bebida espantosa y amarga haciendo un gesto de interesante.

—Rafael, ¿eh? La verdad se pronuncia casi igual que Andrea, ahora entiendo tu confusión.

Rafael quiso reír, celebrarle la broma, ponerse serio, hacerse el interesante, soltar un chascarrillo. ¡Hacer algo! Pero él sólo pudo babear. Se sentaron en una mesa común, con varios jóvenes aislados con sus audífonos, uno enfrente del otro; desde aquel momento jamás dejaron de mirarse.

Andrea lo analizó: apuesto, alto, con algunas canas que le daban un aire sexy, no estaba mal de cuerpo y su cara era de un ángel. No podía explicarse cómo podía existir un hombre bondadoso que se viera atractivo y sensual. Una atracción inevitable los dominó y ellos se dejaron ir, desde aquel día. La vida se había convertido en vida, nada más lejos de los años que los dos habían pasado simplemente habitando el mundo. Su pasado indeseable había sido el peaje para encontrar aquella caja enterrada llena de monedas de oro puro.

Se quedaron platicando a lo largo de dos horas y tres cafés. Se veía tan indefenso y a la vez apuesto. Andrea estaba encantada. Y él no apartaba los ojos de ella, la tenía atrapada. Ella era feliz de sentirse cautiva por esa mirada. Andrea sintió un leve cosquilleo en su vagina, no podía creerlo, se disculpó y fue al baño pensando que quizá la menstruación la había traicionado, justo en el momento más inoportuno, pero estaba mojada de excitación sexual; la pura cercanía de aquel hombre había hecho estallar sus sentidos. Volvió sonrojada como quinceañera, excitada y confusa. Salieron juntos del Starbucks, se habían contado sus historias, se habían dado sus números de teléfono y la promesa de verse algún día en la semana. Sintieron que pasaron siglos antes de que llegara el siguiente jueves, cuando se volvieron a ver, quizá sólo para cerciorarse de que efectivamente aquel encuentro había sido real. En efecto, el destino los había puesto en ruta de colisión para que, a partir de aquel día, ambos caminaran siempre bajo el sol brillante.

Él dejó de existir para todo lo demás, solamente vivía cuando estaba con Andrea. Ella se había quedado adherida al papel engomado de él. Desde aquel día no podía volar hacia ningún lugar que no tuviera como destino Rafael Centeno. Acababa de ingresar al cielo y no tenía planes para abandonarlo.

3

Yo estaba más que cansado. Como en los maratones, había encontrado mi propia barrera que no me dejaba avanzar; lo malo era que aquí no había marcha atrás. El sanguinario con el que me enfrentaba, tan pronto como me descuidara, acabaría conmigo, incluso si yo accedía a sus *propuestas* de retirarme para que él pudiera escapar; yo sabía que en el momento en que me diera la vuelta me recompensaría con un balazo por la espalda.

Además, el tema ya no era yo, era Giovanna. Me había lanzado a esta locura al verla indefensa, al sentir que en mis narices el diablo iba a hacer su maldita voluntad. Matando, hiriendo, antes de abusar de esta pobre, yo había decidido ponerme en medio. Yo moría o él moría, pero Giovanna no sería violada. Para mí aquello ya había sido una victoria.

Si me tocaba morir, situación nada descabellada, me iría de este mundo acabando lo que había empezado. Si fui capaz de acabar con los otros tres, no veía por qué no podría con el que faltaba.

Debo confesar que no me reconocía; me encontraba en un estado en el que podía matar a cualquiera y aquella noche ya lo había demostrado tres veces. No tenía ni un poquito de remordimiento por lo que yo había hecho. Se lo merecían esos viles vasallos de Belcebú, y habían muerto de la misma manera en que seguramente ellos habían acabado con la vida de quién sabe cuántas personas en su carrera de delincuentes.

No sé si fui yo o mi ángel de la guarda que me dio ese halo para hacer lo inimaginable, o mi actuar impulsivo que en tantos problemas suele hacerlo, el caso es que hacía cerca de una hora me levanté a disparar como un desquiciado. Peor aún, y eso me aterra, me paré como un robot, sin miedo. Mi corazón dejó de latir para palpitar a un ritmo suave, relajado. Los disparos que anteriormente me habían sonado a cañonazos con estridencia metálica, cuando me levanté a acabar con aquellos delincuentes me pareció que apenas se habían escuchado. Mi pulso había estado firme y mi puntería, que yo sabía muy buena, había hecho blanco limpio y certero en todos.

Quizá no era yo sino Giovanna la que movía los hilos de mi cuerpo para hacer que actuara. Sus gritos, como de película de terror, me estremecieron. La iban a desgraciar ahí mismo, a pocos metros de donde estaba yo sentado, junto con decenas de peces juntándose unos con otros, haciendo una esfera para protegerse, viviendo en la vana ilusión de estar a salvo. Un grupo de personas incapaces de defenderse, que preferían sucumbir a sus propios miedos antes que levantarse contra sus verdugos.

Desarrollé la capacidad de ver otras cosas sin separar la mirada de Abundes a través de la mirilla de la pistola. Yo era un camaleón con un ojo fijo en aquel asesino y el otro revisando lo que sucedía en el restaurante. Me fijé en Giovanna, era muy delgada y chiquita; más que mi hermana Sandra, a quien por cierto jamás llamé por su nombre, sino que me dirigía a ella como la "Enana".

La tez de la argentina era de una blancura exagerada, no conocía a nadie así, quizás era el reflejo de su vestido blanco con unos vivos verdes que combinaban perfectamente con sus ojos. Su cabello era casi pelirrojo, muy chino, y caía en unos caireles justo a la altura de sus hombros.

256

Yo trataba de hacer contacto visual, pero ella continuaba con la mirada perdida. Lloraba, no sé si de desesperación o por miedo genuino a la muerte. Dentro de mi mente yo rogaba no perderla, anhelaba que, por tensa que estuviera la situación, Giovanna no se fuera; tenía miedo de que le pasara lo mismo que a mi mamá, que poco a poco se fue despegando de este mundo hasta que no hubo forma de hacer que regresara. Sentía pánico de que se repitiera con la rehén aquella historia que se reeditaba recurrentemente en mis pesadillas.

—¡Mírame! —le grité de repente. Abundes se puso tenso.

—¿Qué tráis, compadre?

—No es contigo el tema. Gio, Giovanna, mírame por favor —parecía que despertaba poco a poco de un sopor, de un sueño prolongado. Por fin hizo contacto con mi mirada—. No te va a pasar nada. Aunque sé que tienes mucho miedo, te garantizo que vas a salir bien de todo esto, ¿okey?

—Mataron a Raúl —dijo con la voz entrecortada.

—Lo siento mucho, pero eso fue al principio, cuando estos rufianes andaban sueltos. Ahora sólo queda uno, y eso por poco tiempo.

Abundes emitió una carcajada desde el fondo del pozo; el tema no era gracioso pero quería hacernos ver que él no estaba en absoluto nervioso.

—¡Tú lo mataste! ¿Por qué tenías que matarlo? Él no te había hecho nada —se rebeló Giovanna contra Abundes, golpeándolo con unos brazos muy delgados que claramente no lastimaban al delincuente.

—¿Sabes por qué esta pollita está así, haciendo su berrinche? —yo no asentí ni me mostré intrigado, sabía que hiciera lo que hiciera, Abundes continuaría con la idea de todos modos—. Porque no alcancé a darle sus buenos revolcones, ¿y todo por qué? Por el pinche héroe de la novela, el flaco de corbata que hoy amaneció con ganas de ponerse el traje de Superman, le dio por meterse donde no lo llamaban. Le hubiera dado sus buenas cogidotas y bien mansita estaría ahora. Te lo digo por experiencia, cabrón.

Aquel ser desagradable que tenía yo enfrente, que usaba un lenguaje impropio de él, tratando de hacerse el interesante, cuando en realidad sólo se trata de un sociópata, uno de esos payasos terroríficos, una basura más en este chiquero que llamamos mundo.

—Extraño a mis viejos, ellos están en Puebla y no saben nada, ni siquiera les dije que saldría a cenar hoy —se soltó llorando Giovanna—. Mi padre me decía que no corriera, que fuera poco a poco, que no era mi país y primero había que conocerlo, no quería que saliera con Raúl —el llanto la asaltó de nuevo—. Si… si le hubiera hecho caso, él estaría vivo —dijo eso y se desvaneció. Abundes puso cara de fastidio.

—Vaya que es fresita, tu amiguita —dijo, intentando ser gracioso.

Volví a perder la mirada de Giovanna, era como si ante la presión se fugara de este planeta. Abundes la sostuvo con el brazo, evitando que cayera al suelo.

—Mejor vete preparando, porque cuando entres al penal serás la señora de varios en Topo Chico.

—Estás muy pendejo, bato. Yo de aquí salgo libre y vivito y coleando. ¡Y tú directito a tu funeral, a que te velen como lo que eres, un verdadero pinche héroe!

Mientras el asaltante y yo nos mostrábamos los colmillos, el resto del restaurante se mantenía a la expectativa.

Pero no podía quedarme quieto, simplemente no podía.

Era igualita a mi hermana, seguro; igual de especialitas para comer, para quejarse, para la ropa. Eran unas niñas que apenas se asomaban a la vida y las recibía con toda la maldad que cabía en la cabeza de un degenerado.

Sabía que en cualquier momento Abundes iba a dispararme, sabía que trataba de ver sus posibilidades, que estaría calculando qué pasaría si me lanzaba dos plomazos para escapar. Mostraba una mirada vidriosa, los ojos rojos inyectados, una sonrisa falsa, una apariencia tranquila, pero yo sabía que en el fondo estaba inquieto, que en el fondo le daba miedo morir, que me tomaba en serio aunque dijera lo contrario; sabía que yo era buen tirador y que si me disparaba y no era preciso en su puntería, yo no me inmutaría y le dispararía directo al alma. Yo, igual que él, no tendría ni tantita piedad.

Andrea a veces quisiera verlo feo, ignorante, descuidado, desatento, irascible, hosco, antisocial, alcohólico, mujeriego y maldito con las mujeres. Quisiera verle defectos para tener una excusa y soltarse de la nube, gorda y pachoncita, que le habían regalado, para ella solita. Para Andrea, Rafael Centeno era un enorme y deseable muñeco al que, por más que se esforzaba, no le encontraba algo que lo alejara de la perfección. Ella le armaba un drama y él aguantaba. Él la veía y no paraba de besarla, mientras Andrea se quejaba de su día, de las maestras de sus hijas, del inútil de su marido, de sus cuarenta y un años recién cumplidos, de las arrugas que aparecen a pesar de las cremas francesas, de las canas que salen sólo para molestar, de la onu, del gobierno, de los rateros del pri. Rafael sonreía al verla, la abrazaba, mientras ella quería zafarse, y a cada nueva queja Rafael la apretaba más y más hacia él, hasta que acababan en la cama. Ahí se olvidaba todo, se borraba lo indeseado, se creaba una nueva realidad sólo para los dos.

Rafael iba a lo suyo, a amar sin piedad a Andrea. Sólo necesitaba que sus labios se encontraran con los de ella en un beso profundo, un intercambio de hormonas inmediato; necesitaba susurrarle al oído esas palabras que, con sólo oírlas, ella se prendía. Sus pezones se rebelaban y su sexo empezaba a manifestarse, primero mojándose un poquito hasta que, desquiciada de placer, llegaba a una sucesión inacabable de orgasmos. Rafael la besaba hasta escuchar sus alaridos; eran dos cuerpos, peleando uno contra el otro, separándose y juntándose como dos imanes, cambiando de polo a cada segundo.

Aquel rito continuaba para Andrea, después de haber estallado varias veces, de haber mugido desde el cielo, de rasguñar a Rafael, de haberse sentido mujer, penetrada de verdad, de haber aullado como licántropo, de haber reído y llorado a la vez, sacado fuerzas de la nada y degollado a besos a su Rafa.

Los dos, sudorosos y felices, dejaban libres sus emociones hasta que quedaban paralizados al mismo tiempo. Después de recuperar el aliento, acababan prensados con sus torsos inflándose y desinflándose, sus pulmones dándose tiempo de repartir el aire reclamado por todo el cuerpo, y terminaban con una carcajada contagiosa, preguntándose de qué se reían. La respuesta era clara: porque Dios les había prestado por un rato la felicidad completa, aquella que muy pocos en su vida llegan siquiera a verla pasar de cerca.

De pronto noté nervioso a Abundes, empezó a sudar y el cañón de la pistola sobre la cabeza de Giovanna se movía con un temblor singular. Pensé que le estaba dando un ataque al corazón, o algo así; levantó rápidamente el brazo izquierdo para secarse el sudor, y volvió de inmediato a mantener asida a la chica. Yo no entendía qué le pasaba.

—Necesito tomarme algo, no vayas a hacer ninguna pendejada o me la trueno —me avisó el delincuente. Giovanna volvió a llorar.

—¡No, por favor, no me mate! —suplicaba con una voz débil.

—Tú te callas, zorrita. Si intentas escapar vas a saber qué se siente el plomo caliente en el cuerpo.

Parecía que ella se desmayaría, pero Abundes se las arreglaba para no soltarla.

—¿Es una tregua?, ¿estamos? —me dijo Abundes.

Me le quedé mirando, perplejo. El devenir de aquella locura iba mucho más rápido que mi capacidad para procesarlo.

Mi brazo ya casi colgaba de cansancio, mis piernas igual y, lo peor de todo, mi mente seguía el mismo camino.

—Confío en tu palabra de caballero —insistió Abundes.

Eso electrificó mi sistema neuronal, casi salté como si me dieran una descarga en un casco de metal en la cabeza mientras mis pies estaban metidos en una cubeta llena de agua. El asesino despiadado me hablaba de treguas y de pactos de caballerosidad y encima: ¿hacía el favor de confiar en mí?

—¡No estés tan seguro! —contesté sólo para ganar poder psicológico sobre él. Mi voz surgió del fondo de mis pulmones. Mi parte más oscura insistía en participar—. Sabes que tarde o temprano te descuidarás un segundo, pestañearás, te distraerás, y en ese momento te voy a matar de un plomazo, como a los rufianes con los que hoy te metiste en este agujero. De aquí no saldrás vivo. Y yo, yo seré el que te va a devorar las tripas, eso puedes jurarlo —me devolvió una mueca de agobio. Me quedaba claro que, al menos, no la estaba pasando bien, no era el escenario en el que estaba acostumbrado a moverse.

—Tranquilo, tranquilo —dijo, claramente perturbado—. Estamos cansados, estamos nerviosos. Lo has hecho muy bien, impediste que esta ramera fuera mía en el baño y hasta ahora lo has hecho de huevos porque esta poca cosa sigue viva. No la cagues, mi estimado, eres el héroe de la fiesta, no acabes siendo mi cómplice de la muerte de la argentinita.

Ahora el que sudaba era yo. Abundes me había contagiado o más bien era yo que me había sugestionado. Sentía la cara arder, mis mejillas se inflaban y desinflaban y mi respiración era muy rápida, cortita pero continua. Me dio miedo que se me cayera la pistola de la mano, ya que todo mi cuerpo sudaba y sentía la palma de la mano como si tratara de asir a un pescado: si apretaba más fuerte, se caería, y si aflojaba un poco, también. Si eso ocurría podía esperar de regalo un balazo por parte de aquel demente.

—Ahí voy, mi estimado. Tranquilo, y todo estará igual —seguía sudando, tanto o más que yo. Su voz se había deformado hasta convertirse en un ruego, con el tono de niño espantado. Aquello era esperpéntico, una extraña película de miedo: yo me desdoblaba en dos personalidades, o quizás en más, y el loco de enfrente proponía cosas raras y quién sabe qué iba a hacer, pero su sudor delataba una ansiedad notoria.

Mi cuerpo se calmó de repente, como si me hubieran inyectado un litro de Rivotril, y de la máxima tensión pasé a un estado de tremenda curiosidad. Aparté un poco mi brazo con la pistola para ver mejor, lo encogí un poco y al doblar el codo me dieron punzadas. Castigo merecido por haberlo tenido estirado tanto tiempo, pero mi bíceps y hombro lo agradecieron y se compensó el alivio de un lado con el dolor por otro.

El asaltante se agachó.

—Le estoy apuntando en la espalda, exactamente en la parte baja de la espina dorsal, si intentas cualquier cosa, quizá no se muera, pero te la dejo paralítica.

Yo no entendía nada. ¿Qué estaría haciendo allá atrás? ¿Querría manosearla? ¿Estaría haciendo un teatro para alcanzar el arma larga del asaltante loco vestido de mesero que se subió a una mesa? No, eso no podía ser, le quedaba lejos, además ya estaba armado y tenía una rehén, con un arma larga le sería más difícil maniobrar. ¿Sacaría una granada para aventármela? Tampoco. Se notaría la forma redonda si la hubiera traído consigo siempre, además le podrían rebotar las esquirlas a él mismo.

Lejos de intentar hacer algo, me quedé observando intrigado para ver el final de aquella maniobra.

En ese momento, el silencio era quien estaba a cargo; sólo percibí un ruido de papel celofán.

Se escuchó una inhalación profunda, como si alguien quisiera aspirar todo el aire del salón y dejarnos en el vacío absoluto. Se escuchó otra vez, ahora seguida de una tos seca y profunda, muy profunda.

Llegué a pensar que Abundes iba a vomitar el hígado.

No tenía idea de lo que estaba pasando. No podía entender lo que ocurría. Más tosidos, después dos o tres escupitajos.

¿Tendría cáncer en los pulmones este güey y por eso había intentado un último atraco, una última hazaña antes de largarse al infierno?

Ahora se oían respiraciones profundas, y su figura fue emergiendo como una ola sobre Giovanna; me di cuenta de que no era alto, apenas la sobrepasaba, no sé por qué lo había visto más corpulento. Una sonrisa salía de sus labios y el sudor rápidamente se secaba. Ya no había rastro del ser nervioso que habitaba dentro de aquella ropa y empuñaba una pistola minutos antes. Se colocó de nuevo al lado de Giovanna, apuntándole con el arma de manera muy firme, sin perder la sonrisa, con un movimiento rápido le dio un beso en la mejilla, y regresó la mirada a mí.

—Esta vieja es un amor. ¿A poco no, bato? Vamos a acabar esto de una vez. ¿Qué te parece, mi estimado? —yo creo que me vio la cara de incredulidad—. ¿Qué tiene? Me di un pericazo. Ya lo necesitaba, carajo. Ya ves, cada quien tiene sus vicios, el mío es la cocaína. ¿Qué te pasa? ¿Vas a llorar?

Lo peor de aquellos encuentros para Andrea era regresar a morder el trapo de la realidad; injustamente sentenciada a compartir la casa con un ser despreciable; detenida por unas esposas de acero grabadas con el nombre de Rutilo, que cada día le apretaban más. Su vida, hasta que apareció Rafael, consistía en respirar sólo por sus dos hijas. Dios había tenido un poquito de piedad y ninguna de ellas tenía parecido con el papá, las dos eran sólo suyas y de nadie más.

Nadie podía mirarla, cederle el paso o abrirle la puerta con la mejor de las intenciones sin que Rutilo se pusiera furioso y retara de inmediato a aquel hombre a arreglar la afrenta a puñetazos.

Así, la vida de Andrea transcurría de vergüenza en vergüenza; aquello era el purgatorio sin fecha de caducidad. Qué ironía, el hombre que la había conquistado por ser franco y sin miedo, con el tiempo se volvió un energúmeno que despertaba en Andrea el deseo, siempre reprimido, de que llegara una llamada telefónica avisándole que él había sufrido un accidente o un infarto. Recreaba la idea de ir manejando hacia el hospital con prisa y la preocupación de la circunstancia, con culpa, pero con el alma feliz ante la posibilidad de que, con la muerte de su marido, la vida la hubiera perdonado. Pero aquel pensamiento era como la lotería: posible, se podía hasta saborear, pero nunca, nunca pasaba.

Por ello hacía tiempo que Andrea se había dejado de cuestionar su otra vida, dejar *de facto* al marrano barrigón y machista pudrirse en su dinero y en sus interminables noches de juerga con sus amigos, tan feos, gordos y machistas como él, con sus panzas desbordadas y sus mentes ciegas, cuyas comidas acababan de madrugada e inevitablemente en un table dance, pagando por lo más cercano al sexo que llegarían a estar, pues no había mujer en la Tierra capaz de hacerles caso. Andrea sabía que aquel hombre le drenaba la vida misma.

El asaltante se encontraba en otro canal, se veía de lo más jovial, como si actuara en un performance en medio del restaurante y fuera su debut, y además lo estuviera disfrutando. Yo apenas me podía mantener erguido y mi brazo pesaba dos toneladas y media.

—¿Tons qué, mi estimado? ¿Hay trato? Tú te quitas, yo me largo con la bolsa que los camaradas ya me hicieron el favor de arreglar —dijo, mientras señalaba con la vista una bolsa negra sobre una mesa llena de billetes, joyas y relojes—. La otra, la de los celulares, se las regalo. Ya que me vaya se ponen todos a hablarle a la policía como pinches nenas, no me importa. Sólo que me llevo a la güerita como garantía de que no me van a chingar y luego la boto, y todos felices. ¿Cómo ves?

Negué con la cabeza mostrando mi hastío por sus palabras. Puso cara de desaliento fingido.

—Ya ves, compa, contigo no se puede nada. Vas a acabar matando a la argentina. Que hayas tenido suerte con tu puntería no te hace el más chingón de aquí. Me vas a querer tronar y la vas a reventar a ésta ¿y luego qué? ¿Vas a vivir con la culpa toda tu vida? Ahora resulta que el que acabará en la cárcel serás tú. ¡Adiós al héroe! Bienvenido el que, por su pinche necedad, acaba matando a la chica que quería defender.

—Hay una segunda posibilidad, mi buen. Te pego un plomazo, con la misma puntería con que me troné a tus colegas, te mueres y se acaba tu fiesta —dije con un convencimiento por encima de mis posibilidades reales.

La sonrisa de Abundes desapareció. Se quedó pensando, pero pude ver un resquicio de incertidumbre en su mirada, mismo que la cocaína no había podido esconder.

—¿Qué propones entonces, culero? —dijo Abundes.

—Deja a la chica y lárgate. Llévate las bolsas que quieras, no te voy a perseguir y me vale lo que hagas, ésa ya será tu bronca. Con lo inútiles que son los policías, lo más probable es que te pierdas y nunca te agarren.

—No me fío —dijo—. Tú le estás jugando al héroe y me vas a chingar. Vas a querer completar tu obra de pinche ciudadano ejemplar y me vas a querer detener, me vas a disparar a la pierna o algo así. Tú quieres esta noche para ti. Mejor seguimos así, sólo uno de los dos va a dormir hoy en su casita; al otro le va a tocar la plancha de la morgue. El pedo es saber quién duerme blandito, tapadito, rico, y quién tieso y enfriándose cada vez más. Lo que sí te digo, igual me truenas, pero la putita que tengo a mi lado —dijo mientras apretó con fuerza el cañón en la sien de la chica—, ésta seguro se muere, te lo garantizo.

Giovanna Valzaretti dejó escapar un grito, no sé si de dolor por la brutal opresión de la pistola en su cabeza o por el miedo de la inminencia de su muerte.

Negué con la cabeza, sin dejar de apuntarle ni apartar la mirada de él.

—Por favor, dale lo que pida el señor. Te lo ruego por lo que más quieras —sollozaba Giovanna desesperada.

—Tranquila, pronto va a acabar —le dije en un vano intento por calmarla.

—No me mates, tengo mucho miedo de morir —le dijo al asaltante, ignorándome a mí por completo.

—Ya la oíste, mejor hazme caso y todo acaba —dijo Manuel Abundes, aprovechando el momento.

—Gio, si acepto el trato lo más probable es que él te mate, y no voy a permitirlo. Es un rufián, no puedo fiarme —Abundes se molestó, por primera vez lo vi enojado. Empuñó la pistola sobre la sien de la chica, todavía con más fuerza. Ésta lloraba por el dolor—. No hay trato Abundes, seguimos igual, hasta que uno de los dos esté bien muerto.

—Pues que así sea, cabrón —dijo, y escupió al suelo.

Esto era una guerra y al parecer los dos estábamos dispuestos a todo. Sentí un sabor saladito en mi boca, me había mordido el labio, de rabia. El diálogo con el delincuente era un pericazo de adrenalina para mí, ahora estábamos en igualdad de condiciones.

Se llamaba Demetrio Sandoval. Un día, Andrea sintió que la seguían. Le habló a Rafael desde su celular pensando que la perseguía un delincuente. Rafael le dijo que entrara en una tienda, que se dirigiera a donde hubiera gente. Rafael la calmó, no la iban a secuestrar, tan sólo estaban siguiendo sus movimientos, seguramente se trataba de un detective privado.

Trazaron un plan para comprobar si la teoría de Rafael era cierta. Al día siguiente, Andrea fue sola a un Toks a tomarse un café y Rafael observaba desde el estacionamiento. Cuando Andrea salió de la cafetería, Rafael vio a un individuo que, desde un coche, le tomaba fotos a ella con una cámara con un telefoto enorme. Sus sospechas se materializaban. Rafael le pidió a Andrea que revisara la chequera de su marido, que buscara cheques emitidos recientemente que no fueran a nombre de compañías; ella hurgó y encontró en el talonario el nombre de una persona: Demetrio Sandoval.

Sólo fue cuestión de investigar al detective, hasta página de internet tenía; se especializaba en fraudes a empresas, y también en infidelidades, como las llamaba en su sitio.

En la vorágine del asalto, Rafael lo vio en una mesa casi tan escondida como la suya, no supo en qué momento había llegado. Resultaba evidente que los esfuerzos de ambos por eludirlo habían sido ineficaces. Una preocupación más que añadir a la pesadilla que estaban viviendo.

Andrea y Rafael cruzaron miradas, ambos vieron al detective en el restaurante, y si estaba ahí era porque lo sabía todo. De pronto, para Andrea ya no importaba el asalto. ¿Qué podía ser peor si ella y su amante ya estaban muertos?

Rafael no perdió la calma, nunca la perdía. Andrea, por el contrario, había sido devorada por la imagen del detective; se sentía como si la hubieran desnudado enfrente de todos, aquel hombre conocía el secreto más valioso que ella poseía. De nada sirvieron todas las precauciones tomadas. Había creado un contacto con el nombre de Pedro Cruz, "carpintero", con el número de Rafael; eliminaba inmediatamente después de leer los mensajes de WhatsApp de su amante; miraba, una y otra vez, antes de salir hacia el departamento donde se encontraban; cambiaba la ruta y el medio: en coche, en Uber, se estacionaba cerca o muy lejos y caminaba mucho. Hacer todo de manera diferente había resultado inútil, aquel hombre lo sabía todo.

Por eso, aquella noche, justo durante la cena, Andrea se había propuesto cortar de golpe el árbol que le había dado cobijo y una razón para sentirse feliz en esta vida; esa noche le iba a decir a Rafael que su relación había llegado a su fin. Le diría que no podían volver a verse, que su marido claramente sospechaba, que aquello debía acabar antes de que el detective que los seguía tuviera suficientes evidencias. Ahora era tarde, el hombre que tenía toda la información que podía arruinar sus vidas estaba ahí, sentado en una mesa lejana, pero no lo suficiente para no poder verlo, mientras los seres endiablados habían llevado a cabo su danza macabra. Por un momento eso no importaba; un verdugo peor que los delincuentes que habían irrumpido en el restaurante aquella noche estaba ahí.

4

No sé quién estaba más sorprendido, si el asaltante Abundes o yo. Por mi parte el cansancio me rebasaba de forma que ya hasta pensaba en él por su nombre. Ahí tenía enfrente a Manuel Abundes. Qué nombre tan espantoso, y le quedaba perfecto a aquel energúmeno.

¿El maldito habría violado a la argentina? No creo, había pasado muy poco tiempo desde que se la llevó a que solté el primer plomazo. Venía medio encuerada de arriba, pero con sus pantaloncitos puestos. A buena hora se le ocurrió salirse de su país a esta pobre.

La verdad, ya no recuerdo por qué me sabía el nombre del delincuente, ya no me acordaba en qué momento nos presentamos. Resultaba increíble haberlo recordado. Mi cerebro hacía cosas extrañas. No era José Arturo Elizondo, era muchos José Arturos. No conozco al tipo que se levantó de la mesa con un cuchillo de carne en la mano, degolló a uno de los asaltantes y mató a los otros dos como si fuera *Call of Duty* del PlayStation. Yo conozco al José Arturo abogado, tranquilo y hasta conciliador.

—Hermano, acabemos con esto antes de que mueran más personas —dijo Abundes. *¿Hermano? Yo no tengo hermanos, y si tuviera no serían ni de lejos parecidos a este vil sujeto.* Éste siguió hablando y yo clavado con mis cavilaciones—. Tú dejas que me vaya, me llevo a la argentina conmigo, me subo al coche, lo enciendo y ella se baja y queda libre, y yo me pelo, y todos contentos.

—Tengo otra idea: tú la dejas ahorita y te doy sesenta segundos para que te largues. Ya hablamos mucho de esto.

—¿Qué eres: marino o sardina? —el asaltante me lanzó la pregunta. Me quedé perplejo. ¿Marino llevando un velero o qué onda? ¿Sardina? ¿Era un acertijo del mar? Quizá no había entendido bien. Él vio mi cara de extrañeza—. ¡Ah, ya, eres federal!

Por fin entendí. Él pensaba que yo era militar o de la Policía Federal. Por fin entendía algo de aquella loquísima obra de teatro.

—¿Qué más te da? Yo soy el que te va a volar tu cabecita por los aires, muy pronto —el tipo no sabía con quién trataba, pero claramente me sobrevaloraba. Al menos iba ganando la partida. Mejor dicho, íbamos: mi personalidad desdoblada y yo.

Demetrio Sandoval, el detective, estaba en una mesa; Andrea lo veía de cuando en cuando con el rabillo del ojo. Si estaba ahí era porque lo sabía todo y tenía fotos, muchas fotos listas para explotar y destrozarlo todo.

Miles de pensamientos asaltaban a Andrea. ¿Cómo serían las fotos? ¿De lejos con grandes acercamientos? ¿Las tendría guardadas en una memoria digital o ya las habría impreso, como evidencias de culpabilidad? Para Andrea no había la más mínima duda de que tenía pruebas, probablemente muchas, las suficientes para enterrarla muchos, muchos metros, en el más profundo de los hoyos, muy cerca del infierno.

Aunque lo veía como su enemigo que traía consigo la destrucción de su vida, no podía decirse que Andrea lo odiara, aquel hombre hacía su trabajo, incluso le despertaba un poco de lástima: su trabajo consistía en arrancar de cuajo la felicidad de aquellos que habían estado condenados a ser infelices el resto de sus días, y habían tratado de escapar de sus infiernos particulares. Ella ya lo había estereotipado: era el detective al que su esposa lo había dejado por culpa de su trabajo, seguro vivía solo, con un refrigerador siempre vacío, fumaba en exceso y, por supuesto, era un alcohólico sin remedio. Aunque finalmente era una forma de ganarse la vida, y ella era, bueno, un caso más de los tantos que tendría. Investigar a la gente, a cambio del dinero que pagaría quien estuviera interesado en la infidelidad de su pareja, era un trabajo que se reducía a invadir la intimidad de las personas con su cámara, romper sueños maravillosos como el de ella y Rafael, deshacer vidas a cambio de su sustento; el rencor y la lástima de Andrea se dirigieron a la persona del detective Demetrio Sandoval.

Volvió el pensamiento recurrente, por demás infantil, de que Rutilo desaparecía por arte de magia, que Dios se lo llevaba. ¿Por qué no? Su marido hacía todos los méritos necesarios: fumaba, bebía y no hacía ejercicio, vivía atiborrado tanto de presiones como de comida. Alguien que además no medía las consecuencias de sus actos. Que le encantaba hacerse el macho, ver feo a la gente, desnudar a las mujeres con la mirada, incluso a las adolescentes, deseando lo que los excesos de su cuerpo le impedían. Cualquier cosa podría pasarle, pero ése era el problema, nada ocurría, la muerte se negaba a llevárselo. Por más que Andrea lo deseara, ahí seguía Rutilo, con su brazo en forma de detective, tratando de estrangularla.

Por eso Demetrio Sandoval representaba su muerte en vida; con aquel portafolios de piel café gastada seguramente tenía la llave con la que cerrarían para siempre la jaula de Andrea, alejada de sus hijas; la llave por la que Rutilo habría pagado una buena suma de dinero.

Cuando Andrea se dio cuenta, ya no lo miraba con el rabillo del ojo, descaradamente posaba su mirada en el detective mientras sus pensamientos viajaban. En su cara de detective curtido

271

no había expresión. Para su sorpresa, él bajó la mirada; a ella le había parecido que quizás era una buena señal. Por la mente de Andrea pasó la idea de que, después de aquella desagradable experiencia, Demetrio Sandoval se apiadaría y quemaría las fotos, sacaría la memoria de la cámara y la pondría dentro de un vaso de agua, prescindiría del dinero de Rutilo, incluso le devolvería el anticipo que le había dado; un caso no lo haría más rico ni más pobre de lo que ya se veía.

A lo mejor le decía a Rutilo que no había encontrado nada, que ella era fiel, que todo había sido su imaginación y que no había nada de qué preocuparse.

Si eso sonaba convincente, quizá Rutilo se sentiría satisfecho de contar con una esposa dócil y sumisa; el detective cobraría por el resto de su trabajo y todos contentos. Andrea pensó que, si salían de esa situación, se acercaría a hablar con él y se lo propondría, le ofrecería dinero, le conseguiría clientes para otros casos más redituables, de fraudes y cosas así; ella se encargaría de resolverle la vida, a cambio de que no arruinara la suya.

Levantó la cabeza y él la volvió a mirar, esta vez de manera muy distinta, dura y profunda, acusatoria; sin poder evitarlo, ahora fue Andrea quien agachó su cabeza, sintió vergüenza, se sintió una traicionera, pero su marido era una basura y ella quería reparar aquella situación, escapando para finalmente engañarlo. Andrea detuvo sus reproches para pensar en el presente, tenía a Rafa enfrente. Estaba muy concentrado en la discusión entre el chico y el maleante. La realidad era ésa: un loco desesperado, un depravado, con una jovencita en sus brazos cuya vida pendía del cañón de una pistola, una inocente que probablemente no había experimentado la vida todavía. Aquélla era la realidad, no la de su burbuja de pensamientos e intercambio de miradas con el detective.

Pensó que ella podría ser la próxima víctima, sólo tenía que levantarse e increpar al asesino, quizá correr hacia él, antes de que Rafael reaccionara y la detuviera; con suerte conseguiría morir rápidamente sin darse cuenta del dolor, tal vez se convertiría en la heroína al conseguir que aquel maldito se acabara las balas y le diera la oportunidad al muchacho de traje de dispararle para que terminara todo. A lo mejor sí había una salida digna en su vida, y era justamente ésa.

Aquella película de Quentin Tarantino en la que yo era uno de los actores principales sólo estaba empezando.

Mi subconsciente estaba más cerca de convencerme de negociar con Manuel Abundes; por más que yo no me dejaba, ya que sabía que, en el fondo, no cumpliría su palabra y acabaría matándome, mi cuerpo ya quería cerrar el trato. Es como el niño que acepta el reto de ganarle a su papá, sabiendo que va a perder porque así ha ocurrido siempre, pero con tal de zafarme de aquel perverso juego había salido una de mis personalidades, quizá la más auténtica, la pacifista, la que estaba dispuesta a todo.

De la nada, escuché una voz desde uno de los extremos del salón.

—¡Suelta el arma!

Me hice hacia atrás, de forma que, sin perder mi ángulo de tiro sobre Abundes, pude ver con el rabillo del ojo a un señor bajito de traje café o verde empuñando un revólver. Se le había puesto al brinco al matón de Abundes, con ello nos convertíamos en mayoría; éste quizá podría matar a uno, pero el otro se lo tronaba. El camino del asaltante había llegado a su fin; era también mi salvación. Yo estaba completamente atenazado por la tensión, mis músculos me dolían, sobre todo el brazo por sostener la pistola; me quedaba claro por qué en el argot se le llamaba *plomo*.

—¡Déjala, ahorita! —se escuchó por segunda vez un grito rudo y firme. Todo el mundo se volteó hacia donde había surgido aquella voz. De pie, empuñando un revólver que apuntaba al asaltante, se encontraba el detective Demetrio Sandoval. La confusión y el miedo volvieron a aparecer cuando alguien gritó:

—¡Dios mío, se va a armar una balacera!

Instintivamente todos se agacharon, encogiéndose en sus sillas, tratando de hacerse chiquitos.

—Vaya, a éste no lo esperábamos —dijo Abundes con una frialdad impropia de un ser humano.

El muchacho, que mantenía un duelo con el delincuente, volteó a ver al detective y regresó su mirada al asaltante en menos de un segundo. Se le notó aliviado, ya no estaba solo en aquella lucha.

—Déjala o te mueres —repitió el detective.

Parecía que se venía un nuevo combate dialéctico como el que se desarrolló con el muchacho que apuntaba al asaltante; Rafael estaba seguro de que lo reducirían entre los dos.

Andrea pensó en la ironía de que el verdugo de sus sueños fuera el héroe que salvaría a todos los demás. No estaba segura de sus sentimientos, no sabía si alegrarse o si aquella desdichada noche se había transformado en algo aún más terrible.

Pasaron los minutos, una nube de optimismo inundó el restaurante. Aquella pesadilla parecía acabarse. La decisión del detective, quien seguramente tenía mucha experiencia en el uso de armas, junto con la valentía del muchacho, quien solito había matado a tres de los asaltantes, prometían un desenlace pronto. O se rendía el asaltante o caería abatido por los dos defensores que habían surgido en el restaurante.

—Ponle a veinticinco metros, a ver si tu sobrino es tan cabrón como parece.

Y tómala, llegaba yo y clavaba unas en la mera diana y bien cerquita las otras. Mi tío, el coronel del ejército, se sentía entre orgulloso y encabronado conmigo.

—El cabrón tiene mucha suerte —decía mi tío.

—Ni madres, es la cuarta vez que viene y siempre nos chinga a todos —repelió el generalote, amigo de mi tío.

—Sargento, tráiganse en chinga a Mendieta, vamos a ver si mi sobrino es tan verga —mi tío me lanzaba miradas entre desafiantes y nerviosas que escondían un mensaje que yo no entendía.

Desde que mi mamá murió, a mi tío le había quedado mucho remordimiento por no haberla sacado del alcoholismo en que había caído, o no habernos recibido en su casa a mi hermana y a mí. Se limitaba a invitarme a comer de vez en cuando, me preguntaba cómo andábamos de lana. Debo reconocer que nos ayudaba económicamente cuando lo necesitábamos; me decía que no le costaba nada mantenerme, pero que yo tenía que salir solito, que eso me forjaría como hombre. De cuando en cuando, me invitaba a comer, y después de diez minutos de plática quedaba claro que no coincidíamos en nada. Siempre discutíamos, y no le tocaras al ejército porque se ponía loco. Cuando se enojaba, cosa que ocurría muy rápido, me degradaba de mi fuero civil llamándome *pacifista*, se levantaba y se iba, rumiando: "Si estuviera su madre". Yo, como me sentía pacifista, pues ni me ofendía. En las siguientes ocasiones, regresaba el coronel con nuevos bríos. Así era siempre, hasta que un día me dijo:

—¿Crees que es muy fácil estar en la sierra y defenderse del narco? A ver, cabrón, te me presentas el próximo sábado a las setecientas horas en el campo militar. Das tu nombre y te llevarán a donde tiramos, a ver si de una vez cierras el hocico.

Tuve que buscar en internet qué hora eran las setecientas, mi reloj sólo tenía doce.

El sábado siguiente, con mis ojitos que se negaban a abrirse del todo, me presenté en la caseta del campo militar 7-A, después de haber seguido las instrucciones del Waze, ya que yo no tenía ni la menor idea de dónde quedaba. Llegué a la caseta que controlaba la pluma de entrada de autos al Campo Militar, custodiada por dos policías militares.

—José Arturo Elizondo, soy el sobrino del coronel Fernando Elizondo.

—Mi coronel lo está esperando desde hace rato —vi mi reloj: eran las 7:08 a.m. Se trepó un soldado en mi lugar del auto sin preguntar ni nada.

—Ora, ora —le dije. Le valió gorro, si no salto hacia el asiento de copiloto me aplasta.

—Usted no puede conducir dentro de las instalaciones militares.

—Ta bien —murmuré. Era un mocoso que le hablaba a otro mocoso de usted. Después de conducir muy despacito por unos minutos dentro del campo militar, el soldado detuvo el coche.

—Aquí es. Camine hacia allá, enfrentito —me ordenó el policía militar. Había un quiosco y se veían las gorras de los militares que estaban sentados alrededor de una mesa redonda.

—¿Y mi carro? —cuando me volteé a preguntarle, sólo vi la tierrita volando y mi cochecito que se lo llevaban, seguramente a torturarlo.

—Cabrón, llegas tarde —dijo mi tío. Para variar, regañándome en público.

—Perdón —murmuré.

—Es mi sobrino, el hijo de mi difunta hermana —yo alcé la mano en señal de saludo—. Preséntate, cabrón —estuve tentado a poner mis ojitos en blanco como diciendo "ay, no manches", pero tenía planes para ese sábado en la noche y no se me antojaba tentar a mi tío en su territorio. Era capaz de encerrarme en una mazmorra.

—José Arturo Elizondo, mucho gusto, caballeros —no me iba a amilanar; al fin y al cabo estaba a punto de acabar la carrera, y un abogado no se deja humillar.

—Bienvenido al Campo Militar de la Séptima Región Militar, m'hijo. Siéntese —me dijo un generalote picudo que traía más estrellas que una gala de Hollywood. Se veía grande y afable, y tenía un fuerte acento regio. Después de sus palabras, todos me saludaron.

—Gracias, mi general —contesté marcialmente.

—Me traje a este cabrón porque siempre está criticándonos. A ver si es tan chingón para disparar, como para hablar mal del ejército.

—¿Es verdad? —preguntó el general, casi muriéndose de risa.

—No, mi general. Lo que pasa es que, para mi tío, si uno no piensa como él, está mal —mi tío me vio con cara de enojo por evidenciarlo con sus colegas.

Alguien gritó:

—No, pos ya nos queda claro, afuera del campo es igualito que aquí adentro —carcajadas de los asistentes, sonrisa mía y mirada fulminante del coronel.

Desayunamos unos huevos revueltos a la mexicana, que picaban de muerte, pero fueron los más deliciosos que he probado en toda mi vida, y frijoles de la olla irreales de tan buenos. Para mi sorpresa, los militares en la mesa eran muy amables y platicadores, comían en friega, yo era el último. Me embutí el desayuno.

Se levantó el general y todos justo después de él. Se dirigieron a lo que, luego supe, se llamaba el polígono. En una mesa tenían varias pistolas y algunos rifles. Llegó un soldado alto, prieto y pelón, y me dijo:

—Venga, que le voy a enseñar a tirar.

—Aprieto el gatillo y ya, ¿no? —ni caso me hizo. Por el contrario, me dio toda la explicación de cómo pararme, cómo ver la mirilla y a un metro de la diana disparamos, pero en vez de bala había puesto un lápiz en el cañón, que salió disparado cuando apreté el gatillo—. ¿No vamos a tirar con balas de verdad? —pregunté.

—Cuando haya tirado cinco lápices y yo vea que ya aprendió, lo llevo con los demás. Así que disparé mi primera batería de cinco municiones Lapimex, uno por uno.

Por fin pude tirar, nos aventamos tres rondas.

—Mi general, volvió a poner todas en la diana —decía divertido el soldado que me habían asignado, mostrando la cartulina con todos los agujeros en el medio. El soldado estaba feliz de haberme entrenado y, lápiz a lápiz, haber forjado a todo un campeón.

El generalote que mandaba no podía sonreír más, ante la desesperación de todos los demás, algunos se rendían y me daban palmadas.

—Métalo a la unidad, éste sería rebueno —le decían a mi tío.

Así fui otras tres veces. Mi tío me obligaba a ir, yo creo que para ver cuándo se me acababa la suerte, y yo a las setecientas horas bien puntual. Ya me sabía el protocolo del sardo que manejaría y que se robaría mi coche, etcétera. Todo lo hacía por una pasión que me había nacido desde el primer día. Pasión por los huevos revueltos a la mexicana que, como yo, no tenían madre.

En mi cuarta visita, los oficiales, amigos de mi tío y yo éramos todos *brothers*.

—No me hables de usted, para ti soy Eduardo —decía un general con una estrella.

—¿Cómo ve que un civil nos ha chingado a todos, mi general? —comentaba uno de los oficiales. Fue ahí cuando se ardió mi tío y trajeron a Mendieta, que era un compa chaparrón que hablaba comiéndose todas las letras —desde un satélite se veía que era jarocho—, con un bigotito que, por más que lo mimaba, apenas se asomaba sobre su piel bronceada.

—A sus órdenes, mi coronel —se puso muy tieso enfrente de mi tío con un saludo militar. Vi sus brazos, cada uno era del grosor de una pierna mía. Si el tema era que nos íbamos a echar un trompo a golpes, ya estaba claro que mi vida llegaba hasta ahí.

—A ver, tire con la cuarenta y cinco una ronda desde veinticinco metros —se veía que le encantaba y tenía ganas de quedar bien con los jefes que estaban ahí, algunos con cascos para los oídos; otros, como yo, usaban tapones como los que te dan en el avión.

Nos quedamos expectantes después de los tronidos. Separados uno de otro exactamente por el mismo lapso. Lo vi disparar firme, con un ojo cerrado, y sus brazos no se movían ni un milímetro. Me dije: *Este compadre ya me fregó, adiós a mis huevos a la mexicana y a mis nuevos amigos.*

—Cuatro dianas, una en el ocho y una en el seis, mi coronel.

Todos afirmaban orgullosos, con la cabeza.

—¡Muy bien, Mendieta! —le dijo mi tío y aquél le correspondió con el saludo militar—. Vas tú, cabrón —dijo, dirigiéndose a mí.

Me daba nervio, sabía que las iba a volar, pero, qué bueno, así me quitaba la presión y mi tío ganaba, ni hablar. Me puse en posición; a mi lado, el soldado que me entrenó, me dijo casi al oído:

—Tire como las anteriores, nomás acuérdese de no jalar el gatillo, sólo lo soba con cariño como si fueran las tetitas de una vieja.

Yo me quería concentrar y casi me muero de risa, pero sólo se me dibujó en el rostro una sonrisa del tamaño de las del Guasón. Acaricié el gatillo como me había enseñado el soldado y no pasó nada, le apreté fuerte y nada. Volteé a ver a mi fiel escudero, quien me gritó:

—¡Quítele el seguro! —vi a mi tío. Estaba feliz disfrutando de mi estupidez. Me puse rojo. De superestrella a supertarado. *Ya mejor disparo en friega y adiós*, pensé.

Pam, pam, pam, hasta seis. Casi no les di tiempo, hice que salieran una persiguiendo a la otra. Acabé y me regañó mi mánager.

—Demasiado rápido, mi jefe.

Fue a despegar el papel de la diana y se regresó con una sonrisota.

—¡Las seis en el mero centro, mi general! —dijo el soldado

que actuaba como mi asesor. Todos aplaudieron. El más feliz era el general que mandaba ahí. Todos me dieron la mano.

—¿Cuando te alistas, m'hijo? —me preguntó el generalote.

—Deje que acabe la carrera, me falta sólo un semestre, mi general, y me lo pienso.

Éste sonrió paternalmente, sabía que le mentía.

—Vamos a tomarnos unas cheves pa' celebrar al muchacho —ordenó el general.

—¡Mendieta! Preséntese arrestado a las mil seiscientas horas con el policía militar de guardia. ¡Por pendejo! —ordenó mi tío el coronel.

Podía sentir cómo resbalaba por mi garganta el líquido ámbar helado de una cerveza Victoria. Lo recuerdo muy bien por lo temprano que era para unas cheves, apenas eran las ochocientas veinticinco horas.

Bendito Dios que estábamos el señor bajito de traje y yo para acabar con el maldito de Abundes y poder largarnos todos a nuestras casas. La fiesta para estos desgraciados estaba por acabar, todos con su correspondiente plomazo en la cabeza.

De pronto todo cambió de nuevo.

Creo que ni escuché el disparo. Sólo alcancé a ver el rapidísimo movimiento de Abundes quitando el cañón de su pistola de la sien de la chica para apuntar hacia donde estaba el señor bajito. Lo que sí vi clarito fue la llamita que salió de la pistola, por eso supe que había disparado. Yo no me moví, no le dejé de apuntar. Lo más diabólico es que Abundes no apartó su mirada de la mía. Estoy seguro de que él pensó que me voltearía a ver al señor y en ese descuido él me mataría a mí también. Pero no me moví. Gritos de la gente, llantos y lamentos. Me quedaba claro que este maldito se había echado al único integrante de mi equipo. Mi visión de lo que iba a ocurrir había desaparecido. Las cosas habían salido muy mal. Ya no tenía a nadie que me hiciera fuerte y el delincuente se sentiría más confiado porque, casi sin inmutarse, se había echado a un contrincante. Estábamos de nuevo parejos, uno contra uno. Él con su rehén y yo con mi cansancio, que se me hacía cada vez más pesado.

Entre respiración y respiración no había cambiado nada la cosa, sólo que Manuel Abundes tenía una bala menos, pero sabía que le quedaban al menos cuatro.

En el juego íbamos tres a uno ganando los buenos, pero la mala noticia es que mi delantero estrella, mi brazo de gran puntería, temblaba porque no podía más con el peso de aquella pistola. Me mordí los labios para ver si me salía adrenalina, opté por cambiar de posición, doblé las manos para seguir apuntándole, pero no como policía, sino con la pistola de lado como lo hacen los raperos. Eso le llamó la atención al asaltante; vi que ladeó un poco su cabeza, como cuando le hablas a un perro y voltea como si te entendiera.

Yo sabía que Abundes adivinaba lo cansado que yo estaba. Curiosamente no me daba miedo morir, me daba miedo fracasar. A lo que más le temía era a que me entrara un ataque de pánico, me rindiera y dejara que violara a Giovanna, ahí mismo, y me arrodillara pidiéndole clemencia a aquel desalmado. Ser héroe ya no estaba entre mis planes. En realidad, lo que yo más deseaba era que aquello acabara, la fatiga me salía por los oídos, me dolían los riñones, la espalda, el brazo, sobre todo el brazo, como si estuviera amarrado a una viga de acero. Ya no resistía más, necesitaba salir a correr diez kilómetros para liberar toda aquella tensión contenida, o que me dieran un plomazo en el centro del corazón para que aquello acabara de una vez. Para mi desgracia, estaba condenado a seguir. Aquella fiesta, literalmente, era a morir.

Andrea suspiró profundo y dejó salir el aire poco a poco, y con él toda la angustia que había acumulado durante el asalto. Un trueno surgió de la nada, la paz que se había instalado en aquel lugar se caía en pedacitos.

Ella y Rafael miraron instintivamente al detective para ver cómo caía, tratando de asirse al mantel de la mesa, arrastrando con él platos, copas y cubiertos. El detective, con una corbata café salpicada de sangre, se deslizaba poco a poco; primero cayó de rodillas, luego se desplomó boca abajo. Una señora pegó un grito; aun en la penumbra se veía cómo la sangre oscura empezó a brotar alrededor de aquel hombre caído.

Los ojos de la gente miraron al asaltante, que sostenía la pistola más confiado ya que, si bien no soltaba a la chica, ahora le apuntaba al muchacho, quien no podía ocultar su cara de consternación. El optimismo de hacía unos minutos se había convertido en un aroma de fatalidad que ahogaba a los presentes.

—Ahora sigues tú —dijo el asaltante con voz tenebrosa, dirigiéndose al muchacho que de nuevo se había quedado solo en contra de aquel asesino—. Y después me voy a tirar a esta mocosa argentina delante de todos, justo antes de volarle los sesos. Lástima que no vas a estar para poder verlo.

Andrea deseaba que aquella sinrazón acabara pronto, que llegara la policía, que el muchacho matara a aquel maldito y que Dios interviniera para evitar que la muchacha saliera lastimada, o que finalmente aquel loco se rindiera y todo concluyera. Había sido una noche loca, demente, surrealista, pero saldrían vivos, y con su perseguidor muerto, nadie presentaría resultados del caso a Rutilo; gracias a Dios, no recibiría nada. Rafael y ella saldrían vivos y, lo que era más importante, libres.

Rafael y Andrea se miraron. Ella sintió que no aguantaba más. Rafael, quien parecía que no se inmutaría con nada, fue deslizando su enorme mano por encima de la mesa, muy poco a poco, casi imperceptiblemente, hasta que alcanzó las manos de su amada, que temblaban sin control; su mano era suficientemente grande para abarcar las dos de ella, las sostuvo firme, apretándolas hasta detener el temblor.

La paranoia empezó a apoderarse poco a poco de la mente de Andrea. Después del detective, los siguientes, seguro, eran ella y Rafael. Imaginó a su Rafael enfrentándose a aquel tipo desagradable y a éste disparándole en la cabeza, y ella presenciando todo, segundos antes de volverse loca para siempre. Miró al detective caído en el suelo, del cual sólo se veían sus zapatos y sus calcetines color café claro. Andrea pensó que aquel cuerpo inerte era hasta hace muy poco un ser vivo que había intercambiado miradas con ella, y ahora estaba muerto. El detective, que hubiera sido su peor pesadilla, estaba muerto, totalmente muerto, tirado en el restaurante como basura. Muerto.

Le dieron ganas de vomitar, y tuvo la sensación más despreciable que haya sentido en su vida: alivio. Sintió alivio. Peor aún, felicidad. Se sentía feliz de que el detective estuviera muerto y se llevara todo el informe al más allá. Rutilo nunca sabría de sus hallazgos, seguro buscaría un nuevo detective, pero para cuando eso ocurriera, ellos estarían muy, muy lejos, pasarían por sus hijas y escaparían con lo que trajeran puesto, no necesitaban más para ser felices. El hermano de Rafael vivía en Canadá, en aquel país siempre se necesitaba gente, harían una nueva vida. Ella trabajaría como un soldado, se deslomaría, eso no importaba, los inviernos terribles de Quebec no le molestarían en absoluto. Nada importaba porque todo lo que quería en su vida estaría ahí con ella para cobijarla, el calor de una familia derretiría el iceberg que le pusieran enfrente. Pensó incluso en vengarse, contrataría a un detective que vigilara a Rutilo: cazador cazado. Le pagaría a una prostituta para que lo sedujera, cosa nada difícil, y con esas pruebas lo haría pedazos delante de sus hijas; con esa basura compraría su libertad. Ahora sería ella la que ganaría y se llevaría el premio mayor que eran Rafa y las niñas. El otro se quedaría con un palmo de narices, por maldito, por tratar mal a las mujeres, por tratar como un desperdicio a ella, a Andrea Iglesias, la estúpida que por muchos años fue su esposa.

Todo gracias a la muerte de Demetrio Sandoval, el persegui-do, convertido en involuntario aliado; todo gracias a la muer-te de un ser humano con nombre, apellidos y una vida.

Andrea se sintió el ser más despreciable del universo y, pro-bablemente, lo era.

5

Aquello parecía durar eternamente. Que mi brazo paralizado y adolorido apuntando al maleante estaba condenado a quedarse así por siempre. Que Giovanna se la pasaría entre la conciencia y los desvanecimientos, siempre estrangulada por el potente brazo del delincuente, y que Abundes, quien probablemente había nacido para esto, no se rendiría ni aceptaría ningún trato que no fuera el suyo, y escaparía llevándose a su rehén y la bolsa negra del dinero y las joyas.

Yo sabía que el asaltante buscaría la oportunidad de deshacerse de mí para quedarse rodeado de los borreguitos indefensos que habían acudido a cenar aquella noche. Ya no habría más señores bajitos de traje café de quienes preocuparse. Manuel Abundes, el asaltante, era desconfiado a morir, lo podía leer en sus ojos siempre alertas. Seguramente, en el mundo del hampa confiar en alguien era la manera más segura de acabar en la morgue.

¿Y la policía? ¿Dónde estaba la maldita policía? ¿Era posible que la estrategia de esta banda de delincuentes de cerrar la puerta, bajar las persianas y apagar las luces fuera suficiente para que nadie viniera a ayudarnos? ¿A nadie le parecería raro que El Granjero, uno de los más famosos restaurantes, tuviera bloqueada la puerta y las luces apagadas? Seguramente, por la hora, la gente pensaría que había cerrado temprano hoy. De cualquier manera, ésa era una noche surrealista, todo era posible.

—Ya son más de la una —dijo Abundes, con esa voz chirriante. Lo había dicho sin mostrar emoción alguna, con el mismo tono con el que hablaba siempre. No había que ser muy listo para deducir que el tipo era un sociópata, la forma en que había matado al que había sido por unos minutos mi compañero de hazañas lo dejaba claro. No me atrevía a mirar mi reloj. El tiempo simplemente no transcurría. El recuerdo de que yo había matado a tres seres humanos se había instalado en mi cerebro como una idea obsesiva, como esas canciones pegajosas que odias pero no puedes dejar de tararear en la mente. No importaba que a los que había matado fueran una basura, que antes de despedirse de esta vida se hubieran llevado con ellos a unos infelices comensales. El caso es que yo había privado de la vida a tres seres humanos. No se podía decir precisamente que me sintiera bien conmigo mismo.

Como argumento de defensa me venía a la mente la pregunta de si los maleantes llevarían la cuenta de cuánto daño habían regado a lo largo de su carrera, o quizá sí para ver quién había matado a más y quién era más fregón dentro de la banda. ¿El más violento sería el más temido? ¿El más deshumanizado, el más salvaje, el que Dios no le había prodigado ni siquiera el saludo, el delegado de Belcebú en el congreso de tragedias de la Tierra? ¿Y qué pasaría con las otras bandas de delincuentes? ¿Sabrían entre ellas cuál era la más sanguinaria?

Mi cerebro rodaba locamente. En ese momento lo único que deseaba era que todo terminara, de cualquier manera, pero que ya acabara; es más, ya deseaba mi postre de plomo, que fuera certero, que impactara en mi cerebro y lo frenara de golpe, que fuera una muerte rápida, muy rápida, que no me diera tiempo de entender lo que había pasado.

No, no era arrepentimiento, aquello que drenaba mi cabeza era la confusión. La verdad sí me daba gusto matar a aquellos desgraciados, que quizá porque habían tenido una vida miserable traían su porquería para repartirla entre los inocentes, entre los que no les habían hecho nada. Flotando en mi locura, ahora me sentía orgulloso de mí. Muy bien, José Arturo, limpiaste un poquito la suciedad que nos desborda en este mundo, un poquito de desinfectante no viene mal; las futuras víctimas de aquellos desgraciados me lo agradecerían, seguirían viviendo, casándose, corriendo, bailando, trabajando, divirtiéndose, rezando, haciendo el amor, todo gracias a mí. Todo gracias a José Antonio Elizondo. Yo les había salvado la vida que nunca supieron que estuvo en peligro, yo había salvado la honra de quién sabe cuántas mujeres, y ellas no lo sabían ni lo sabrían nunca, yo era su policía del futuro al matar a los bastardos que les destrozarían la vida, y no tendrían nunca forma de agradecérmelo. Yo era un héroe, me merecía respeto, ¡me lo había ganado!

Estaba agotado, mi cerebro era como diez blu-rays reproduciendo diferentes películas a la vez. Ya no aguantaba más, lo que realmente quería era largarme a mi casa, acostarme en mi camita y dormirme abrazado de mis ocho almohadas, blanditas y acogedoras, las que me ayudaban siempre a desconectarme y alcanzar la paz de un sueño profundo, cuando mi subconsciente lo permitía, claro.

Andrea respiró profundamente, estaba fundida de cansancio y por un momento apartó su atención de lo que estaba ocurriendo con la chica y el asaltante. Bajó la cabeza, le faltaba energía, se sentía aturdida, con ese mareo que te vence cuando te estás durmiendo y abandonas la conciencia para ingresar en el mundo onírico. Por increíble que pareciera, dada la situación, se dejó llevar y, deshecha, cayó por dos minutos en un sueño que se sintió como si hubieran sido horas; un escape mínimo que le permitió volar muy lejos.

Se escuchó el grito de una señora. Fueron tantos aquella noche que ya no hacían el efecto de los primeros; de cualquier manera, voltearon a verla todos, menos los dos que sostenían aquel particular duelo entre el bien y el mal.

La mesa de la señora estaba a un lado de donde yacía el detective Demetrio Sandoval. Ella puso sus manos en la boca, como queriendo detener un nuevo grito. Su marido, un señor mayor, se arrodilló al lado del detective. El silencio sobrecogió a todo el salón, podían escucharse los quejidos del detective; Andrea pudo ver que movía lentamente sus piernas.

—Está vivo. ¡Está vivo! —dijo el señor mayor, mientras desde el suelo dirigía una mirada suplicante como pidiendo que alguien le ayudara. Sin pensarlo ni quererlo, Andrea se puso de pie y vio al detective bañado en sangre. Se quejaba y hacía unos movimientos extraños, intentando levantarse. Rafael la jaló del brazo bruscamente, justo en el momento en que el asaltante la volteaba a ver. Andrea se sentó y Rafael hizo la seña de que todo estaba bien, que no pasaba nada. Abundes hizo el ademán de apuntarle; por suerte los gritos del hombre mayor desviaron de nuevo la atención del asaltante, para alivio de Rafael. En su silla, Andrea volvió a mimetizarse con todos y entre todos, perdía su individualidad y ganaba posibilidades de seguir viva.

—Necesita una ambulancia, hay que pedir una ambulancia o va a morir —dijo el señor mayor, a modo de ruego al asaltante, quien negó con la cabeza.

—Nadie se mueva —gritó el asaltante mientras hacía oscilar su arma—. El que se pare se muere —el señor mayor se quedó arrodillado al lado de Demetrio Sandoval—. Siéntese o el que va a necesitar la ambulancia será usted.

Andrea estaba en shock, el detective no había muerto. Rutilo seguía vivo, seguía en su vida; se desvanecía su nueva vida imaginada, la que le había dado la paz necesaria para dormirse aquellos hermosos dos minutos. Y ahora ella acababa de fallecer justo en el momento en que Demetrio Sandoval resucitaba. Nada había cambiado, el infierno la esperaba sin prisa.

El detective volvió en sí, logró sentarse en el suelo recargado en la silla.

—Estoy bien, estoy bien —susurró Sandoval, como tratando de convencerse de que así era.

—A ver, tú —gritó el asaltante—, agarra el revólver del valiente —éste había quedado a la vista de todos, en el suelo, junto al detective—. No sea que le queden ganas de hacerle de nuevo al héroe —el señor al que se había dirigido obedeció tembloroso la orden—. Eso es, tráemelo y no te hagas el listillo o te reviento a ti.

Se escuchaba toser al detective, como recordándole a todos que permanecía vivo.

Para Andrea, la pesadilla había regresado. Volvió a sentirse desdichada, compungida porque un ser humano aún vivía y no había fallecido. Quizá Rutilo tenía razón y en verdad era una basura y pronto tendría el informe y las fotos que la incriminaban.

Ahora que el detective estaba a salvo, se había esfumado la posibilidad de prolongar su relación con Rafael. Si Demetrio Sandoval lo sabía todo y contaba con el material que necesitaba Rutilo para enterrarla viva, morir en el restaurante dejó de parecerle descabellado.

La cara de Giovanna mostró cierto alivio, era como que si hubiera un muerto menos. La situación no era tan desesperada si Abundes no había matado al señor bajito, las posibilidades de que finalmente la liberara viva aumentaban. Me dio la sensación de que tenía una mejor postura; ya no estaba prendida del brazo del delincuente, por el contrario, se le veía especialmente erguida. Su lenguaje corporal mostraba el aumento de su confianza.

La situación no había cambiado nada para mí. Resultaba milagroso que el valiente señor que pudo inclinar la balanza en esta pesadilla no estuviera muerto, pero el caso es que, gravemente herido y tirado en el suelo, no cambiaba nada. Es más, creo que la participación de aquel pobre hombre, rociado de sangre, había sido útil para elevarle la moral al asaltante y, de paso, bajármela a mí.

Manuel Abundes fue capaz de dispararle en menos de un pestañeo, ni siquiera lo vi venir. Debo reconocer que quizá pude aprovechar el momento para dispararle, pero fue extremadamente rápido; es más, en el fondo estoy agradecido de que el delincuente no me hubiera disparado también a mí, aprovechando el momento. Bendito Dios que no bajé nunca el arma ni dejé de apuntarle, pues ya estaría haciéndole compañía al herido. Las cosas no pintaban para mejorar, todo lo contrario. Maldito el día en que se me ocurrió elegir este restaurante, hubiera aceptado el error de Narciso y su secretaria, y estaríamos cenando en El Gran Pastor, lugar menos lujoso, pero los gringos no habrían notado la diferencia, seguro que ahí también servían mezcales.

Desde el último disparo había pasado más de una hora.

No podría decirse que las personas del restaurante se hubieran relajado, pero parecía que se habían acostumbrado a la situación. Rafael y Andrea se habían tomado de las manos por debajo de la mesa, posadas sobre una pierna de Andrea.

El joven que enfrentaba al delincuente empezaba a flaquear, de pronto trastabillaba, se le veía sudoroso; por su parte, el asaltante permanecía impasible, como si disfrutara de todo aquello. No parecía importarle que sus compañeros estuvieran muertos, tampoco que él hubiera matado; permanecía firme, con la chica como escudo humano. Se podría decir que flotaba una atmósfera de sopor en aquel lugar. De pronto, alguien rasgó aquel silencio de manera brutal. Fue un alarido terrorífico. Todos, incluidos los dos que se batían en duelo, no pudieron evitar voltear hacia donde había salido aquel grito.

Era el detective: se había puesto la mano en el pecho, su cuerpo se convulsionaba, cada vez con menos fuerza, hasta quedar en posición fetal; luego dejó de temblar, de moverse, de vivir.

El señor mayor, que antes había tratado de auxiliarlo, se arrodilló, le puso dos dedos en el cuello, lo sacudió desesperadamente. La vida huía del detective Demetrio Sandoval.

—Ya era mucho que viviera —dijo el asesino. Habló con toda la calma del mundo, sin ironía, sin variar su tono de voz, encogiéndose de hombros para evidenciar su indiferencia—. El próximo eres tú, güerito. Velo bien porque en cualquier chico ratito los demás te van a llorar, como lloran a ese *valiente* —le dijo al muchacho de traje que le apuntaba. El cansancio estaba haciendo mella en él; parecía que el asesino iba ganando la partida, se veía entero, a diferencia del chico.

Andrea clavó los ojos en aquel hombre encogido y muerto. En aquel momento Andrea y Demetrio Sandoval tenían algo en común: la mirada perdida.

Los sentimientos positivos estaban destinados a morir antes de que nadie pudiera disfrutar, aunque fuera un poquito, de ellos. El señor bajito, que parecía que la estaba librando, finalmente cayó muerto. El restaurante se oscurecía todavía más de lo que los asaltantes habían planeado. Un color negro casi sin tonalidades, como un telón de teatro que cae hasta ensombrecerlo todo.

Por cada buena noticia, de inmediato surgían dos lo suficientemente malas como para que la primera quedara archivada en el olvido.

Estaba yo con mis pensamientos cuando vi que Giovanna se agachaba; pensé que se volvía a desvanecer, pero no era eso, se había zafado de Abundes y corría hacia mí. ¡Supervaliente ella, ahora sí me tendría que tronar a este compadre!

Vi clarito que Manuel Abundes estiró su brazo y apuntaba hacia la espalda de Giovanna; ella sería la siguiente en la cuenta de los muertos del día. Me preparé para dispararle a Abundes, pero la chica en su loca carrera se había colocado ¡justo enfrente de mí!

Con la mano izquierda la agarré del brazo y jalé fuertemente. Voló, ya que era más menudita de lo que pensaba, una plumita. Escuché dos detonaciones y mi estómago empezó a hervir. Me dolió muchísimo. Juraría que sentí cómo entraban los proyectiles, atravesaban mis tripas y salían por la espalda. Los tiros que tenían por objetivo la espalda de Giovanna acabaron impactándose en mi cuerpo. Me doblé hacia delante, perdí el equilibrio y caí de nalgas; me quise aferrar a algo y lo único que encontré fue mi pistola, la agarré fuerte con las dos manos y sentí cómo apreté el gatillo; no pude evitarlo, el disparo salió al techo.

Justo después de caer, me di cuenta de que tenía los brazos estirados de nuevo apuntando desde el suelo al asaltante. A partir de ahí dejé de escuchar, y todo ocurrió en blanco y negro. Abundes, quien por lo visto se acercó inmediatamente después del disparo, al ver que le apuntaba, tomó a Giovanna de un brazo, la levantó con la misma facilidad con la que yo la había jalado y en dos segundos regresábamos a la primera casilla de aquel macabro juego, con la chica atrapada en sus garras y su pistola apuntándole a la sien, y él y yo disparándonos miradas fijas. Él caminó para regresar a donde estuvo parado desde el inicio del duelo.

Por mi mente pasó un pensamiento: ¿no sería todo un mal sueño por haber cenado carne y bebido tanto alcohol aquella noche? ¿A qué hora me despertaría? ¿Me tenía que pellizcar como en las películas? Aquel viaje estaba durando demasiado y ya me urgía bajarme.

Así, con la pistola en una mano sin dejar de apuntarle a Abundes, me empujé del suelo con la otra mano para incorporarme. Ya de pie, sentí como si me estuviera haciendo pipí: un líquido calientito, escurría por mis piernas hasta empapar el calcetín y meterse en mi zapato. Era mi sangre que manaba de mi estómago. Nunca bajé la mirada, eso habría significado dos tiros en mi cabeza. Con la mano izquierda me toqué, sentí calientito y viscoso; no necesitaba mirar para darme cuenta de que aquella aventura estaba valiendo madres, y que la vida se me estaba escurriendo por los huecos que me había hecho.

Ahora Manuel Abundes llevaba la ventaja. Quién sabe cuánto duraría yo antes de desmayarme. Maldita la hora en que Giovanna había intentado escapar. Ahora estábamos fregados, muy pero muy fregados.

Se podía ver cómo la sangre del joven herido, el que se enfrentaba al delincuente, empapaba por completo su camisa. Quedaba claro que el asaltante no tenía límites cuando de matar se trataba. El muchacho le había salvado la vida a la chica argentina, pero a cambio se quedó con la bala que estaba destinada a ella. El caso era que ahora la única persona que podía confrontar al malhechor estaba herida; si él era el siguiente en morir, no quedaría nadie que ofreciera resistencia a aquel asesino. Las cosas no iban nada bien y lo que parecía imposible, que empeoraran aún más, ya estaba ocurriendo. Al parecer, aquel infierno no había tocado fondo todavía.

Andrea abrió los ojos exaltada y los fijó en el muchacho que, a pesar de todo, seguía apuntando al malhechor. Ella estaba al borde del colapso nervioso, no podía más, Trató de tranquilizarse; sabía que, si Rafael se percataba de lo cerca que estaba de perder el control, intentaría hacer algo estúpido, lo mejor era respirar hondo y tratar de serenarse. Levantó la mirada y ahí estaba su amante, mirándola con cara de preocupación; ella le dijo con la mirada que todo estaba bien y continuó respirando profundo, de la manera más discreta que pudo. No sabía quién aguantaría más aquella tensión, si ella o el pobre muchacho herido. ¿Qué no existía nadie que pudiera rescatarlos de aquella pesadilla?

El tiempo transcurría pesadamente, nadie hablaba; tan sólo diálogos cortos entre el joven y el asaltante.

Andrea se dejó ir de nuevo. Se acordó de que estuvo lista para arrojarse al camión de la basura o lanzarse a su paso para que sus llantas, pesadas y sucias, la aplastaran como a un gusano, como su marido se refería a ella una y mil veces; y cómo, de la nada, apareció Rafael, como en las películas que veía de niña, justo cuando más lo necesitaba.

Andrea se sentía atrapada entre su mayor deseo en forma de Rafael Centeno y sus hijas: las razones por las que había permanecido viva hasta ese momento. El divorcio no era opción, Rutilo gastaría todo en abogados, compraría jueces y funcionarios, lo que fuera para hacerla sufrir, no sólo dejándola en la miseria, sino robándole a sus dos hijas; se encargaría de humillarla con todos sus amigos y conocidos, trataría a sus familiares aun peor de lo que los trataba hoy en día. Todo castigo sería pequeño contra la afrenta de dejarlo a él, a Rutilo Márquez, el hombre que se creía que tenía todo en la vida, Andrea incluida, como adorno, como simple nana de sus hijas.

Para Andrea la decisión era imposible, vivía en el infierno y haría cualquier cosa para salir de él, pero vivir con Rafael sería dar un salto del inframundo a lo más alto en el cielo. El problema era que no sabía cómo, no había una forma de resolver aquello. Quizá la muerte la podría liberar de tener que elegir. Pensó que, si el asesino que mantenía a la jovencita de rehén había mostrado su sangre fría matando a quien se le pusiera enfrente, ella, al igual que todos los demás comensales del restaurante, era un candidato posible. La idea se quedó atorada de nuevo en su cabeza.

Debo decir que, a pesar de mi precaria situación, me sentía apacible. Puede sonar loco, pero palpar la sangre tibia por mis piernas al presionar con la mano la herida, en un esfuerzo por detener su salida, que yo sabía inútil, se sentía rico. No sé si provenían de algún lado, pero las notas de Queen bailaban en mi cabeza: *don't stop me now, don't stop me, don't stop me, don't stop mee, uhh have a good time!* Ahí estaba yo, José Arturo Elizondo desangrándome, sin dejar de mantener mi vista en los ojos de un violador y asesino que tenía una rehén, y yo, el único que podía detenerlo, estaba a pocos minutos de perder la conciencia por la pérdida de sangre a ritmo de Queen.

Con todo en mi contra, todo apuntaba a que yo sería el siguiente candidato para abandonar el planeta Tierra, en aquel agujero sin escapatoria que era el restaurante donde hacía casi dos horas nos la estábamos pasando poca madre.

—Te estás desmayando, compadre —me sacó de mis pensamientos la voz aguda de Abundes.

—¿Qué dices? —le pregunté en tono retador, como el toro a punto de morir con cuatro banderillas y una espada que le atraviesa el lomo, pero levantando la cabeza desafiante en la plaza.

Llegué a pensar que ya estaba muerto, que algo había pasado y no me había dado cuenta y que tenía dos pedazos de plomo en mi cráneo. Esto que estaba sucediendo no era otra cosa que el resultado de mi imaginación trabajando a toda velocidad antes de morir. De pensamientos amontonados con golpes oníricos, la película de tu vida y de la vida de otros, todo escurrido en un embudo de insania mental. Aquello no era real, era el fin de mi vida; es más, probablemente ya estaba muerto y no quería aceptarlo.

—Estás perdiendo mucha sangre y pronto caerás desmayado, y todo esto acabará. Tú te duermes, yo te despacho al otro mundo y me voy con ésta —dijo, mientras le daba un beso en la mejilla a Giovanna—. Y, claro, me llevo mi dinerito que, por tu culpa, tanto esfuerzo me ha costado ganarme hoy, mi hermano.

—Yo no soy tu hermano.

—Tranquilo, señor héroe. Entonces ¿quién eres? —contestó Abundes mientras sonreía divertido, apretaba todavía un poco más el cuello de la de por sí pálida Giovanna.

—Yo... —empecé a trastabillar. Era claro que la pérdida de la sangre me empezaba a pesar—. Soy José Arturo Elizondo.

—¿Y quién chingaos es Arturo Elizondo, eh? —preguntaba divertido el asaltante.

Me vino a la mente el señor de pelo cano y bajito que había sacado una pistola y que este maldito había matado como si nada. El señor arriesgó su vida y yo en la pendeja no había reaccionado. Entre los dos lo hubiéramos desarmado y esto ya se hubiera acabado. Si no hubiera sido por mi cansancio, por la tensión, porque me relajé, porque sólo me fijaba en este tarado, porque no soy ningún héroe ni ningún valiente, que sólo de pura suerte y como zombi maté a los otros tres... A lo mejor estoy más muerto de miedo que los demás. Qué injusto, el verdadero héroe fue el señor que se le puso al brinco, no yo. Encima, este imbécil ya estaría muerto o detenido y yo... no hice nada.

—Yo soy... Yo soy quien te va a meter un plomazo en tu cara de estúpido para que todos podamos salir de aquí, ¿entiendes? Tú no te vas a salir con la tuya, no importa que yo me muera. Te apuesto a que tú acabarás en el infierno —pude sentir cómo salía espuma de mi boca, la rabia finalmente había invadido lo que me quedaba de cerebro.

Abundes cambió su eterna sonrisa burlona por una expresión seria.

—Ya no te ríes, ¿verdad? Qué bueno, porque te garantizo que tú no vas a tocar a esta niña ni a ninguna más. Hoy es el peor día de tu jodida vida, hoy es el día en que te mueres o te mueres.

Sabía que me estaba yendo camino al otro mundo, pero no me iba a largar solo, me iba a llevar a ese maldito de las orejitas, podía jurarlo.

Estábamos en un *impasse*. Después de tantos acontecimientos en tan poco tiempo, incluso se respiraba cierta calma; era evidente que los humanos somos capaces de adaptarnos a todo.

No se escuchaban quejidos ni sollozos acallados con las manos ni la voz de Abundes ni siquiera los llantos de Giovanna.

En eso se pudo oír en un rincón del restaurante un ruido de sillas que caían al suelo. Como me encontraba en un extremo del restaurante y estaban las luces apagadas, apenas divisaba siluetas. Percibí dos sombras que corrían. Abundes quiso voltear a ver, justo en el momento en que yo regresaba la vista sobre mi objetivo. A causa de aquel duelo de miradas, en el que el primero que se distrajera se moría, no tuvo oportunidad de revisar lo que ocurría en el fondo. Se escuchó un tronido de cristales. Por los ruidos y lo que había visto a distancia antes, me quedó claro que dos personas habían saltado por la ventana que habían roto, y brincado los cuatro metros que nos separaban del suelo. El restaurante está rodeado de un jardín, con árboles y pasto. Así que lo más probable es que se hubieran agarrado a las ramas, o habrán caído sobre césped. Abundes y yo nos miramos intrigados; en su cara se reflejaba cierta ansiedad.

—Se me hace que se te escaparon dos rehenes, don genio —me miró con todo el odio que dos ojos pueden albergar.

—Con la caída a ver si quedaron vivos.

—Seguro que sí, hay pastito y por lo rápido que se pelaron se me hace que eran jóvenes. Creo que ahora sí valiste, Abundes, éstos van directito a avisar a la policía.

—¿La policía? No mames, me da más miedo que se me atore un hueso de aceituna en la garganta que esos pendejos.

—De acuerdo, pero cuando lleguen cien pendejos de golpe a ver si te vale entonces —yo disfrutaba el momento. La jaula se había abierto y dos mensajeros le contarían al mundo lo que estaba pasando. Dejé de sentirme solo, necesitaba resistir todo lo que pudiera. El asaltante tenía razón, los polis no son ni de cerca eficientes, pero algo tendrían que hacer.

Mientras no sea matarme a mí, si piensan que yo soy de los malos. El caso era que pronto se iban a arreglar las cosas. De eso estaba seguro, ya habíamos tocado fondo; ahora era de ahí para arriba.

Creo que el delincuente pudo haberme matado ya varias veces. Mis ojos se cerraban, desobedecían mis órdenes expresas. Ya todo había terminado. La sonrisa burlona de Manuel Abundes me decía a gritos que me podía asesinar en cualquier momento. Y esa vez estuve de acuerdo con aquella basura. Yo estaba muy cansado, había perdido mucha sangre; ya no aguantaba, lo único que quería era que todo acabara.

No era el único. Giovanna se había unido al club de los perdedores, se había dejado ir, igual que yo. La mesa estaba puesta para Abundes. Se la podría tirar ahí mismo, enfrente de mí, y yo seguiría con mi brazo estirado como un maniquí, incapaz de disparar; peor aún, soltaría unos plomazos y, a diferencia de los primeros que tiré con precisión endiablada, esta vez seguro mataría a la pobre argentina y a algún otro de los rehenes atrapados en lo que aquella noche había sido una trampa macabra en forma de restaurante.

Yo pasé de ser un héroe salvador a un muñeco inflable que perdía aire demasiado rápido. Los glóbulos rojos que me quedaban ya no eran suficientes para matar al asaltante. Ni siquiera podía sostenerme decentemente, había dejado de ser una amenaza.

Andrea se sentía deshecha. Por un lado, Demetrio Sandoval estaba muerto, esta vez bien muerto; en lugar de alivio, cargaba con una culpa como una roca enorme, aunque se había librado del terror psicológico que la había acompañado desde que lo vio sentado en el otro lado del restaurante. Aunque no tenía ninguna certeza de que el detective no le hubiera adelantado nada sobre ella y Rafael a Rutilo, estaba convencida de que su marido no había sido informado. Si no, ¿para qué fue el detective al restaurante aquella noche?

Pensó en el hombre que yacía muerto, que se había ganado la vida como cualquier otro. Había elegido ser detective, quizás inspirado en películas y series de televisión: adrenalina, mujeres, dinero, glamur. Probablemente la vida lo había despertado a golpes al enfrentarlo con la realidad de hacer el trabajo traumático de seguir, de manera rutinaria, a mujeres insatisfechas con sus vidas que engañaban a sus hombres y viceversa; tenía que aguantar la furia o quizá las lágrimas desconsoladas de la esposa o el esposo engañado, sufriendo cada mes para pagar la renta de su oficina, mucho más que modesta, en alguna colonia igualmente modesta.

Andrea se aventuró a imaginar cómo sería su vida, la de ser el soplón que le da la mala noticia al que le paga y lo deja llorando o quizá furioso, gritando y reclamándole a Dios. Le pagarían de mala gana, le aventarían sus cheques; quizá se había cansado de recordarle a los clientes, antes de aceptar el trabajo, que la noticia podía ser muy dura, que lo mejor sería tratar de arreglar las cosas, simplemente divorciarse o incluso hacerse el loco. Enfrentar la realidad sería duro, una realidad denigrante y demoledora que destruiría cualquier resquicio de autoestima. Quizá vivía solo, sin esposa ni pareja, pasaba los sábados vaciando vasos de whiskey para sentirse más detective, más parecido a los de verdad, a los que salían en la tele, no a las copias baratas que deambulan por las ciudades haciendo lo que él hacía. Se embriagaría viendo la película de siempre dos o tres veces, quién sabe, hasta que el whiskey llenara cada espacio entre neurona y neurona, y desfalleciera de alcohol o aburrimiento. Estaría cansado de visitar tanto hoteles de paso como los de mayor lujo, departamentos de interés social o penthouses en la zona de San Pedro, siempre persiguiendo con su cámara y bloc de notas a parejas de amantes. Él no tendría derecho al sexo, ya que, como gajes del oficio, no le interesaba ninguna relación con nadie. Sin amigos ni vida social, amargado por tener que ganarse la vida de aquella manera.

Lo escuché clarito, no era mi imaginación. Escuchaba unas sirenas que se acercaban, una tras otra, en perfecta sincronía.

No había duda, no era mi imaginación; cada vez se escuchaban más fuerte. Las imaginé como una serpiente larguísima de sirenas desenroscadas listas para morder a Abundes.

Ahora era mi turno.

—Ya está aquí la policía, genio.

—Uy, nuestro héroe ya se nos envalentonó con la llegada de la superpolicía de San Pedro. Con lo idiotas que son puedes esperar que te plomeen a ti y me liberen a mí, como víctima inocente.

—Como sea. Pero de aquí no sales, al menos vivo —dije triunfante. Pensé que, al fin y al cabo, por inútiles que fueran los uniformados, la policía era la policía, y era mejor que entraran veinte a apoyarme que seguir yo solo.

Llegaron como en las películas, rechinando llantas. A través de las delgadas persianas se podía apreciar el resplandor rojo y azul intermitente de las patrullas.

Las luces afuera explotaban la noche, la adrenalina de mi cuerpo estaba a mil. Me sentía feliz, aquella pesadilla había acabado. En la victoria, me volví más humilde y generoso.

—¿Por qué no te entregas? —le pregunté a Manuel Abundes. Él negó con la cabeza sin apartar los ojos de mí y sin soltar su férrea atadura sobre Giovanna—. No tienes para dónde hacerte. Seguro ahora están rodeando toda la cuadra, no podrás escurrirte, son muchos contra ti. Ya no estoy solo.

—Puedo con ellos por muchos que sean y puedo contigo, ya te lo demostré, ¿no? —dijo mientras echaba una mirada como flecha sobre mi herida, de la cual ya no me acordaba—. Nomás ve la cara que traes, estás pálido, *brother*.

—Ya te dije que no soy tu hermano.

—Tienes razón, más bien pronto acompañarás a mis *hermanos* que mataste.

—Ah, sí, los pobres que entraron como locos lastimando y matando a gente inocente —dije con toda la ironía que cabía en mi maltrecho cuerpo.

—¿Qué querías? ¿Que entráramos como monjas pidiendo

300

caridad? Si con pistolas y todo nos salió un *héroe* como tú, imagínate si entramos con *amabilidad*. El botín —dijo, refiriéndose a la bolsa negra con joyas y dinero— son migajas que les sobran a ustedes los ricos. Vienen a estos restaurantes lujosos a dejarse la feria. Nosotros, afuera, muriéndonos de hambre, mientras ustedes desperdician la lana a lo pendejo.

—Claro, eso justifica todo —dije socarronamente.

Se oyó el ruido de la policía golpeando la puerta.

La policía pronto cejó en su empeño de abrir la puerta, entonces se escucharon por el altavoz de una patrulla las palabras típicas.

—¡Ríndanse! ¡No tienen escapatoria!

Parecía broma. Llegaban dos horas tarde, sin poder siquiera entrar al lugar, sin entender lo que pasaba adentro y encima pensaban que con esas palabras los malos saldrían aterrados a entregárseles. Sí que estábamos bien, pero bien jodidos.

El ruido de las sirenas que llegaban en tropel se colaba por el agujero en la ventana que habían hecho los dos tipos al escapar. Andrea pensó que era evidente que ellos habían alertado sobre el asalto; seguramente el rescate estaría en marcha y pronto estarían libres.

Rafael Centeno y Andrea Iglesias se miraron, pronto estarían fuera, eso era bueno, muy bueno. Lo malo era que no estaban solos, que todo aquel escándalo de patrullas haría que en minutos todo Monterrey, es más, todo México y quizás el mundo, supiera lo que estaba pasando ahí dentro. Los medios llegarían a la par que la policía o quizás habían llegado antes. Lo que menos deseaba la pareja de amantes era salirse de su aislamiento, llamar la atención, que el mundo estuviera pendiente de lo que pasaba ahí dentro. Habían cambiado al detective que los vigilaba por una noticia bomba; ahora serían millones los que estarían pendientes de todos, incluidos ellos dos. Andrea deseó evaporarse y escapar por la ventana rota y aparecer en cualquier otro lugar. Al parecer, el destino había soltado la mordida como un pitbull y no parecía que, teniendo a los dos entre sus mandíbulas, fuera a dejarlos ir, así como así. Para desgracia de los dos, la condena estaba dictada.

No tengo idea de cuánta sangre hay en un cuerpo humano, pero yo había perdido más de la que se puede aguantar. Sentía una placidez que no respondía a la felicidad, sino a la falta de sangre en mi cabeza. En aquellos momentos, mantener los ojos abiertos era una hazaña. Podía sentir mi cuerpo balancearse de uno a otro lado como anunciando que pronto se derrumbaría. Sabía que mi cerebro no estaba en sus mejores condiciones y hasta tenía pequeñas alucinaciones que duraban menos de un segundo, por eso aquellas palabras que escuché me pareció haberlas imaginado, que de por sí sonaban surrealistas.

—¡Ya ríndete y déjalo que se vaya con su botín y la muchacha! —repitió dirigiéndose hacia mí uno de los rehenes que no alcanzaba a ver. La voz venía de atrás. Por lo grave de la voz me pareció que sería un hombre viejo y cansado. Yo nunca aparté la vista ni mi pistola, de Manuel Abundes, quien movía los ojos frenéticamente, intentando ubicar a quien había arrojado aquellas palabras.

—¿Por qué? —contesté lo más firme que pude. Hice esa pregunta tan idiota porque no estaba seguro de haberlo escuchado o si era mi imaginación quien había gritado.

—¡Porque vas a conseguir que nos mate a todos! —el tono de desesperación era evidente.

—¿Y que se lleve a la chica? Sabes qué le va a pasar una vez que pueda escapar? —no contestó, yo lo hice por él—. Si le va bien, la va a matar, ¿no ves que ella sería un estorbo para el maleante?

—Por tu culpa ya ha muerto una persona. Mejor que una se sacrifique. Ella por los demás, ¡o vamos a acabar muertos todos!

Yo me quedé perplejo, aquel idiota decía peores tonterías que las que yo escuchaba internamente en mis propios delirios.

—No murió por mi culpa —esperaba que Giovanna se indignara, pero permanecía sin expresión. Abundes sonreía divertido, ¡ahora resultaba que una de las víctimas simpatizaba con él!

—Déjalo que se vaya, que se la lleve junto a su botín para que los demás podamos vivir.

—Estás cansado, mejor cállate. La policía ya está afuera. Éste debe decidir si seguir aquí y morir o largarse por la cocina sin la chica, ya falta poco para que entren.

Se seguían escuchando las instrucciones que gritaban los uniformados desde afuera con un megáfono.

—¡Déjalo ir, ahora! —insistió aquel hombre, ahora con un tono irritado.

—Estás mal —le contesté. Bastante tenía con soportar la situación para ahora aguantar a un perdedor tratando de terapearme.

Ni siquiera sentí el golpe. Fue tan imprevisto que sólo sentí un gran peso sobre mí. En el suelo veía cómo mi pistola se alejaba girando sobre sí misma. Sentí como si hubieran zarandeado mi cerebro, mi cabeza había rebotado en el piso. Aquel hombre me había derribado. El miedo lo había desbordado convirtiéndose en aliado del asesino, Manuel Abundes. No podía creerlo. Ahora sí, estábamos muertos, tanto Giovanna como yo.

6

El instinto me hizo levantarme de inmediato, esfuerzo inútil ya que me mareé. Tenía poca sangre y mi cuerpo no pudo soportar un movimiento violento. Me puse de rodillas en lo que la sangre intentaba llegar a mi muy deteriorado cerebro, cuando sentí el cañón de una pistola, un metal pesado firme en mi cabeza. Sabía que aquel maldito había ganado por el autogol de uno de los aterrorizados borregos. Empecé a sudar como nunca lo había hecho, abrí los ojos, vi las caras de asombro y miedo de los rehenes de una mesa.

—Ya valiste madres, güerito —esperó una respuesta de mi parte, pero yo no podía hablar. Había perdido no por mi cansancio ni por mi distracción, sino por un fuego amigo; había hecho lo que había podido. Mi espalda agradeció estar en esa posición ya que tanto tiempo de pie me la había dejado molida. Ese momento de alivio no era tan malo para morir—. Reconozco que diste batalla, y hasta pensé que en una de ésas me chingabas. Pero ya viste que no.

El número de sirenas se incrementaba, una tras otra, y el policía del megáfono seguía exigiendo que salieran los asaltantes con los brazos en alto. *Vaya ilusos*, pensé.

Vi la cara de Giovanna. Yo esperaba que estuviera, si no emocionada, al menos esperanzada de que la policía nos sacara de ahí. Sin embargo, estaba ida de nuevo. Lo comprendía, si yo estaba un punto más allá del agotamiento, no la podía culpar.

—Yo moriré, pero tú ya no te vas a poder escapar. La policía ahorita ya tiene el control.

—Dale con la puta policía. Esos cerdos no dan una, cabrón. Qué apuestas que cuando entren y salgamos todos en estampida, yo correré abrazadito de mi novia argentina y para cuando se den cuenta ya estaré lejos.

—Te quedaste sin la lana —dije, para fregar.

—Pues sí, no puedo salir con la bolsa negra —volteó a ver a los comensales—. A ver tú, colega —dijo dirigiéndose al idiota que me había tirado.

—¿Colega? ¿Yo?

—¿Ah, no, cabrón? ¿Entonces por qué me ayudaste tirando al heroecillo este al suelo?

—Para que no provocara más muertes.

—Ni madres, yo diré a todos que tú me ayudaste en el asalto —volteé a ver al que me había tacleado, con su cara de arrepentido; le lancé una mirada que lo electrocutó—. Agarra la bolsa negra, deja los relojes, sólo junta los billetes de a quinientos o mil para que no hagan mucho bulto y te los guardas en tu chamarra y al salir me los entregas.

—Pe… pero ¿cómo voy a saber dónde va a estar?

—Porque te vas a poner a las vergas. Si cuando esté en el coche ya para irme no tengo la feria, le pego un plomazo a ésta —dijo dirigiéndose a Giovanna, a quien seguía teniendo asida con su brazo—. Y te la dejo tirada para que quede en tu conciencia que tú la mataste. Por eso no te vas a perder.

El idiota que me había tirado al suelo me dirigió una mirada con cara de espanto.

—¿Ya lo ve, señor genio? Por querer evitar más muertes, va a cargar con la de ella —le dije girando mi cara para no verlo.

—Ya cállate, pendejo —dijo Abundes dándome un culatazo en la cabeza que me hizo desplomarme. Sentí que me salía un chorrito de sangre. *Poca que me quedaba y me abren otro hoyo,* pensé—. Ya me has jodido bastante —clamó Abundes.

Ya no hice el intento por pararme, estaba demasiado cansado y de cualquier forma me iba a matar. ¿Para qué facilitarle las cosas?

Abundes me había jalado por atrás del cuello de la camisa hasta hacerme quedar de rodillas.

—Así te me quedas, pinche héroe.

Yo no podía estarme quieto, el cuerpo se me iba de un lado a otro tratando de ganar equilibrio y fuerza que ya no había.

—A ver, los demás, escúchenme bien —gritó Abundes—. Cuando yo lo diga, tú y tú —dijo señalando a dos jóvenes— van a abrir las puertas del restaurante. En ese momento todos saldremos corriendo juntos. Si alguien me delata con los cerdos, en ese momento no sólo mato a la pinche argentina, sino que vacío el cargador sobre ustedes. ¿Entendieron? Si hacen lo que les digo, esto se acaba sin más muertos. Si les preguntan, los asaltantes están muertos y el jefe era justamente esta basura —dijo mientras me señalaba con dos golpes con el cañón de la pistola—. Cuando oigan el plomazo con que me trueno a este pendejo, salimos todos en chinga, gritando como *locas.*

El tipo que me había tirado estaba en su labor de separar los billetes, concentrado en su tarea.

—A ver, colega —dijo Abundes—. Deja ya eso, dámelo en dos fajos, me los voy a llevar yo. Ya no me tienes que seguir, te ves demasiado pendejo.

En ese momento, en el que yo de cualquier manera ya estaba muerto, vi la pistola que se había caído al suelo cuando me había tirado aquel idiota. Sólo estaba a dos metros de mí. Aposté a que en lo que Abundes recibía el dinero no me estaría apuntando y ésa sería mi única oportunidad. Me deslicé poco a poco hacia abajo y me lancé como portero sobre el arma.

El movimiento me salió bien, la agarré por la culata y desde el suelo me volteé apuntando al asaltante. El grito de una señora alertó a Manuel Abundes, quien dejó caer los billetes que le estaban dando. Los billetes se cayeron poco a poco, planeando en el aire. Dirigió su pistola hacia mí.

—Venga, anímate y nos morimos los dos —volví a usar aquella voz de poseído—. Ahora sí te firmo el empate a uno. Los dos al infierno —yo le apuntaba desde el suelo con las dos manos, haciendo un esfuerzo enorme. Podía sentir mis heridas escupir sangre de nuevo.

Puso cara de sorpresa. Aproveché el momento, le apunté sólo con un brazo y me impulsé con la mano libre para pararme, lo hice poco a poco, para no cagarla y marearme y caer al suelo. Me puse en pie, no podía creerlo. Abundes tampoco. Sin voltear a ver al que me había tirado le dije:

—Si se me vuelve a acercar lo mato —se podía escuchar mi voz ronca, como salida de una caverna. Ahora la policía golpeaba con fuerza la puerta de entrada que estaba atrancada. Los muebles que habían puesto estaban resistiendo—. ¿Qué pasó, *mi hermano*? —le dije a Abundes, haciendo énfasis en lo de "hermano"—. Estamos en el principio, sólo que ahora ya no tienes botín ni escape ni rehén porque de este restaurante sólo sale vivo uno de nosotros. ¿Ves?, por no matarme cuando podías.

Todo estaba estancado. La gente estaba agotada. Los riñones trabajaban como nunca, absorbiendo litros de adrenalina vertidos en los más de sesenta cuerpos atrapados como rehenes en el restaurante. Con las puertas cerradas y el aire acondicionado trabajando tímidamente, el sudor de esa masa de humanos era evidente, un olor como de almendras amargas, o quizás era el conjunto de alientos emanados de las bocas pastosas. Demasiado miedo, esperanza y desaliento conviviendo entre una mesa y otra, entre una persona y otra. Sólo ráfagas esporádicas de aire ingresaban por la ventana que habían roto los dos jóvenes que habían logrado escapar. De pronto, desde esa ventana entraron varios proyectiles desde el exterior, latas despidiendo humo; la gente se puso a toser y a llorar. Eran gases lacrimógenos, una atmósfera turbia se apoderó del lugar. A Andrea le dieron ganas de vomitar. Rafael se protegió la cara con la solapa de su saco para respirar.

Los embates de la policía eran más violentos, el ruido que venía de afuera ahora era ensordecedor: sirenas, altavoces, helicópteros.

—¡Abundes! —grité—. No te vayas a rendir ahora, no quiero que vayas a la cárcel y sobornes a los de siempre para largarte en unos años. Prefiero tu condena en el infierno, de ahí nadie se escapa.

Se escuchó cómo estallaba una ventana y luego otra. Abundes se veía muy nervioso. No dejaba de encañonar a Giovanna.

—Dispárame, ¡venga! Y yo me chingo a ésta. Así que el que va a acabar en la cárcel serás tú. A ver cómo le explicas a los papás de esta mocosa que intentabas salvar —dijo Abundes forzando una risa que sonaba bastante desquiciada.

—Sabes que no te voy a disparar, eso no va a pasar —dije, por decir algo. El humo avanzaba. Los latidos de mi corazón iban a mil.

—¿Qué? ¿Te da culo y prefieres esperar a los cerdos para que te ayuden?

El aire estaba denso, se escuchaban algunos gritos y quejidos de los rehenes, la nube se iba acercando. Me dieron náuseas por el humo, me las aguanté como pude.

—A ver, cabrón, se le ve una chichi a la argentina, mínimo tápala un poco, ¿no? —le grité a ver si mordía el anzuelo. Giovanna reaccionó al escuchar mi voz y bajó la mirada, haciendo el amago instintivo de taparse el pecho con la mano.

Sin saberlo, ella me ayudó a que Manuel Abundes bajara la mirada. Se agachó para verla. Su único error en toda la noche.

Solté dos tiros apretando los dientes. El humo ya nos estaba llegando y mis ojos empezaban a lagrimear. Escuché caer a los dos. Con una mano me levanté la camisa para taparme la boca y que sirviera de filtro. Me acerqué aterrado. ¿Para qué dos putas balas? ¿Y si se había cumplido la profecía de este imbécil y había matado a Giovanna? Vi a Abundes en el suelo, tenía abierto el cráneo por la parte de atrás. Le salía sangre y quién sabe qué más. Solté el arma que cayó pesada al suelo; Giovanna se lanzó sobre mí, me la llevé como pude hacia donde no había tanto humo.

—¿Estás bien?

Ella movía la cabeza afirmativamente, mientras tosía. Empezó a vomitar. Entró la policía. Se hizo una corriente de aire y circularon los gases. Después de un momento de tensión en el que, para mi sorpresa, parte de la concurrencia se había quedado sentada, una pareja se incorporó y se dirigió a la salida. A partir de ahí, todos despertaron de repente y empezaron a correr descontrolados. Acabamos saliendo en tropel.

—¡No corran! ¡Esperen en la entrada, salgan ordenadamente! —gritaba el policía del altavoz, ya dentro del restaurante. Nadie hizo caso, todos salieron gritando, empujándose, corriendo, aterrados, en estampida. Tal y como lo había pedido Manuel Abundes, quien seguramente hubiera estado orgulloso de todos nosotros.

Un grito histérico de timbre agudo, seguido de otro y otro, provocó una sinfonía de alaridos. El cuerpo del asaltante fue lanzado dos metros hacia atrás. Su cara fue deformada por la bala que le reventó la nariz antes de esconderse en su cerebro. En su cara había una especie de sonrisa; es posible que el tipo que había pasado su vida entre pistolas, miseria y sordidez hubiera planeado morir en medio de la acción. La gente gritaba, pero Andrea no podía oírlos, era como si le hubieran puesto *mute* a la televisión.

El desorden y la catarsis acústica que la mayoría de la concurrencia experimentaba, liberando la tensión a través de alaridos, producto de la confusión de lo que ocurría (pues muchos pensaron que el asaltante había abierto fuego, como advirtió), junto con la confusión que generaban los gases, provocaron que al principio nadie se moviera. Era como si temieran que a pesar de los desperfectos evidentes que había causado el disparo del héroe de aquella noche sobre el maleante, éste se levantara para soltar una última detonación, para causar un poco más de dolor del que ya había dejado regado por todo aquel lugar, como en las películas de miedo que, cuando nadie se lo espera, el malo resucita para matar por última vez.

El joven que había acabado con el delincuente se tambaleaba; cumplida la misión, su cuerpo se había rendido. O quizás era por la sangre que había perdido.

La gente se mantuvo en sus lugares sufriendo los últimos embates de los gases lacrimógenos; se quedaron callados, como los prisioneros de un campo de concentración: obedientes, acostumbrados y sumisos, aun cuando los captores ya hubieran escapado. Fue Rafael el primero en pararse, todos se le quedaron viendo, y en un segundo, como si él fuera la señal divina que necesitaban, los rehenes ahí atrapados se levantaron lentamente, con precaución.

La policía gritaba por el megáfono, pedía que nadie saliera.

—La puerta principal, ¿quién tiene las llaves de la puerta?

Un sujeto levantó la mano, Rafael lo reconoció como el gerente a quien habían obligado los asaltantes a cerrarla al inicio del atraco.

Una vez abierta, la gente reaccionó y al irse dispersando los humos salió en tropel; pudo más la desesperación por ser libres que la otra gruesa hoja de madera de la puerta, la cual se desprendió de uno de los postes ampliando el hueco para el escape, que nadie quería desaprovechar. La multitud corrió hacia su libertad, con prisa y gritos de pánico o de felicidad. Sólo se quedaban los que tenían algún muerto por culpa de aquellos locos que habían entrado a matar aquella noche en Monterrey.

La policía poco ayudaba. Pretendía, sin ningún éxito, que la gente no saliera para que no se les escapara ningún bandido disfrazado de rehén despavorido.

Rafael abrazó a Andrea; ella no podía más, era un bulto. Pero para eso estaba él, quien nunca había entrado en pánico. No se dirigieron a la salida, sino hacia donde estaba Demetrio Sandoval. Andrea reaccionó y le gritó.

—¡Vámonos! ¿Qué haces?

Rafael no se movió. Se quedó mirando al infortunado detective. Tomó el portafolios café de piel, muy raspado por los años. Con una calma espeluznante lo abrió, le echó una ojeada para cerrarlo de nuevo y dirigirse a la puerta maltrecha del restaurante con Andrea de un brazo y el portafolios en la otra. Era el final. No había más que hacer, más allá de darle gracias a Dios de que no les hubiera tocado el número maldito en la ruleta de la muerte en la que acababan de participar.

Ya en la calle, los dos respiraron el aire de verdad; los rehenes seguían saliendo, en estampida. La policía irrumpió en el restaurante sólo para encontrar a los muertos y algún herido. Para algunos la vida seguiría igual que hacía unas horas, para otros había cambiado para siempre, salpicada por la desgracia de haber perdido a un familiar o un amigo asesinado ahí.

En el exterior, los policías intentaron acordonar la zona sin éxito. La gente se fue escurriendo mientras los uniformados trataban de detenerlos para interrogarlos y no dejar escapar a ninguno de los asaltantes.

—¡Ya déjennos en paz! Están todos muertos —gritó alguien refiriéndose a los delincuentes.

—¿Quién los mató? —interpelaba un policía que debía ser un alto mando, según los galones que portaba en los hombros. Nadie respondía, la gente sólo salía abrazada y se perdía en la noche.

Andrea y Rafael esperaban, una vez fuera, un escape discreto. Imposible: había decenas de policías, patrullas iluminando con sus enormes luces la entrada del restaurante, cámaras de televisión y muchos, muchos reporteros.

Por suerte, la mayoría de los rehenes estaban más que dispuestos a contar su experiencia, con esa necesidad terapéutica de narrar la tragedia vivida, recrearla para intentar deshacerse de aquellos desagradables recuerdos para siempre.

Los dos amantes bajaron las miradas y caminaron resueltos hacia el estacionamiento; algún reportero intentó detenerlos para hacerles alguna pregunta, pero la mano de Rafael, poderosa, lo había apartado con una facilidad inimaginable, lo suficiente para que no insistiera.

Rafael se dio cuenta de que la mejor defensa era no parecer que habían salido del restaurante, que no venían de una pesadilla, sino hacerse pasar por curiosos, que había muchos, que habían llegado para presenciar el desenlace de lo ocurrido en el restaurante ubicado en la Calzada del Valle, en el centro de una de las zonas donde vivía la gente acaudalada de Monterrey.

Andrea casi no caminaba, se sentía suspendida por el abrazo y los pasos gigantescos de Rafael. Cuando al fin pudo respirar, tranquila, estaban en la oscuridad, enfrente de su auto. Rafael sin mediar palabra abrió el portafolios café del detective Demetrio Sandoval. Ahí estaban las pruebas: fotos del complejo donde estaba el departamento alquilado por Rafael; él mismo entrando en el edificio; Andrea saliendo; los dos tomados discretamente de la mano en el restaurante donde habían desayunado aquella misma semana; placas de los coches; una libreta con anotaciones y muchas, muchas fotos más, todas comprometedoras. La letra del detective era poco legible, pero la libreta estaba llena de fechas, horas y lugares.

Demetrio Sandoval los tenía bajo la lente de su cámara hacía por lo menos un par de semanas, y por lo visto había hecho bien su trabajo.

Rafael procedió a romper las fotos impresas. La cámara, con un enorme telefoto que venía en el portafolios, traía más imágenes de los dos; la lente de aumento era un portento, los acercamientos eran espectaculares, en una foto se podían ver las manos entrelazadas sobre la mesa con el brillo del anillo de casada de Andrea. Rafael sacó la memoria de la cámara, la dejó caer en el suelo y la pisó con su zapato talla nueve y medio; la memoria se hizo pedacitos; las fotos rotas por la mitad, un romance, partido en dos, se iba por la alcantarilla junto con la libreta de notas. Evidencia destruida. Seguía la incógnita sobre lo que sabría Rutilo, el marido de Andrea; si la recién destruida era la información final o el primer reporte. Esa duda los quemaría vivos, por horas, días y quizá meses; no había forma de saberlo. Demetrio Sandoval estaba muerto y no veían forma de recabar información. Tendrían que vivir con ese yunque encima de sus cabezas.

Andrea no dejaba de mirar a Rafael mientras abría la puerta de su coche. Éste la abrazó para darle un beso de despedida. Ella reaccionó a la defensiva con las dos manos sobre el pecho. El enorme Rafael se quedó paralizado.

A Andrea se le soltaron las lágrimas. Le confesó a Rafael que había decidido que lo mejor para los dos era… Rafael imaginó el resto de la frase que no fue pronunciada.

Andrea se había prometido dedicarse a sus hijas, seguir malviviendo con su esposo, renunciar a su propia felicidad.

—Pero, pero no entiendo, Andrea… —balbuceaba Rafael. No sabía si gritar, rogar, llorar o pensar que sólo era un arrebato posterior al shock por haber estado unas horas bajo una presión tremenda y que al día siguiente se le pasaría, seguramente ella se había bloqueado.

—Quiero que lo dejemos aquí —dijo muy firme Andrea, mientras le arreglaba el nudo de la corbata a Rafael, quien seguía en modo zombi.

Rafael quería arrastrarse, tomarla por la fuerza, arrodillarse, llorar, lo que fuera, pero sus músculos se negaban a recibir ninguna orden, simplemente la electricidad ya no circulaba por su cuerpo, se quedó tieso y mudo, sus ojos a punto de desbordar un mundo de lágrimas, pero contenidos. Aquello era el fin de su mundo. ¿De qué servía haber sobrevivido el encierro con aquella banda de locos asesinos, si al salir no había una vida? ¿A dónde iría? Tendría que regresar a su pasado solitario y vacío.

Andrea, ya desde su coche, pudo observar a Rafael entrando al suyo y golpeándose la frente con el volante. Ella se soltó a llorar sin freno, le surgió una necesidad enorme de salir corriendo a abrazarlo, consolarlo, pedirle perdón, decirle que había sido una estúpida, que cómo iba a dejar ir a aquel hombre que le había inyectado vida a su miserable existencia, a quien la había abrazado hasta exprimirle todas sus angustias, quien la había hecho reír al punto de volver a creer que en efecto la vida era algo hermoso, a quien la había besado hasta hacerla sentir de nuevo una adolescente. Él le había hecho el amor por primera vez en su vida, con un orgasmo interminable, desde la primera hasta la última vez.

Arrancó su coche y al pasar al lado de Rafael se fue despacito. Él sintió su mirada y volteó, también Andrea tenía los ojos brillosos, lágrimas por esa nueva pesadilla. Ella detuvo su auto, se bajó y corrió hacia él. Rafael se bajó en un segundo para recibirla con un abrazo fundido entre llantos y besos que prolongaron al máximo. Se quedaron mirando, tomados de las manos. Nadie habló, tan sólo Andrea había regalado un "quizás", que inyectó de vida a sus dos cuerpos que, hacía unos pocos segundos, estaban totalmente muertos.

Cruzamos el umbral de la puerta. Sentí el aire fresco que se convirtió en helado cuando traspasó mi saco y entró en contacto con mi sudor. Mi herida extrañamente no sangraba y no me sentía ni débil ni mareado, la adrenalina había sustituido a mi flujo sanguíneo. Tenía abrazada a Giovanna, quien me estrangulaba con sus brazos, escondiendo su cara dentro de mi saco. Yo caminaba sin saber a dónde me dirigía, sólo por puro instinto.

—¡José Arturo! —escuché gritar cerca de mí a una voz conocida. Quise voltear, pero no podía. Sentí los pasos atrás. Era Narciso—. Cabrón, hay que llevarte a un hospital ahorita.

Lo miré a los ojos y seguí caminando, por inercia; tenía planes de alejarme de ahí hasta que mi cuerpo finalmente se cayera en pedacitos.

Una enorme mano me detuvo por el hombro con fuerza. Era gay o Guy. Me puse flojito, mis ojos cerraron la puerta, mi cerebro se fue a descansar, sólo escuché a Narciso diciendo que ya tenía a la chica.

Contra lo que esperaba, no me caí. El gringo me había cargado. Me trasladé a mi infancia, el recuerdo más antiguo que guardo de mi padre. Yo me hacía el dormido frente a la tele para que mi papá me llevara en sus brazos a la cama, me gustaba aquella sensación, feliz, al ser trasladado por los aires, me hacía sentir seguro. La volví a sentir ahora, idéntica.

Gracias a Dios no me morí, y ellos sí. Al menos por una vez en México ganábamos los buenos.

FIN

Índice

Esta obra se imprimió y encuadernó
en el mes de junio de 2019,
en los talleres de Diversidad Gráfica S.A. de C.V.,
Privada de Av. 11 No. 4-5, Col. Vergel,
C.P. 09880, Iztapalapa, Ciudad de México.